Demian

지은이 헤르만 헤세 Hermann Hesse

1877년 남독일 뷔르템베르크의 작은 도시 칼프에서 태어났다. 개신교 선교사인 아버지와 신학자 가문 출신의 어머니 사이에서 자라며 어린 시절부터 종교적 전통의 영향을 받았다. 소년 시절 스위스 바젤에서도 성장했으며, 열네 살 무렵 신학 교육을 받았으나 이내 자신이 문학을 향한 길을 걸어야 함을 깨닫고 신학교를 중퇴했다. 그 무렵 겪은 극심한 방황과 절망은 한때 정신병원 입원과 신경쇠약 치료로 이어졌고, 이후 여러 직업을 전전하며 글쓰기에 몰두했다.

1899년 시집과 산문집을 잇달아 발표하며 작품 활동을 시작했다. 1904년 『페터 카멘친트』를 통해 문단에서 주목을 받은 후 『수레바퀴 아래서』 『크눌프』 『청춘은 아름다워』 등 청년기와 성장의 내면을 섬세하게 그린 소설들로 작가적 입지를 넓혀 갔다. 제1차 세계대전 시기에는 전쟁의 비인간성을 성찰하며 반전적 글들을 발표했는데, 이로 인해 당시 독일 내에서 비판과 오해를 동시에 받았다. 전쟁이 끝난 뒤 1919년 발표한 『데미안』은 '에밀 싱클레어'라는 필명으로 출간되어 젊은 세대의 공감과 문학적 찬사를 받았고, 이후 『싯다르타』 『황야의 이리』 『나르치스와 골드문트』 『유리알 유희』 등에서 개인의 정체성, 영적 탐색, 자기실현의 문제를 일관되게 탐구했다.

한편 나치즘이 대두한 1930년대 후반에는 작품 활동과 출판이 사실상 제약을 받았으나, 전후인 1946년에 『유리알 유희』로 노벨 문학상을 수상하며 문학적 성취를 국제적으로 인정받았다. 이후에도 다양한 문학상과 상훈을 받으며 20세기 문학사에서 독보적인 위치를 견고히 했다. 1962년 스위스 몬타뇰라에서 생을 마쳤다.

옮긴이 권혁준

서울대학교와 동 대학원에서 독일 문학을 전공하고, 쾰른대학교에서 프란츠 카프카 연구로 문학 박사 학위를 받았다. 한국카프카학회 회장을 역임했으며, 현재 인천대학교 독어독문학과 교수로 재직 중이다. 옮긴 책으로 『다섯 번째 여자』 『모래 사나이』 『카프카 단편집』 『베를린 알렉산더 광장』 『소송』 『성』 『싯다르타』 『황야의 이리』 『밤 풍경』 등이 있다.

해설자 서영채

1961년 목포에서 태어났다. 현재 서울대학교 아시아언어문명학부 교수로 재직 중이다. 비교문학 협동과정에서 문학과 이론을 강의한다. 한신대학교 문예창작학과에서 17년간 일했고, 1994년 계간 『문학동네』를 창간하여 2015년까지 편집위원을 지냈다. 『소설의 운명』 『사랑의 문법』 『문학의 윤리』 『아침의 영웅주의』 『미메시스의 힘』 『인문학 개념정원』 『죄의식과 부끄러움』 『풍경이 온다』 『왜 읽는가』 등을 썼다. 고석규비평문학상, 소천비평문학상, 팔봉비평문학상, 올해의 예술상 등을 수상했다.

그린비 도스트 세계문학 10

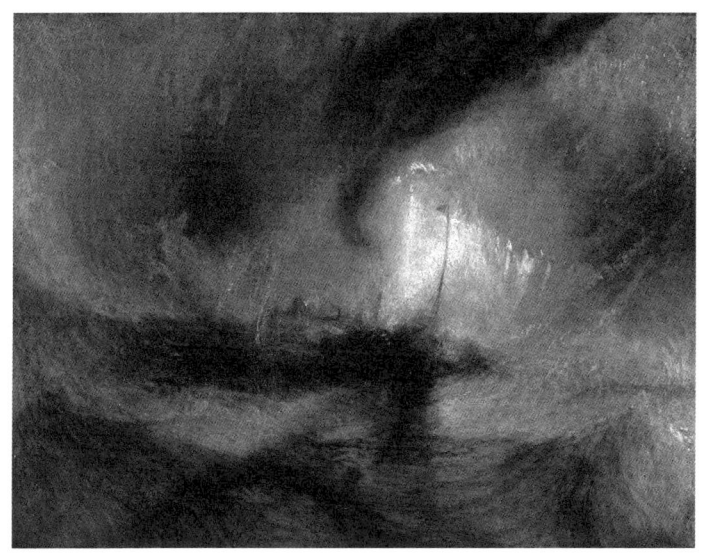

데미안

헤르만 헤세 지음

권혁준 옮김 · 서영채 해설

그린비

일러두기

1 이 책은 Hermann Hesse, *Demian: Die Geschichte von Emil Sinclairs Jugend*(1919)를 번역한 것이다.

2 본문의 각주는 독자의 이해를 돕기 위해 옮긴이가 단 주이다.

3 외국어 고유명사는 2017년 국립국어원에서 펴낸 외래어표기법을 따르되, 관례가 굳어서 쓰이는 것들은 그것을 따랐다.

차례

도슨트 서영채와 함께 읽는 『데미안』

참호전의 사상, 반-성장의 윤리

데미안

에밀 싱클레어의 청춘 이야기

나는 오로지 내 안에서 우러나오는 것을
살아 보려고 했을 뿐이다.
그것이 어째서 그토록 어려웠을까?

내 이야기를 하려면 먼 과거에서부터 시작해야 한다. 할 수만 있다면 내가 아주 어린아이였던 시절까지, 아니 그보다 더 멀리 나의 근원까지 거슬러 올라가야 할 것이다.

작가들은 소설을 쓸 때 자신이 마치 신이라도 되는 듯 행동하는 경향이 있다. 다시 말해 한 인간의 삶을 완전히 통찰하고 이해할 수 있어서, 마치 신이 자기 자신에게 이야기를 들려주는 것처럼 아주 명쾌하게, 본질적인 부분을 다 설명할 수 있다는 듯 군다. 나는 그렇게 할 수 없고, 다른 작가들이라고 해도 더 낫지 않을 것이다. 하지만 다른 어느 작가에게 그의 이야기가 소중한 것 이상으로, 내게는 나의 이야기가 중요하다. 그것은 나 자신의 이야기이기 때문이다. 작가의 머릿속에서 나온 가공의 인물, 있을 법한 인간, 이상적인 인간 또는 실재하지 않는 어떤 인간의 이야기가 아니라, 실재하고 유일무이하며 살아 있는 인간의 이야기이기 때문이다. 물론 오늘날의 사람들은 실제로 살아 있는 인간이 어떤 존재인지 그 어느 때보다 잘 안다고 할 수 없다. 그래서 자연이 하나하나 소중하고 유일한 존재로 만들어 내는 인간에게까지 마구 총질을 가해 그들을 대량으로 죽이기까지 한다. 만약 우리가 각자 그저 유일무이한 존재라는 의미만 지니고 있다면, 만약 우리 한 사람 한 사람을 한 방의 총알로 세상에서 없애 버리는 것이 가능하다면, 그렇다면 우리 자신에 관해 이야기하는 것은 더는 의미가 없을 것이다. 하지만 각 사람은 자기 자신에 그치지 않는다. 개별 인간은 세상의 온갖 현상들이 단 한 번만 유례없이 교차하는, 고유하면서도 완전히 특별하고, 어떤 경우이든지 나름대로 중요하고 독특한 지점이기도 하다. 그런 점에서 각 사람의 이야기는 소중하고 영원하며 신성하다. 그런 점에서 개별 인간은, 어떤 식으로든 살아가면서 자연의 의지를 충족시킨다면, 참으로 경이로운 존재로서 모든 주목을 받을 만한 가치가 있다. 각각의 인간에게서 정신이 형상을 얻었고, 각각의 인간 안에서 피조물이 고통받고 있으며, 각각의 인간 안에서 구세주가 십자가에 못 박히고 있다.

오늘날 인간이 어떤 존재인가를 아는 사람은 적다. 많은 사람이 그렇게 느끼고 있고, 그래서 비교적 가벼운 마음으로 죽음을 맞는다. 나 역시 이 이야기를 완성하고 나면 보다 가벼운 마음으로 죽음을 맞을 것이다.

그렇다고 나 자신을 깨달은 자라고 부를 수는 없다. 나는 언제나 찾아다니는 자였고, 나의 탐색은 지금도 계속되고 있다. 하지만 더는 별들에서나 책에서 지식을 찾으려 하지 않고, 내 안에서 피가 고동치며 들려주는 가르침에 귀를 기울인다. 내 이야기는 듣기 불편하고, 어떤 꾸며 낸 이야기들처럼 감미롭거나 조화롭지도 않다. 내 이야기는 오히려 더는 자신을 기만하지 않겠다고 마음먹은 사람들의 삶처럼 부조리와 혼란, 광기와 꿈의 맛이 난다.

모든 사람의 삶은 저마다 자기 자신에게로 이르는 길이다. 그것은 길을 걷고자 하는 시도이고, 좁은 길을 암시한다. 일찍이 어떤 인간도 온전히 자기 자신이 되어 본 적이 없다. 그렇지만 모든 인간은 자기 자신이 되려고 안간힘을 쓰는데, 어떤 이는 둔감하게, 어떤 이는 좀 더 명료하게 각자 할 수 있는 만큼 노력한다. 우리는 모두 태어날 때의 잔재물, 저 근원 세계의 점액질과 알껍데기를 죽을 때까지 지니고 다닌다. 어떤 이들은 끝내 인간이 되지 못하고 개구리에 머물고, 도마뱀에 머물고, 개미로 남아 있다. 어떤 이들은 상체는 인간인데, 하체는 물고기다. 그러나 우리 각자는 인간이 될 것을 기대하면서 자연이 내던진 존재다. 우리는 모두 근원이 같고, 어머니가 같다. 우리는 모두 같은 심연에서 나온다. 그러나 같은 심연에서 내던져진 실존이면서도 우리는 각자의 고유한 목표를 향해 나아간다. 우리는 서로를 이해하는 것이 가능은 하겠지만, 각자가 해석할 수 있는 대상은 자기 자신뿐이다.

제1장

두 세계

내가 열 살 때 고향 소도시의 라틴어 학교*에 다니던 시기에 겪었던 일로 내 이야기를 시작하고자 한다.

그 시절의 여러 추억의 향기가 풍겨 오면서 내 안에서 비통한 기분과 유쾌한 전율이 뒤섞인 감동을 자아낸다. 어두운 골목길과 환한 집들 그리고 첨탑들, 시계 종소리와 사람들의 얼굴, 쾌적함과 안온함이 넘치는 방들, 비밀과 유령에 대한 으스스한 공포로 가득 찼던 방들이 떠오른다. 아늑하고 비좁은 분위기가 풍기고,

---

* '라틴어를 가르치는 학교'라는 뜻으로 초등학교 중에서 상급학교인 '김나지움'에 진학할 수 있는 선별된 우수한 학생들이 다니는 학교를 말한다. 이와 대조적인 '공립학교'에는 보통 아이들이 입학한다.

집토끼와 하녀들의 냄새, 가정용 상비약과 말린 과일 냄새도 풍겨 온다. 그곳에는 두 세계가 뒤섞여 공존했고, 두 극단에서 밤과 낮이 나왔다.

하나의 세계는 부모님과 함께 사는 우리 집이었다. 하지만 이 세계는 훨씬 더 좁아서 사실상 아버지와 어머니만 거기에 포함되었다. 내게도 대체로 친숙한 이곳은 아버지와 어머니, 사랑과 엄격함, 모범과 교육으로 불리는 세계였다. 은은한 광채와 명료함과 청결함이 가득한 세계였고, 부드럽고 친근한 말들, 깨끗이 씻은 손, 깔끔한 옷차림, 반듯한 예의범절이 자리한 세계였다. 이곳에서는 아침마다 찬미의 합창이 울려 퍼지고 크리스마스를 축하하는 행사가 열렸다. 이 세계에는 미래로 이끌어 주는 반듯한 선들과 길이 있었고, 의무와 죄책감, 양심의 가책과 참회, 용서와 선한 결단, 사랑과 존경, 성경 말씀과 지혜가 있었다. 누군가 맑고 깨끗한 삶, 아름답고 반듯한 삶을 살아가기 소망한다면 이 세계에 머물러야 했다.

한편 다른 세계는 벌써 우리 집 한가운데서 시작되었는데, 완전히 다른 세계였다. 냄새가 달랐고 언어가 달랐으며, 약속하는 것도 요구하는 것도 달랐다. 이 두 번째 세계에는 하녀들과 젊은 기능공들, 유령 이야기와 온갖 추문이 있었다. 각양각색의 소름 끼치고 유혹적이고 무시무시하고 수수께끼 같은 것들이 흘러넘쳤다. 이 세계에는 도살장과 감옥, 술주정뱅이들과 악다구니하는 여자들, 새끼를 낳는 소들과 거꾸러진 말들 같은 것, 강도와 살인과 자살에 관한 이야기들이 있었다. 멋있으면서도 소름 끼치고,

거칠고, 잔인한 이 모든 일은 여기저기 널려 있었고, 바로 옆 골목이나 이웃집에서도 볼 수 있었다. 경찰관들이나 부랑자들이 쫓고 쫓기며 돌아다녔고, 술 취한 남자들이 아내를 두들겨 팼으며, 저녁이면 공장에서 젊은 여자들의 무리가 쏟아져 나왔다. 늙은 여자들은 누군가에게 마법을 걸어 병들게 할 수도 있었고, 숲속에는 강도들이 살았으며, 치안 담당 경찰관들은 방화범들을 잡아들였다. 이 격렬한 두 번째 세계는 어디서나 흘러나와 냄새를 풍겼다. 다만 어머니와 아버지가 있는 우리 집 방들에서만은 예외였다. 그것은 아주 다행스러운 일이었다. 우리 집에 평화와 질서와 평온함이 있고, 의무와 양심, 용서와 사랑이 있다는 것은 경이롭기만 했다. 그리고 완전히 다른 것들, 온갖 시끄럽고 현란하고 음침하며 폭력적인 것들 역시 주변에 널려 있었다는 것, 그렇지만 거기에서 한 걸음만 뛰면 어머니의 품으로 도망칠 수 있다는 것도 놀라운 일이었다.

정말 기이한 것은, 이 두 세계가 경계를 서로 맞대고 있고 가까이 붙어 있다는 사실이었다. 예를 들어 우리 집 하녀 리나는 저녁 예배를 드릴 때면 거실 문가에 앉아 깨끗하게 씻은 두 손을 반듯하게 주름을 편 앞치마 위에 모으고 청아한 목소리로 함께 찬송가를 따라 불렀다. 그럴 때면 그녀는 온전히 아버지와 어머니의 세계, 우리의 세계, 밝고 올바른 세계에 속했다. 하지만 바로 다음 순간, 부엌이나 장작을 쌓아 둔 헛간에서 내게 머리가 없는 난쟁이 이야기를 들려준다거나 비좁은 정육점에서 이웃 여자들과 싸움을 벌일 때면, 그녀는 다른 사람이 되어 있었고, 다른 세계에 속했으며, 비밀에 싸인 존재였다. 사실 모든 것이 그런 식이었고, 가장 심한 것은 나 자신이었다. 물론 나는 밝고 올바른 세계에 속했고, 내 부모님의 자녀였다. 하지만 나의 눈과 귀를 어디로 향하든 그곳에는 다른 세계가 존재했다. 그리고 비록 다른 세계가 내게는 종종 낯설고 섬뜩하게 보일 때가 많았지만, 또 다른 세계에서는 내가 자꾸만 양심의 가책과 두려움을 느낄 수밖에 없었지만, 나는 그 다른 세계에서도 살았다. 심지어 가끔은 그 금지된 세계에서 사는 것이 가장 즐거울 때도 있었다. 그래서 밝은 세계로 돌아가는 것이 그토록 불가피하고 옳은 일이었음에도 마치 더 좋지 않은 곳, 더 지루하고 황량한 곳으로 돌아가는 일처럼 여겨질 때도 종종 있었다. 나는 내 삶의 목표가 나의 아버지와 어머니처럼 되는 것, 그토록 밝고 순결하게, 그토록 탁월하고 반듯하게 사는 것이었다. 하지만 거기에 이르려면 머나먼 길을 가야 했다. 학교에 성실하게 출석해야 하고, 대학 공부를 해야 하며, 여러 실습 과정과 시험을 거쳐야 했다. 그런데 그 길은 언제나 더 어두운 다른 세계 곁을 지나가게 되고 그 한가운데를 통과하기도 했다. 그러다 보면 더 어두운 세계에 머물러 있다가 가라앉아 버리는 것도 완전히 불가능한 일이 아니었다. 그런 일을 겪은 탕자들에 관한 이야기가 많았고, 나는 탕자들에 관한 이야기를 탐독했다. 그런 이야기에서는 언제나 탕자가 아버지에게로, 선한 삶으로 돌아가는 것이 만족감을 주는 훌륭한 행동으로 그려졌다. 나 자신도 오로지 그렇게 되는 것만이 적절하고 선하고 바람직한 결말이라고 느꼈다. 그런데도 그런 이야기들 속에서 내게는 악한들과 방탕한 자들 사이에 벌어지는 이야기 부분이 훨씬 매혹적이었다. 더 솔직하게 털어놓는다면, 탕자가 회개하고 아버지 품에 돌아온 것이 내게는 거의 유감스럽게 느껴질 때도 있었다. 물론 그것을 입 밖에 내어 말한 적은 없고, 그런 생각은 품지도 않았다. 그것은 단지 하나의 예감과 가능성으로 감정의 밑바닥에 존재할 뿐이었다. 악마의 모습을 상상해 볼 때면 나는 그것이 변장하거나 본래 모습을 하고 저 아래 길거리에 있거나 장터 혹은 술집에 출몰하는 상황을 아주 잘 떠올릴 수 있었다. 하지만 그것이 결코 우리 집 안에 있는 것은 도저히 상상하기 힘들었다.

나의 누이들 역시 밝은 세계에 속했다. 나는 누이들이 근본적으로 아버지와 어머니의 세계에 더 가깝다는 느낌을 자주 받았다. 그들은 나보다 더 착하고, 더 예의 바르며, 잘못도 적은 편이었다. 그들도 부족한 부분이 있고, 예의에 어긋나게 행동할 때가 있었다. 그러나 내가 보기에 그렇게 심한 정도는 아니었다. 나 같은 경우는 악한 것과 접촉하는 일이 아주 심각한 정도여서 고통스러워하는 때가 많았고, 어두운 세계에 훨씬 더 가까이 있었다. 누이들은 이런 나하고는 달랐다. 누이들은 부모님과 마찬가지로 아끼고 존중해야 할 존재들이었다. 누이들과 다툼을 벌이는 경우, 시간이 지나고 나서 양심에 비추어 생각해 보면 잘못한 사람, 불화를 선동한 자, 용서를 구해야 할 자는 언제나 나였다. 누이들을 모욕하는 것은 부모님을 모욕하는 것, 선함과 계율을 모독하는 것이기 때문이었다. 어떤 비밀은 누이들에게 말하기보다는 몹시 불량한 부랑아들과 공유하는 것이 한결 나았다. 주위가 환하고 양심에 거리낄 것이 없는 좋은 날이면, 누이들과 어울려 놀면서 착하고 점잖게 구는 것, 그러면서 스스로 기특하고 고상한 척하는 자신을 바라보는 것은 종종 근사하게 느껴졌다. 천사라면 마땅히 그래야 하는 게 아니겠는가! 그것은 우리가 아는 범위에서 최고의 것이었다. 밝은 음향, 크리스마스와 같은 향기와 행복에 감싸여 있는 천사가 되는 것은 참으로 달콤하고 경이로운 일이라고 우리는 생각했다. 아, 그런 시간과 날들은 얼마나 드물게 찾아왔던가! 나는 누이들과 놀 때, 그것도 재미있으면서도 건전하고 허용된 놀이를 할 때, 지나치게 열을 내어 과격해지는 바람에 누이들이 도저히 감당할 수 없게 되고 결국에는 싸움과 불행으로 이어지는 경우가 많았다. 그러다가 분노에 사로잡히면 나는 아주 끔찍한 존재가 되고 언행이 상스러워졌는데, 그러는 동안에 벌써 나는 그 비열함을 가슴 저리게 깊이 느끼기도 했다. 그렇게 되면 후회하고 자책하는 불편하고 음울한 시간이 찾아오고, 용서를 구하는 고통스러운 순간이 이어졌다. 그런 일이 지나가고 나면 비로소 한 줄기 광명이 비쳐 들었고, 분열되지 않고 고요하고 감사한 행복을 느끼는 순간이 찾아왔는데, 그것은 여러 시간 지속될 때도 있었고 잠깐에 그치기도 했다.

　나는 라틴어 학교에 다녔다. 시장의 아들과 산림 감독관의 아들이 나와 같은 반이었고, 나는 가끔 그들과 어울렸다. 그들은 비록 거친 아이들이기는 했지만, 선한 세계, 허용된 세계에 속했다. 그렇지만 나는 이웃 아이들, 대개는 우리가 깔보던 공립학교에 다니는 학생들과도 가깝게 지냈다. 그 아이들 중 한 명에 관한 이야기로 내 이야기를 시작해야 한다.

수업이 없는 어느 오후였다. 열 살을 갓 넘긴 나는 이웃에 사는 소년 두 명과 어울려 어슬렁거리고 있었다. 그때 우리보다 몸집이 큰 소년 하나가 우리 가운데로 끼어들었다. 열세 살 정도로 보이는 건장하고 거칠기 짝이 없는 그 소년은 공립학교에 다녔고, 재단사 집 아들이었다. 그의 아버지는 술꾼이었고, 가족들도 하나같이 평판이 좋지 않았다. 프란츠 크로머라는 그 소년은 내가 익히 알고 있었고 또 무서워하는 아이였기에, 나는 그가 우리 가운데로 불쑥 끼어든 것이 마음에 들지 않았다. 그는 벌써 성인 남자처럼 행동했고, 젊은 공장 노동자들의 걸음걸이와 말투를 흉내냈다. 이제 우리는 그가 시키는 대로 다리 옆을 지나 강변으로 내려갔고, 첫 번째 교각 아래로 들어가 세상의 시야에서 모습을 감추었다. 아치형의 교각 벽면과 느릿느릿 흐르는 물살 사이의 좁은 강변에는 깨진 쓰레기, 유리 조각과 잡동사니, 마구 뒤엉킨 녹슨 철사 다발과 허접한 잡동사니가 널려 있었다. 그곳에서는 이따금 쓸 만한 것들이 발견되기도 했다. 우리는 크로머의 지휘를 받으며 그 구간을 샅샅이 뒤져야 했고, 무엇인가를 찾아내면 그에게 보여 줘야 했다. 그러면 그는 그 물건을 취하거나 물속에 던져 버렸다. 그는 우리더러 납이나 놋쇠, 주석으로 된 물건이 있는지 잘 살펴보라고 지시했다. 그런 물건이 나오면 그는 예외 없이 거두어 넣었는데, 뿔로 만든 낡은 빗 하나도 챙겼다. 나는 그와 함께 어울리는 것이 몹시 불안했다. 아버지가 이 사실을 알게 된다면 그와 교제하는 것을 당장 금지하실 것을 알아서가 아니라, 프란츠라는 인물 자체가 두려웠기 때문이다. 나는 그가 나를 받아 주고 다른 아이들과 똑같이 대해 주는 것이 내심 기뻤다. 그는 명령을 내렸고, 우리는 복종했다. 내가 그와 어울린 것은 그때가 처음이었지만, 마치 오래 해 오던 관습인 것 같았다.

마침내 우리는 물가 바닥에 자리를 잡고 앉았다. 프란츠는 강물을 향해 침을 뱉었는데, 그 모습이 마치 어른 같았다. 그는 이빨 틈새로 침을 뱉어 원하는 지점을 맞힐 수 있었다. 그러다가 이야기가 시작되었다. 아이들은 학교에서 저지른 온갖 소소한 무용담과 악의적인 장난질을 허풍을 섞어 자랑삼아 늘어놓았다. 나는 아무 말도 하지 않았는데, 그 침묵 때문에 크로머의 눈에 띄게 되어 혹시 그의 분노를 사지나 않을까 살짝 겁이 났다. 다른 두 아이는 처음부터 내게서 떨어져 나가 아예 크로머에게 달라붙어 있었다. 그들 사이에서 나는 이질적인 존재였고, 그들에게는 나의 옷차림이나 태도가 도발적이라는 느낌이 들었다. 라틴어 학교 학생인 데다가 양갓집 자제인 나를 프란츠가 좋아할 리가 없었다. 다른 두 아이도 어떤 곤란한 상황이 닥치면 나를 외면하고 곤경에 내팽개칠 것임을 나는 잘 알고 있었다.

순전히 두려움 때문에, 마침내 나도 이야기를 하나 꺼냈다. 나 자신을 주인공으로 삼아 정교한 도둑질 이야기를 꾸며 냈다. 어느 날 밤에 친구 한 명과 함께 모퉁이 물방앗간 옆에 있는 과수원에 들어가 사과를 한 자루나 훔쳤는데, 그것도 보통 사과가 아니라 최고 품종인 레네트와 골드파르메만 훔쳤다는 이야기였다. 나는 순간의 위험을 모면하려고 그 이야기 속으로 도망친 것이다. 나는 이야기를 지어내고 들려주는 데 능숙했다. 다만 금세 이야기가 끝이 나서 혹시라도 더 난처한 상황에 빠지지 않도록 최대한의 기교를 동원했다. 우리 중 한 명이 나무 위로 올라가 사과를 아래로 던지는 동안 다른 한 명은 계속 망을 보아야 했고, 사과가 담긴 자루가 너무 무거워 나중에는 자루를 열어 절반은 그 자리에 남겨 두어야 했지만, 반 시간 후에 되돌아가 남은 절반도 가져왔다고 말했다.

이야기를 마쳤을 때, 나는 약간의 갈채를 기대했다. 마지막에 이르렀을 때는 나는 열기에 싸였고, 이야기를 지어내는 데 도취한 상태가 되어 있었다. 두 꼬마 아이는 그저 어떤 사태가 벌어질 것인지 기대하면서 침묵했다. 그런데 프란츠 크로머는 가늘게 뜬 눈으로 나를 뚫어질 듯 쏘아보면서 위협적인 목소리로 물었다.

"진짜 이야기야?"

"그럼." 내가 말했다.

"그러니까 정말로 그랬다는 거지?"

"그래, 정말로 그랬어." 속으로는 두려워서 숨이 막힐 듯했지만, 나는 고집스럽게 장담했다.

"너 맹세할 수 있어?"

나는 화들짝 놀랐으나, 얼른 그렇다고 대답했다.

"그럼, 하나님과 너의 구원을 걸고 맹세한다고 말해!"

나는 말했다. "하나님과 나의 구원을 걸고 맹세해."

"알겠어." 그는 이렇게 말하고는 몸을 돌렸다.

나는 그렇게 일이 끝났다고 생각했고, 그래서 그가 곧바로 몸을 일으켜 귀갓길에 접어들자 내심 기뻤다. 우리가 다리 위에 올라섰을 때, 나는 이제 집에 가 봐야겠다고 소심하게 말했다.

"그렇게 서두를 거 없어." 프란츠가 웃었다. "우리는 어차피 가는 길도 같으니까."

그는 느린 속도로 어슬렁거리며 발걸음을 옮겼고, 나는 감히 뿌리치고 벗어날 엄두를 내지 못했다. 그는 정말로 우리 집 방향으로 걸어갔다. 마침내 우리 집에 이르렀고, 현관문이 보이고 두툼한 놋쇠 손잡이, 유리창에 비치는 햇빛, 어머니 방의 커튼이 보이면서 나는 깊은 안도의 한숨을 내쉬었다. 오, 집에 왔다! 오, 집으로, 밝은 세계로, 평화 속으로 돌아온다는 것은 얼마나 다행스럽고 복된 일인가!

나는 재빨리 현관문을 열고 미끄러지듯 안으로 들어가 등 뒤로 문을 닫으려 했다. 그 순간 프란츠 크로머가 비집고 안으로 들어섰다. 타일이 깔린 복도는 안마당 쪽에서만 빛이 들어와 서늘하고 어두침침했는데, 그곳에서 그가 내 옆에 다가서더니 내 팔을 붙잡고 나직하게 말했다. "너, 그렇게 서두를 것 없다니까!"

나는 깜짝 놀라 그를 쳐다보았다. 내 팔을 잡은 손아귀 힘이 무쇠처럼 단단했다. 나는 그의 속셈이 무엇인지, 혹시 나를 괴롭히려는 심사는 아닌지 생각해 보았다. 만약 내가 지금 소리를 지른다면, 있는 힘껏 크게 소리를 지른다면, 저 위층에서 누군가가 나를 구하러 재빨리 달려와 줄 수 있을까? 그러나 나는 그렇게 하기를 포기했다.

"왜 그래?" 내가 물었다. "원하는 게 뭐야?"

"별일 아냐. 그냥 네게 물어봐야 할 것이 좀 있어. 다른 아이들은 들을 필요가 없는 내용이거든."

"그래? 나한테서 무슨 얘기를 더 듣겠다는 거야? 난 이제 올라가 봐야 해, 너도 알잖아."

프란츠가 나지막하게 말했다. "모퉁이 물방앗간 옆 과수원이 누구네 것인지는 너도 알고 있겠지."

"아니, 난 몰라. 방앗간 주인 거겠지."

프란츠는 팔로 나를 감싸더니 자기 쪽으로 바싹 끌어당겼다. 그 바람에 나는 아주 가까운 거리에서 그의 얼굴을 들여다보아야 했다. 두 눈빛은 사악했고, 비열한 미소를 지었으며, 얼굴에는 잔혹함과 위세가 가득했다.

"그래, 이 녀석아, 과수원 주인이 누군지는 네게 말해 줄 수 있지. 나는 과수원 사과가 도둑질당하는 걸 진작부터 알고 있었거든. 게다가 과수원 주인이 과일을 누가 도둑질했는지 알려 주는 사람에게 2마르크를 주겠다고 약속한 것도 알고 있어."

"하나님 맙소사!" 나는 절규했다. "그런데 너는 주인에게 아무 말도 하지 않을 거지?"

나는 그의 명예심에 호소해 봐야 헛일이라는 느낌이 들었다. 그는 다른 세계의 사람이었고, 배신 같은 것은 그에게 범죄도 아니었다. 나는 그것을 완전히 확신했다. 이런 일에서 '다른 세계'의 사람들은 우리와는 같지 않았다.

"아무 말도 하지 말라고?" 크로머가 웃음을 터뜨렸다. "친구야, 너는 내가 화폐 위조범이라도 돼서 2마르크 동전 정도는 마음대로 만들어 낼 수 있다고 생각하는 거야? 나는 가난하고, 내게는 너처럼 부자 아버지도 없어. 그러니 2마르크를 벌 수만 있다면 반드시 벌어야 하는 형편이야. 어쩌면 과수원 주인이 그보다 더 줄 수도 있겠지."

그는 갑자기 나를 다시 풀어 주었다. 우리 집 현관에서는 더는 평화와 안전의 향기가 나지 않았다. 나를 둘러싼 세계가 와르르 무너져 내렸다. 그는 나를 신고할 것이다. 나는 범죄자였고, 아버지도 그 일을 알게 될 것이다. 어쩌면 경찰이 들이닥칠 것이다. 모든 것이 뒤죽박죽된 상태에서 엄청난 공포가 밀려왔고, 온갖 흉측하고 무서운 것이 내게 덤벼들 태세였다. 내가 도둑질을 하지 않았다는 사실은 전혀 중요하지 않았다. 게다가 나는 맹세까지 했었다. 하나님 맙소사, 하나님 맙소사!

두 눈에서 눈물이 솟구쳤다. 나는 대가를 치르고서라도 이 상황을 모면해야겠다고 생각하고 절망적으로 모든 주머니를 뒤졌다. 사과 하나, 주머니칼 하나 없었고, 주머니에는 아무것도 들어 있지 않았다. 문득 내 시계가 떠올랐다. 오래된 은시계로 제대로 작동은 하지 않았지만, 나는 그 시계를 '그냥' 지니고 다녔다. 할머니로부터 물려받은 시계였다. 나는 시계를 얼른 끄집어냈다.

"크로머." 내가 말했다. "나를 일러바쳐야 하는 건 아니잖아. 그것이 너의 선의라고는 할 수 없을 거야. 자, 이 시계를 줄게. 미안하지만 이것 말고는 아무것도 없거든. 이 시계는 네가 가져도 좋아, 은으로 만든 거야. 아주 훌륭한 시계고, 조금 결함이 있어서 수리만 좀 필요할 뿐이야."

그는 싱긋 웃으면서 큼지막한 손으로 시계를 받아 들었다. 나는 그 손을 바라보았다. 그 손이 내게는 아주 거칠고 깊은 적대감을 가진 것으로 보였고, 나의 삶과 평화를 사납게 움켜잡으려는 것으로 느껴졌다.

"은으로 만든 시계야." 내가 주눅이 들어 말했다.

"이따위 은이나 고물 시계 같은 것에는 관심 없어!" 그가 깊은 경멸감을 보이며 말했다. "시계는 너나 고쳐 쓰든지 해!"

"하지만 프란츠!" 나는 그가 가 버릴지도 몰라 두려움에 떨며 외쳤다. "잠깐만 기다려 봐! 그 시계는 네가 가져! 진짜 은으로 만든 거야, 정말 은시계야! 그리고 난 그것밖에 가진 게 없어."

그는 싸늘한 경멸을 담은 눈길로 나를 바라보았다.

"그래, 이제 내가 누구에게로 갈 건지는 너도 잘 알겠지. 아니면 나는 경찰서에 가서 알릴 수도 있어. 거기 있는 경찰관을 잘 알거든."

그는 몸을 돌려 자리를 떠나려고 했다. 나는 그의 옷소매를 붙잡았다. 그렇게 내버려둬서는 안 될 일이었다. 그가 그렇게 가 버리고 나서 닥쳐올 모든 사태를 감당하느니, 차라리 죽어 버리는 게 훨씬 나을 것이다.

"프란츠." 나는 흥분해서 쉰 목소리로 간청했다. "제발 그런 바보 같은 짓을 해서는 안 돼! 그냥 장난인 거지?"

"그럼, 장난이지. 하지만 너는 호된 대가를 치를 수도 있겠지."

"말해 보라고, 프란츠, 내가 도대체 어떻게 해야 하냐고! 내가 뭐든지 다 할게!"

그는 가늘게 뜬 눈으로 나를 다시 찬찬히 살피더니 웃음을 터뜨렸다.

"그렇게 바보같이 굴지 마!" 그가 가식적인 선의를 보이며 말을 이었다. "너도 상황이 어떤지는 나만큼이나 잘 이해할 거야. 내게는 2마르크를 벌 기회가 주어졌어. 내가 그것을 내팽개칠 정도로 부유하지 않다는 것은 너도 알잖아. 그런데 너는 부자고 시계까지 갖고 있어. 내게 2마르크만 주면 되는 거야. 그러면 만사가 해결되는 거야."

나는 그의 논리를 이해했다. 하지만 2마르크라니! 그것은 나로서는 도저히 마련할 수 없다는 점에서 10마르크, 100마르크, 1000마르크만큼이나 큰 액수였다. 내게는 돈이 없었다. 어머니 방에 작은 저금통 하나가 있기는 했다. 그러나 저금통에는 삼촌들이 방문하거나 그런 비슷한 기회가 있을 때면 받아 넣은 10페니히, 5페니히 동전 몇 개가 들어 있을 뿐이다. 그것 말고는 한 푼도 없었다. 그때는 용돈을 받는 나이도 아직 아니었다.

"가진 것이 아무것도 없어." 내가 슬픈 목소리로 말했다. "돈은 한 푼도 없다고. 하지만 다른 거라면 뭐든지 줄 수 있어. 인디언 이야기책 한 권, 장난감 병정들 그리고 나침판이 하나 있어. 너한테 다 가져다줄게."

크로머는 뻔뻔하고 심술궂은 입을 삐죽이더니 바닥에 침을 뱉을 뿐이었다.

"허튼소리는 집어치워!" 그가 명령조로 말했다. "그런 잡동사니는 너나 가지라고. 나침판이라니! 이제 내 화를 더 돋우지 말고,

돈을 가져오란 말이야!"

"하지만 나는 돈이 없어. 돈을 받아 본 적이 없다고. 나로서는 어쩔 도리가 없다니까!"

"자, 어쨌든 내일 2마르크를 내게 가져오는 거야. 학교가 끝난 뒤 저 아래 시장에서 기다리겠어. 그러면 그걸로 일이 끝나는 거야. 만약 돈을 안 가져오면 어떻게 될지는 두고 보라고!"

"알겠어, 하지만 그 돈을 도대체 어디서 구하라는 거야? 하나님 맙소사, 나는 한 푼도 없는 처지인데."

"너희 집에는 돈이 충분히 있어. 방법은 네가 찾아야지. 그러니까 내일 학교가 끝난 후야. 다시 한번 말하지만, 만약 돈을 안 가져오면 어떻게 되는지 알지?"

그는 매서운 눈초리로 내 눈을 한번 쏘아보더니, 한 번 더 침을 내뱉고는 그림자처럼 사라졌다.

나는 위층으로 올라갈 수가 없었다. 나의 삶은 산산조각이 났다. 나는 이대로 멀리 달아나서 영영 돌아오지 않거나 물에 빠져 죽어 버릴 생각까지 했다. 하지만 그것도 명료한 생각은 아니었다. 나는 어둠 속에서 우리 집 층계의 맨 아래 칸에 앉아 한껏 웅크린 채 불행에 나 자신을 내맡겼다. 그때 리나가 바구니를 들고 장작을 가지러 내려오다가 울고 있는 나를 발견했다.

나는 리나에게 위층에 있는 가족들에게는 아무 말도 하지 말아 달라고 부탁하고는 위로 올라갔다. 유리문 옆 옷걸이에는 아버지의 모자와 어머니의 양산이 걸려 있었다. 그 모든 것들에서 친숙함과 다정함이 내게로 밀려들었다. 마치 탕자가 떠나온 고향 집의 방들을 보고 그 향기를 맡았을 때처럼, 나의 심장은 그 물건들을 향해 간절하면서도 고마운 마음으로 반갑게 인사했다. 하지만 그 모든 것은 더는 내게 속하지 않았다. 그것은 모두 아버지와 어머니의 밝은 세계에 속했다. 반면에 나는 죄책감에 잡혀 낯선 물결에 깊이 가라앉았고, 모험과 죄에 휘말렸으며, 적에게 위협받고 위험과 두려움, 수치와 맞닥뜨리게 되었다. 모자와 양산, 질 좋은 오래된 사암 재질의 바닥, 현관 장식장 위의 대형 그림, 저 안쪽 거실에서 들려오는 누이들의 목소리, 그 모든 것이 어느 때보다 사랑스럽고 다정하고 소중하게 느껴졌다. 하지만 그것들은 이제 더는 위안이 되지 못했고, 나의 안전한 소유물도 아니었으며, 오히려 내게 가해지는 비난일 뿐이었다. 이제는 내 것이 아니어서 나는 그 유쾌함과 고요함을 더는 나눠 가질 수 없었다. 나는 신발 매트에 문질러도 털어 낼 수 없는 더러움을 두 발에 묻혀 왔고, 나의 고향 세계가 전혀 알지 못하는 그림자들을 끌고 들어왔다. 나는 그동안 많은 비밀을 가졌고, 많은 불안에 시달렸었다. 하지만 오늘 내가 이 공간에 끌고 들어온 것에 비한다면 그 모든 것은 장난이고 농담에 지나지 않았다. 운명이 나를 뒤쫓아 와 나를 향해 음흉한 손길을 뻗치고 있었다. 그것은 어머니조차 막아 줄 수 없고, 어머니가 알아서도 안 되는 일이었다. 이제는 나의 범죄가 도둑질이었는지 아니면 거짓말이었는지는(나는 하나님과 나의 구원을 걸고 거짓 맹세까지 하지 않았던가?) 중요하지 않았다. 나의 죄는 이것 또는 저것을 행한 것이 아니었다. 악마에게 손을 내밀었다는 것이 나의 죄였다. 왜 나는 함께 따라나섰던 걸까? 왜 나는 아버지에게 순종한 것보다 크로머에게 더 고분고분하게 복종했을까? 무엇 때문에 나는 저 도둑질 이야기를 거짓으로 꾸며 냈을까? 어째서 나는 도둑질이 영웅적인 행위라도 된다는 듯 자랑질을 했을까? 이제 나는 악마에게 손목을 잡히고, 적에게 쫓기는 신세가 되었다.

한순간 나는 내일이 닥치는 것에 대한 두려움을 더는 느끼지 않았다. 하지만 나는 무엇보다 이제부터는 나의 길이 점점 더 내리막길로 들어서 종국에는 어둠 속에 빠져들 것이라는 끔찍한 확신에 사로잡혔다. 내가 저지른 잘못은 새로운 잘못들로 이어질 것이 분명했고, 내가 누이들과 어울리거나 부모님께 인사하며 입맞춤하는 행동들은 다 거짓일 것이며, 아울러 나는 내 안에 운명과 비밀을 지니면서 그것을 다른 가족에게는 숨긴 채로 살아갈 것이다. 나는 이를 또렷이 느꼈다.

아버지의 모자를 바라보았을 때 한순간 내 안에서 신뢰와 희망이 번득이기도 했다. 나는 아버지께 모든 것을 털어놓은 뒤에 아버지가 내리는 어떤 판결과 처벌도 달게 받을 것이고, 아버지를 내 비밀을 아는 분이자 구원자로 만들 수도 있을 것이다. 그것은 그동안 내가 자주 해 왔던 참회 과정에 지나지 않을 것이다. 그저 무겁고도 고통스러운 시간, 회개하는 마음으로 힘겹게 용서를 구하는 시간 말이다.

그러한 상상은 얼마나 달콤하게 울렸는지! 얼마나 멋진 유혹이었는지! 그러나 그것은 소용없는 생각이었다. 나는 내가 그렇게 하지 않으리라는 것을 알았다. 이제는 내가 하나의 비밀을 갖게 되었고, 그 죄책감은 나 홀로 감당해야 한다는 것을 알았다. 어쩌면 바로 이 순간 나는 갈림길에 서 있었다. 어쩌면 이 시간 이후로 나는 영원히 나쁜 쪽에 속할 것이고, 악한 사람들과 비밀을 공유하며 그들에게 의존할 것이고, 그들에게 복종하며 그들과 같은 존재가 될 수밖에 없을 것이다. 나는 어쩌다가 어른 행세, 영웅 행세를 해 본 것이었고, 이제 거기에 따르는 후과를 감당해야 하는 신세가 되었다.

내가 안으로 들어갔을 때 아버지는 내 젖은 신발만 탓했고, 그것이 내게는 다행스러운 일이었다. 그것에 주의를 뺏기느라 아버지는 더 나쁜 일은 알아차리지 못했고, 나는 아버지의 꾸지람을 속으로는 은밀히 다른 것과 연관시키면서 참아 낼 수 있었다. 그러면서 내 안에서 기이하고 새로운 감정, 신랄함이 가득한 사악하고 예리한 감정이 일어났다. 나 자신이 아버지보다 우월하다고 느낀 것이다! 짧은 순간 동안 나는 아버지의 무지에 대해 일종의 경멸감까지 느꼈고, 신발이 젖었다고 꾸짖는 아버지의 행위가 아주 하찮게 여겨졌다. '당신은 제대로 알지도 못하잖아!' 이런 생각을 하면서, 나는 마치 살인 사건을 고백해야 할 판국에 빵 하나를 훔친 혐의로 심문을 받는 범죄자 정도가 된 기분이었다. 그것은 추악하고 역겨운 감정이었지만, 그만큼 강렬하고 깊은 매력이 있었다. 그것은 다른 어떤 생각보다도 나 자신을 더 단단하게 나의 비밀과 나의 죄책감에 묶어 주는 감정이었다. 어쩌면 크로머는 지금쯤 경찰서에 가서 나를 신고했을 것이다. 이 집에서는 내가 여전히 어린아이 취급을 받고 있는데, 정작 내 머리 위로는 폭풍우가 몰려오고 있었다!

여기까지 이야기한 전체 체험에서 이 순간은 가장 중요하고 지속적인 영향을 끼친 순간이었다. 아버지의 신성함에 가해진 첫 균열이었다. 그것은 나의 유년 시절을 떠받치던 기둥들, 자기 자신이 되고자 하는 인간이면 결국은 부숴 버려야 하는 그 기둥들에 생겨난 첫 칼자국이었다. 우리 운명의 내적이고 본질적인 선(線)은 그 누구도 보지 못하는 이러한 체험들로 이루어져 있다. 이렇게 생겨난 칼자국과 균열은 다시 아물게 된다. 칼자국과 균열은 시간이 지나면 치유되고 잊히지만, 우리 속 가장 은밀한 방에서는 계속 살아남아 피를 흘린다.

당시의 나는 이 새로운 감정을 느끼자마자 두려워졌다. 마음 같아서는 당장이라도 아버지 앞에 엎드려 발에 입을 맞추고 용서를 구하고 싶었다. 그러나 인간은 본질적인 문제를 두고서는 용서를 구할 수 없는 법이다. 그것은 어린아이라고 해도 어떤 현자 못지않게 깊이 느끼고 잘 알고 있다.

나는 내게 일어난 일을 곰곰이 생각하고, 당장 내일 어떻게 대처해야 할지도 고민할 필요가 있었다. 하지만 거기까지 나아가지 못했다. 그날 저녁 내내 우리 집 거실의 달라진 공기에 적응하는 일에 오롯이 몰두해야 했기 때문이다. 벽시계와 탁자, 성경책과 거울, 책꽂이와 벽에 걸린 그림들이 흡사 내게 작별 인사를 하는 것 같았다. 나는 내 것이었던 세계, 나의 선하고 행복했던 삶이 이제 과거가 되고 내게서 떨어져 나가는 모습을 얼음장처럼 차가운 심장으로 지켜봐야만 했다. 아울러 나 자신이 새로운 갈망의 뿌리를 뻗어 저 바깥의 어둡고 낯선 영역에 닻을 내리고 단단히 고정되었음을 느껴야 했다. 처음으로 나는 죽음을 맛보았다. 죽음은 쓴맛이 났다. 죽음은 탄생이기 때문이고, 무시무시한 삶의 혁신(革新)에 직면할 때 느끼는 두려움과 공포이기 때문이다.

마침내 내 방에 들어와 침대에 몸을 눕혔을 때, 나는 기뻤다! 이에 앞서 나는 마지막으로 죄를 정화하는 의식의 하나로 저녁 예배를 견뎌야 했다. 예배에서 우리는 함께 찬송가도 한 곡 불렀다. 내가 가장 좋아하는 찬송가 중 하나였다. 하지만 나는 함께 노래할 수 없었고, 음 하나하나가 내게는 쓸개즙이자 독약처럼 느껴졌다. 아버지가 축복 기도를 드릴 때도 함께 기도하지 않았다. 아버지가 "저희 모두와 함께하소서!"라는 말과 함께 기도를 마쳤을 때, 어떤 경련과도 같은 것이 나를 가족 공동체에서 떼어 냈다. 하나님의 은총이 그들 모두와 함께했지만, 나와는 더는 함께하지 않았다. 나는 마음이 냉랭해지고 아주 녹초가 되어 그 자리를 떠났다.

침대에 한동안 누워 있는데 온기와 아늑함이 부드럽게 나를 감쌌다. 그러나 내 심장은 또다시 겁에 질린 채 되돌아가 오늘 있었던 일의 주위를 불안스럽게 서성이고 있었다. 어머니는 언제나처럼 잘 자라는 인사를 해 주고 방에서 나갔다. 그런데 어머니의 발소리가 여전히 내 방까지 울려왔고, 어머니가 들고 있는 촛불의 불빛이 여전히 문틈을 통해 비치었다. 나는 생각했다. 이제 어머니는 다시 돌아올 것이다. 어머니는 무슨 일이 있다고 여기고는 내게 입맞춤하면서 물을 것이다. 자애롭고 희망을 주는 목소리로 물어볼 것이다. 그러면 나는 울음을 터뜨릴 수 있을 것이고, 내 목에 걸려 있던 돌덩이는 녹아내릴 것이다. 나는 어머니를 두 팔로 껴안고 사실대로 말할 것이다. 그러면 일이 잘 풀리고 구원이 찾아들 것이다! 나는 문틈의 불빛이 이미 어두워진 후에도 한참이나 더 귀를 기울이면서 틀림없이 그렇게 되리라, 반드시 그렇게 되리라고 생각했다.

그러고 나서 나는 낮에 있었던 일로 돌아가 내 적의 눈을 바라보았다. 적의 모습이 또렷하게 보였다. 나의 적은 한쪽 눈을 가느다랗게 뜨고 입으로는 야비한 웃음을 터뜨렸다. 내가 그를 바라보면서 벗어날 수 없는 상황을 속으로 곱씹는 동안, 그는 점점 더 커지고 더 흉측해졌고, 그 음흉한 눈빛은 간악하게 번득였다. 나의 적은 내가 잠들 때까지 내 곁에 바짝 붙어 있었다. 하지만 막상 잠이 들었을 때, 내 꿈속에 나타난 것은 나의 적도 아니었고, 오늘 있었던 일도 아니었다. 꿈속에서 나는 오히려 부모님 그리고 누이들과 함께 보트를 타고 있었고, 온전히 휴일의 평화와 광채만이 우리를 감싸고 있었다. 한밤중에 잠에서 깨어났을 때도 나는 그 행복의 여운을 느낄 수 있었고, 누이들의 하얀 여름옷이 여전히 햇빛을 받아 반짝이는 모습을 보았다. 그러다가 나는 그 모든 낙원에서 다시 굴러떨어져 나의 현실로 되돌아왔고, 사악한 눈초리의 적과 마주하고 있었다.

이튿날 아침에 어머니가 서둘러 내 방에 들어와서는 벌써 늦었는데 왜 아직 침대에 누워 있느냐고 소리쳤을 때 나는 형편없는 몰골이었고, 어머니가 무슨 문제가 있느냐고 물었을 때 나는 구토를 했다.

그 덕분에 내게 조금 유리한 상황이 조성된 듯 보였다. 나는 몸이 살짝 아픈 상태로 아침나절 동안 캐모마일차를 마시면서 침대에 누워 있을 수 있었고, 그러면서 어머니가 옆방에서 청소하는 소리, 리나가 바깥 현관에서 정육점 주인을 맞아 흥정하는 소리를 기분 좋게 들었다. 학교에 가지 않아도 되는 오전은, 보통은 마법 같았고 동화 같았다. 그때 유희하듯 방 안으로 쏟아져 들어오는 햇빛은 학교에서 녹색 커튼을 내려서 가려야 하는 햇빛과는 달랐다. 하지만 오늘은 그것마저도 맛이 없었고, 잘못된 울림만 남겼을 뿐이다.

정말이지, 차라리 그냥 죽어 버렸으면! 그러나 이전에도 자주 그랬던 것처럼 나는 몸이 좀 좋지 않을 뿐이었고, 그것은 어떤 해결책도 되지 못했다. 학교에 가는 것은 피할 수 있었지만, 그것이 열한 시에 시장에서 기다리겠다는 크로머에게서 나를 보호해 줄 수는 없었다. 이번에는 어머니의 다정함도 위안이 되지 못했다. 오히려 성가시고 고통스러운 것일 뿐이었다. 그래서 나는 금방 다시 잠든 척하면서 곰곰이 생각해 보았다. 달리 뾰족한 방도가 없었고, 열한 시에는 시장에 나가 있어야 했다. 그래서 나는 열 시에 조용히 자리에서 일어나 몸 상태가 다시 조금 호전되었다고 말했다. 그 경우는 늘 그렇듯이 다시 침대에 가서 눕게 되거나, 아니면 오후에 학교에 가야 한다는 것을 뜻했다. 나는 학교에 가고 싶다고 말했다. 내게는 미리 세워 둔 계획이 하나 있었다.

돈이 없는 상태로 크로머에게 갈 수는 없었다. 내 것이라 할 수 있는 작은 저금통이라도 어떻게든 챙겨야 했다. 나는 그 안에 들어 있는 돈이 충분치 않다는 것, 모자라도 한참 모자란다는 것을 알고 있었다. 그래도 약간은 들어 있었다. 아무것도 없는 것보다는 약간이라도 돈을 가져가는 게 낫고, 적어도 그걸로 크로머를 달래기라도 해야 한다는 것을 나는 직감적으로 느꼈다.

　양말을 신은 채로 어머니 방에 몰래 들어가서 책상 위에 있는 내 작은 저금통을 들고나올 때는 기분이 엉망이었다. 그러나 전날의 일만큼이나 기분 나쁜 것은 아니었다. 심장이 두근거려 숨이 막힐 것 같았고, 아래로 내려가는 층계참에서 저금통을 일단 살펴보면서 그것이 잠겨 있음을 알게 되었을 때도 상태가 더 나아지지는 않았다. 저금통을 열어젖히는 일은 매우 쉬웠다. 얇은 판 모양의 양철 격자만 뜯어내면 되었다. 하지만 저금통의 균열은 마음을 아프게 했다. 이로써 나는 제대로 도둑질을 자행한 것이다. 그때까지는 고작 몰래 군것질을 하거나 각설탕, 과일을 슬쩍 가져다 먹은 정도였다. 그런데 지금은 비록 내 돈이라고 해도 정말로 도둑질을 한 것이다. 나 자신이 크로머와 그의 세계에 다시 한 걸음 더 가까워졌고, 그렇게 조금씩 타락의 길을 걷고 있음을 느꼈다. 안간힘을 쓰며 그것에 저항도 해 보았다. 그러나 악마가 나를 잡아간다 해도 이제는 돌이킬 수 없었다. 나는 마음 졸이며 돈을 세어 보았다. 저금통은 꽉 찬 것 같은 소리가 났지만, 막상 돈을 손에 들고 세어 보니 한심할 정도로 적은 액수였다. 겨우 65페니히였다. 저금통을 아래층 복도에 숨겨 놓은 후, 나는 돈을 움켜쥐고 문밖으로 나섰다. 이제껏 이 문을 드나들었지만, 여느 때와는 다른 모습이었다. 위층에서 누군가가 나를 부르는 것만 같았다. 나는 재빨리 그 자리를 떠났다.

아직 시간이 많이 남아 있었다. 나는 빙 둘러 우회하는 길을 선택했다. 나는 달라져 버린 도시의 골목들 사이로 숨어들어 한 번도 본 적이 없는 구름 아래를 지나갔고, 나를 바라보는 집들과 나를 미심쩍어 하는 사람들을 지나갔다. 도중에 언젠가 학교 친구 한 명이 가축 시장에서 1탈러*를 습득한 일이 문득 생각났다. 하나님이 기적을 베푸셔서 내게도 그런 일이 일어나게 해 달라고 정말이지 기도라고 하고 싶었다. 하지만 내게는 이제 그렇게 기도할 권리마저도 없었다. 그리고 설사 그런 일이 일어난다고 해도 저금통이 온전히 원상 복구되지는 않을 것이다.

프란츠 크로머는 멀리서 내가 오는 것을 지켜보았다. 그런데 그는 아주 천천히 내게로 다가왔고, 내게 별로 주의를 기울이지 않는 듯했다. 내게 가까이 와서는 자신을 따라오라고 눈짓으로 명령하고는 주위를 한 번 돌아보지도 않고 유유히 걸어갔다. 그는 슈트로 거리를 따라 내려가 좁은 판자 다리를 건너갔고, 도시 집들이 거의 끝나 가는 곳의 어느 신축 공사장 앞에 멈춰 섰다. 공

---

* 과거(15세 말에서 19세기) 유럽에서 통용된 은화. 에르츠산맥의 요아힘스탈(현재 체코의 야히모프) 은광에서 처음 제작된 데서 그 이름이 유래되었고, 오늘날 '달러'의 어원이다.

사가 중단된 상태였던 그곳에는, 문이나 창문이 달려 있지 않은 앙상한 벽들만이 서 있었다. 크로머는 주위를 살피고는 문간을 통해 안으로 들어섰고, 나도 그의 뒤를 따라갔다. 그는 벽 뒤쪽으로 가더니 내게 가까이 오라는 신호를 보냈고, 내가 다가가자 불쑥 손을 내밀었다.

"갖고 온 거야?" 그가 차갑게 물었다.

나는 주머니에서 움켜쥐고 있던 손을 꺼내어 그의 손바닥 위에 돈을 쏟았다. 마지막 5페니히 동전이 떨어지는 소리가 채 가시기도 전에 그는 이미 셈을 마쳤다.

"65페니히잖아." 그가 이렇게 말하면서 나를 빤히 쳐다보았다.

"맞아." 나는 움츠러들며 말했다. "내가 가진 전부야. 너무 적다는 건 나도 알아. 하지만 그게 다야. 더는 없어."

"나는 네가 좀 더 영리한 줄 알았는데 말이야." 그는 거의 온건한 말투가 되어 나를 나무랐다. "하지만 신사들끼리는 일을 제대로 정리해야지. 나는 너한테서 정당하지 않게 어떤 것을 빼앗을 생각이 없어. 그것은 너도 잘 알 거야. 자, 이 동전들은 다시 가져가! 참, 다른 분이라면 말이야 — 그게 누군지는 너도 알겠지만 — 흥정해서 액수를 깎으려 하지는 않을 거야. 그분은 돈을 다 주실 거야."

"하지만 난 정말로 더는 가진 게 없어! 내 저금통에서 전부 꺼낸 거야."

"그거야 네 사정이지. 하지만 너를 절망에 빠뜨릴 생각은 없어. 너는 내게 아직 1마르크 35페니히의 빚이 있는 거야. 그것은 언제 받을 수 있지?"

"오, 그 돈은 반드시 받게 될 거야, 크로머! 지금은 나도 정확히 모르겠어, 하지만 어쩌면 곧, 내일이나 모레쯤에는 돈이 더 생길 수도 있어. 내가 이 일을 아버지에게 말씀드릴 수 없다는 것은 너도 알잖아."

"나하고는 아무 상관이 없는 일이야. 나는 너한테 해를 입히려는 게 아니야. 너도 알다시피 나는 정오가 되기 전에 내 돈을 받을 수도 있어. 게다가 나는 가난하다고. 너는 이렇게 멋진 옷을 입었고, 점심 식사로 나보다 더 좋은 것을 먹잖아. 하지만 나는 아무 말도 하지 않겠어. 나야 조금 더 기다려 줄 수도 있어. 모레 오후에 내가 휘파람으로 신호를 줄 거야. 그러면 너는 남은 일을 다 정리하는 거야. 내가 부는 휘파람 소리는 알고 있지?"

그가 내 앞에서 휘파람을 불어 보였다. 내가 자주 들었던 소리였다.

"그럼." 내가 말했다. "알고 있어."

그는 나하고는 아무 상관이 없다는 듯이 가 버렸다. 우리 사이에는 거래가 있었을 뿐, 그 이상은 아무것도 없었다.

지금이라도 크로머의 휘파람 소리를 갑자기 다시 듣게 되면, 나는 아마도 소스라치게 놀랄 것이다. 그때 이후 나는 그 휘파람 소리를 자주 들었고, 그 소리는 지금까지 계속해서 들리는 것 같다. 내가 어느 곳에 있든지, 어떤 놀이를 하고 있든지, 어떤 일을 하고 있든지, 어떤 생각을 하고 있든지, 그 휘파람 소리는 내 귓전에 파고들었다. 그것은 나를 예속된 존재가 되게 했고, 이제 나의 운명이 되었다. 날씨가 온화하고 단풍이 한창인 가을날 오후가 되면 나는 내가 좋아하는 우리 집 작은 꽃밭에서 자주 시간을 보냈다. 그럴 때면 더 어릴 때 했던 아이들 놀이를 다시 해 보고 싶은 이상한 충동에 사로잡혔다. 어느 정도는 실제의 나보다 더 어린 소년, 다시 말해 아직은 선량하고 자유롭고 순진무구하고 보호받는 아이가 되어 보는 것이다. 하지만 그 한가운데로 크로머의 휘파람 소리, 늘 예상은 하면서도 매번 미친 듯이 소스라치게 놀라게 되는 그 휘파람 소리가 어디선가 들려오면, 그 소리는 추억의 실마리를 끊어 버리고 환상을 파괴했다. 그러면 나는 따라나서야 했다. 나를 고문하는 자가 이끄는 대로 형편없고 추악한 장소로 가서 이런저런 변명을 해야 했고, 돈 때문에 추궁을 받아야 했다. 그 모든 일은 기껏해야 몇 주 정도 지속되었을 것이지만, 내게는 그것이 몇 년, 아니 영원처럼 느껴졌다. 내게 돈이 생기는 일은 드물었다. 어쩌다가 리나가 장바구니를 부엌 탁자 위에 올려 두었을 때 5페니히 동전이나 10페니히 동전 하나를 슬쩍하는 게 고작이었다. 그때마다 나는 크로머에게 질타를 받고 온갖 멸시를 당했다. 그를 속이고, 그가 응당 받아야 할 몫을 주지 않으려 하는 자, 그의 것을 도둑질하고 그를 불행하게 만드는 인물이 바로 나라는 것이다. 내 인생에서 그토록 절실하게 곤경을 느낀 적은 많지 않다. 그때보다 더 큰 절망 상태, 더 지독한 종속을 느낀 적도 없다.

나는 저금통을 장난감 돈으로 채워서 제자리에 다시 갖다 놓았고, 아무도 그것에 관해 묻지 않았다. 하지만 그것은 언제든지 내게 갑작스럽게 들이닥칠 수 있는 문제였다. 나는 종종 크로머의 거친 휘파람 소리보다도 어머니가 조용히 내게로 다가올 때 더 큰 두려움을 느꼈다. 어머니가 혹시 저금통에 관해 물어보려고 오는 게 아닐까 더럭 겁이 났던 것이다.

내가 여러 차례 돈도 마련하지 못한 채 나의 악마에게 갔기 때문에 그는 다른 방식으로 나를 괴롭히고 이용하기 시작했다. 나는 그를 대신해 일해야 했다. 그는 아버지를 위해 물건들을 날라야 했는데, 내가 그를 대신해 그 일을 해야 했다. 그는 내게 다른 힘든 일을 시키기도 했다. 10분 동안 한 발로 뜀뛰기, 지나가는 사람의 상의에 종이쪽지 붙이기 따위였다. 나는 여러 날 밤 꿈속에서 이런 괴로움에 시달려야 했고, 그럴 때면 악몽으로 땀에 흥건히 젖기도 했다.

한동안 나는 몸이 아팠다. 자주 토하고 쉽게 오한이 들었으며, 그러다가도 밤이 되면 땀을 흘리고 신열이 났다. 어머니는 무엇인가 문제가 있다고 느끼고는 내게 많은 연민을 보였다. 하지만 내가 어머니의 보살핌에 신뢰로 보답할 수 없었기 때문에 그것은 나의 괴로움을 더할 뿐이었다.

한번은 저녁이 되어 내가 이미 잠자리에 들었을 때, 어머니가 초콜릿 한 조각을 가져다주었다. 예전에 내가 착하게 구는 날이면 잠자리에 들 때 종종 그와 같은 위로의 간식거리를 받았던 시절이 있었다. 어머니가 지금 다시 내게 작은 초콜릿을 내밀자, 그 시절이 떠올랐다. 나는 마음이 너무 괴로워 겨우 고개만 가로저을 수밖에 없었다. 어머니는 무슨 문제가 있느냐고 물으면서 내 머리를 쓰다듬었다. 나는 다만 이렇게 내뱉었다. "싫어요! 싫어요! 아무것도 안 먹을래요." 어머니는 초콜릿을 침대 옆 작은 탁자에 올려놓고 방에서 나갔다. 다음 날 어머니가 내게 간밤의 일을 물어보려 했을 때, 나는 아무것도 기억나지 않는다는 듯이 행동했다. 한번은 어머니가 나를 위해 의사를 불러오게 했다. 의사는 나를 진찰하더니 아침마다 찬물로 목욕하라는 처방을 내렸다.

당시 나의 상태는 일종의 정신 착란이었다고 할 수 있다. 우리 집의 잘 정돈된 평화의 한복판에서 정작 나 자신은 유령처럼 겁에 질린 채 괴로워하며 살았다. 나는 다른 가족의 삶에는 동참하지 않았고, 단 한 시간도 나 자신을 잊은 적이 거의 없었다. 자주 역정을 내고 이런저런 추궁을 하는 아버지에게는, 나는 마음을 닫고 냉담하게 대했다.

제2장

카인

나를 고통에서 벗어나게 해 준 구원은 전혀 예상치 못한 방향에서 왔다. 그 구원과 동시에 무엇인가 새로운 것이 내 삶에 들어왔고, 그것은 오늘날까지도 내게 줄곧 영향을 미치고 있다.

얼마 전에 우리 라틴어 학교에 새로운 학생 하나가 들어왔다. 우리 도시로 이사 온 어느 부유한 과부의 아들이었는데, 옷소매에 검은 상장(喪章)을 두르고 있었다. 나보다 상급반에 다녔고, 나이도 몇 살 더 많았다. 그런데 그는 모든 사람의 눈에 띄었고, 나도 그의 존재를 곧 의식했다. 이 특이한 학생은 겉보기보다 훨씬 나이 들어 보였고, 그 누구에게도 소년 같은 인상을 주지 않았다. 우리 같은 유치한 소년들 사이에서 그는 성인 남자 같은, 아니 그보다는 신사 같은 모습을 하고서 낯설고도 성숙하게 행동했다. 그는 인기 있는 학생은 아니었다. 그는 놀이에 참여하지 않았고,

싸움박질에는 더더욱 끼어들지 않았다. 다만 선생님들을 대할 때 그가 보이는 자신감에 찬 확고한 어조만은 다른 아이들의 호감을 샀다. 그의 이름은 막스 데미안이었다.

어느 날, 우리 학교에서는 때때로 있는 일이었지만, 어떤 사정으로 인해 다른 반이 굉장히 넓은 우리 반 교실에 와서 함께 수업을 받게 되었다. 그 반은 데미안이 속한 반이었다. 우리 하급반 아이들은 성경 이야기 시간이었고, 상급반 학생들은 작문 시간이었다. 선생님이 카인과 아벨의 이야기를 우리에게 주입식으로 전달하는 동안, 나의 눈길은 자꾸만 데미안 쪽을 향했다. 그의 얼굴은 묘하게도 나를 매혹했다. 영리하고 밝고 남달리 성숙한 그의 얼굴이 집중력과 지성을 드러내면서 과제물 위로 기울어져 있는 모습이 눈에 들어왔다. 그 모습은 학교 과제를 풀고 있는 학생이 아니라, 자신의 문제를 탐구하고 있는 학자 같았다. 그는 사실 내게 유쾌한 느낌을 주지는 않았다. 오히려 나는 그에게 일종의 반감이 있었다. 내가 보기에 그는 너무 우월하고 차가웠으며, 아주 도발적일 정도로 자신감이 넘쳤다. 아울러 두 눈에는 아이들은 절대 좋아하지 않을 어른의 표정도 담겨 있었는데, 약간 슬퍼 보이면서도 조롱기가 번득였다. 하지만 내 마음에 들든 들지 않든, 나는 그를 계속 바라보지 않을 수 없었다. 그러다가 한 번은 그가 내 쪽을 쳐다보았는데, 그 순간 나는 깜짝 놀라 눈길을 거두었다. 당시에 그가 어떤 모습의 학생이었는지 지금 생각해 보면, 그는 모든 면에서 다른 학생들과는 달랐다. 그는 아주 고유하고 개성적인 특징을 지녔고, 바로 그것 덕분에 사람들의 이목을 끌었다. 동시에 그는 사람들의 눈에 띄지 않으려고 온갖 노력을 기울였다. 마치 변장한 왕자가 농부의 아이들 틈에 있으면서 그들처럼 보이려고 애쓰는 것 같았다.

학교를 마치고 집으로 가는 길에 그가 내 뒤를 따라왔다. 다른 아이들이 뿔뿔이 흩어졌을 때, 그는 나를 따라잡더니 내게 인사를 건넸다. 그런데 학교 아이들이 인사하는 말투를 따라 건넨 그 인사조차도 아주 어른스럽고 정중했다.

"우리 같이 조금 걸을 수 있을까?" 그가 친근하게 물었다.

나는 기분이 우쭐해져서 고개를 끄덕였다. 그러고는 내가 사는 곳을 그에게 자세히 설명했다.

"아, 거기?" 그가 미소 지으며 말했다. "그 집이라면 벌써 알고 있지. 집 현관문 위에 특이한 장식물이 하나 달려 있잖아. 그것은 보자마자 관심을 끄는 장식물이었어."

나는 처음에는 무엇을 말하는지 금방 알아듣지 못했고, 그가 우리 집에 대해 나보다 더 잘 아는 것 같아 놀랐다. 그는 아마도 아치형 현관문 쐐기돌[宗石]에 장식된 문장(紋章)을 말하는 것 같았다. 하지만 그것은 세월이 흐르면서 닳아 있었고, 여러 차례 색을 덧칠한 상태였다. 그리고 내가 알기로 그것은 우리 집이나 우리 가족과는 아무런 상관이 없었다.

"나는 그것에 대해 아무것도 몰라." 내가 수줍은 어조로 말했다. "한 마리의 새 또는 그 비슷한 것일 거야. 아주 오래된 장식물인 것은 틀림없어. 우리 집이 옛날에 한때 수도원에 속했던 적이 있었다고 하거든."

"그럴 수도 있겠군." 그가 고개를 끄덕였다. "자세히 한번 살펴 봐! 간혹 그런 것이 몹시 흥미를 끌기도 하거든. 내 생각에는 매 같아."

우리는 계속 함께 걸어갔고, 나는 상당히 흥미를 느꼈다. 데미 안은 갑자기 무슨 재미있는 생각이라도 떠올랐는지 웃음을 터뜨 렸다.

"그래, 아까 내가 너희 반 수업을 같이 들었잖아." 그가 활기차 게 말했다. "이마에 표지(標識)를 지닌 카인 이야기였지, 그렇지? 그 이야기가 마음에 들어?"

그렇지 않았다. 나로서는 우리가 공부해야 하는 것 중에서 마 음에 드는 것이 아주 드물었다. 하지만 나는 감히 그렇게 말하기 가 망설여졌다. 나는 마치 어른과 이야기를 나누는 기분이었다. 나는 그 이야기가 아주 마음에 든다고 말했다.

데미안은 나의 어깨를 토닥였다.

"나한테는 꾸며 대지 않아도 괜찮아, 친구. 하지만 그 이야기는 사실 상당히 특이한 구석이 있어. 내가 보기에는 수업 시간에 나 오는 다른 어떤 이야기보다 더 특이한 이야기 같아. 물론 선생님 은 그에 대해 많은 것을 들려준 것은 아니고, 단지 하나님과 죄, 뭐 그런 것들에 대해 일반적인 이야기를 했을 뿐이야. 하지만 내 생각에는…." 그는 문득 말을 멈추고는 미소를 지으며 물었다. "그 런데 너는 이런 이야기에 관심이 있어?"

"그러니까 말이야." 그가 말을 이었다. "내 생각에 이 카인 이야 기는 완전히 다르게 이해할 수도 있다는 거야. 물론 우리가 학교에서 배우는 것들은 대부분 분명 완전히 진실이고 사실이야. 하지만 그 모든 것을 선생님들이 보는 것과는 다른 시각으로 볼 수도 있어. 그러면 그것들은 대체로 훨씬 더 나은 의미를 얻게 되지. 예를 들어 저 카인과 이마에 새겨진 표지만 해도 사람들이 들려주는 설명만으로는 도저히 만족할 수 없거든. 너도 그렇게 생각하지 않아? 어떤 사람이 자기 형제와 싸움을 벌이다가 형제를 때려죽이는 일은 일어날 수 있는 일이지. 그리고 그 사람이 일을 저지르고 나서 겁을 먹고 움츠리는 일도 가능한 일이야. 그러나 그 비겁함의 대가로 그 자신을 보호해 주는 훈장을 받았다는 것, 다른 모든 사람에게 두려움을 안겨 주는 훈장을 특별히 받았다는 것은 아주 이상한 일이지."

"맞아." 내가 흥미를 느끼며 말했다. 그 이야기가 나를 매혹하기 시작했다. "하지만 그 이야기를 어떻게 달리 설명할 수 있지?"

그가 나의 어깨를 토닥였다.

"아주 간단하지! 우선 실제로 존재했고 이 이야기의 출발점이 된 것은 표지였어. 어떤 남자가 있었는데, 그 남자의 얼굴에는 다른 사람들을 두렵게 만드는 무엇인가가 있었어. 사람들은 감히 그 남자와 접촉하려고 하지 않았어. 그와 그의 후손들은 보통 사람들의 경탄을 자아내는 존재였을 거야. 아마도 이마에 진짜로 우체국에서 찍는 소인(消印) 같은 어떤 표지가 있었던 것은 아니었을 거야. 아니, 그것은 분명해. 실제 삶에서는 그렇게 거친 방식으로 일이 일어나는 것은 드문 법이야. 그보다 오히려 사람들은 그 눈길에서 거의 알아보기 어려운 어떤 섬뜩한 기운, 자신들에게 친숙한 정도를 넘어서는 어떤 정신성과 대담함을 보았던 거야. 그 남자는 위력이 있었고, 사람들은 아마도 그에게 두려움을 느꼈을 거야. 그 남자는 말하자면 '표지'를 지닌 인물이었던 거지. 사람들은 자기들이 원하는 방식대로 그것을 설명할 수가 있었어. 그런데 '사람들'은 언제나 자기에게 편하고 자신을 정당화할 수 있는 방식을 원하는 법이야. 사람들은 카인의 후예들, 이른바 '표지'를 가진 존재들을 두려워했어. 그래서 이 표지를 있는 그대로 탁월함의 표시로서가 아니라 그 반대로 설명한 거야. 사람들은 이 표지를 가진 자들이 섬뜩한 존재들이라고 했고, 실제로 그들은 섬뜩하기도 했어. 용기와 개성을 갖춘 자들은 다른 사람들이 보기에는 언제나 아주 섬뜩해 보일 테니까 말이야. 이렇게 공포심도 없는 섬뜩한 족속이 세상을 활보하고 다니는 것은 사람들에게 아주 불쾌한 일이었어. 그래서 사람들은 이 족속에게 복수하기 위해, 또 자신들이 겪어야 했던 두려움에 대해 다소나마 보상을 얻기 위해 하나의 별명을 지어내고, 그에 걸맞은 이야기를 덧붙여 준 거야. 이해하겠어?"

"그래, 그렇다면 카인은 전혀 악한 사람이 아니었다는 거야? 그리고 성경에 나오는 전체 이야기가 전혀 진실이 아니라는 거야?"

"그렇기도 하고, 그렇지 않기도 해. 그토록 까마득히 오래된 이야기들은 언제나 진실이거든. 하지만 그 이야기들이 언제나 사실 그대로 기록으로 옮겨지고, 실제의 진실 그대로 설명되는 것은 아니야. 내 생각을 간단히 말하면, 카인은 대단한 인물이었을 거야. 그런데 사람들은 단지 그를 무서워해서 그런 이야기를 가져다가 그에게 덧붙인 거야. 그 이야기는 단순히 소문, 세상 사람들이 여기저기서 떠들어 대는 쑥덕공론 같았던 거야. 하지만 카인과 그의 후손이 실제로 일종의 '표지'를 지닌 족속이었고, 대부분의 보통 사람과는 달랐다는 점에서는 그 소문이 완전히 진실이었던 거야."

나는 어안이 벙벙해졌다.

"그렇다면 너는 때려죽였다는 일도 전혀 사실이 아니라고 생각해?" 나는 충격에 휩싸여 물었다.

"아, 그렇지는 않아! 그것은 분명 사실이야. 어떤 강한 자가 약한 자를 때려죽인 것이지. 카인이 살해한 자가 정말 그의 형제였는지는 의심의 여지가 있어. 하지만 그것은 중요하지 않아. 인류는 따지고 보면 모두 형제라고 할 수 있으니까. 핵심은 강한 자가 약한 자를 때려죽였다는 거야. 어쩌면 그것은 영웅적인 행위일 수도 있고, 아닐 수도 있어. 하여튼 다른 약한 자들은 이제 잔뜩 겁에 질렸고 심하게 한탄을 늘어놓았지. 그리고 약한 자들은 '그럼 너희도 그 사람을 때려죽이면 되지 않아?'라는 질문을 받으면, '우리는 겁쟁이니까'라고 대답하지 않고 이렇게 말한 거야. '그럴수는 없어. 그 사람은 표지를 지녔거든. 하나님이 그에게 새겨 준 표지라고!' 대략 이런 식으로 이야기가 날조된 것이 틀림없어. 그런데 이런, 내가 너를 붙들고 있었구나. 그럼, 안녕!"

데미안은 알트 거리로 접어들었고, 나는 그 어느 때보다 혼란스러운 상태가 되어 홀로 남겨졌다. 그가 가 버리고 나자마자 그가 했던 모든 말이 도무지 믿을 수 없는 궤변처럼 여겨졌다. 카인이 고상한 인간이고, 아벨이 겁쟁이라고! 카인의 표지가 탁월함의 표시라고! 그것은 허무맹랑한 이야기이자 신성 모독이고, 사악한 이야기였다. 그렇다면 사랑의 하나님은 어디에 있었단 말인가? 하나님은 아벨의 제물을 받았던 것이 아닌가? 그분은 아벨을 사랑했던 것이 아닌가? 아니, 황당무계한 헛소리다! 나는 데미안이 나를 놀려 먹고 골탕 먹이려 한 것이라고 여겼다. 그는 분명 지독하게 똑똑한 녀석이고, 말하는 법도 능통하다. 하지만 이런 식의 이야기는 곤란했다.

하여튼 나는 성경의 이야기나 다른 이야기에 대해 그토록 생각을 많이 해 본 적은 여태껏 한 번도 없었다. 그리고 몇 시간 동안, 아니 하룻저녁 내내 프란츠 크로머를 이렇게 완전히 잊고 있었던 것도 정말 오랜만이었다. 나는 집에 와서 그 이야기를 성경에 있는 그대로 다시 한번 처음부터 끝까지 읽어 보았다. 이야기는 짤막하고 명료했다. 그 이야기에서 어떤 특별하고 비밀스러운 해석을 찾는다는 것은 완전히 미친 짓이었다. 그런 식이라면 사람을 때려죽인 살인자는 누구나 자신이 하나님의 총애를 받는 자라고 선언할 수 있을 것이다! 아니, 그것은 터무니없는 일이다. 다만 데미안이 그 이야기를 전개하는 방식은 마음에 들었다. 그는 모든 것이 자명하다는 듯, 게다가 그런 눈빛을 하고서 경쾌하고 근사하게 이야기를 풀어 나갔다!

물론 나 자신도 아주 정상적인 상태에 있었다고는 할 수 없었다. 실은 매우 혼란스러운 상태에 있었다. 나는 그동안 밝고 깨끗한 세계에서 살아왔고, 나 자신은 아벨의 부류였다. 그러나 지금은 '다른 것' 속에 너무 깊게 처박혀 있고, 너무 깊이 타락하고 가라앉은 상태였다. 그렇지만 근본적으로 나로서도 달리 도리가 없었다! 도대체 어떻게 해서 이렇게 된 것일까? 그렇다. 바로 그때 내 안에서 갑작스럽게 기억 하나가 떠올랐고, 한순간 나는 거의 숨이 멎는 듯했다. 그것은 내가 지금 겪고 있는 불행이 시작되었던 그 끔찍한 저녁에 있었던 일로 아버지와 관련된 것이었다. 그때 나는 한순간이었지만, 아버지의 밝은 세계와 지혜를 단번에 꿰뚫어 보고 경멸감을 느꼈었다! 그렇다, 그 순간 나 자신은 카인이고 표지를 지닌 자였고, 그 표지를 수치가 아닌 탁월함의 표시로 상상했었다. 나의 사악함과 불행을 계기로 나는 자신이 아버지보다도 더 우월하다고 여겼고, 선량하고 경건한 자들보다 더 우월하다고 여겼었다.

내가 그 일을 경험한 당시에는 이렇게 생각이 분명하게 정리된 형태가 아니었다. 그래도 그 안에는 이 모든 것이 담겨 있었다. 그때 나는 그저 감정이 불타오르고 기이한 흥분으로 달아올랐을 뿐인데, 그것은 내게 고통을 주면서도 동시에 자부심으로 충만하게 했다.

곰곰이 생각해 보면, 데미안은 두려움을 모르는 자들과 비겁한 자들에 대해 얼마나 독특한 말을 했던가! 또한 카인의 이마에 있는 표지에 대해 얼마나 독특한 해석을 했던가! 그의 눈, 어른의 눈과도 같은 그의 독특한 눈은 그 이야기를 할 때 얼마나 기이하게 빛났던가! 그러자 희미하게 나의 뇌리를 스치는 생각이 있었다. 데미안 그 자신이야말로 카인의 부류가 아닐까? 만약 자신이 카인과 닮았다고 느끼지 않는다면, 무엇 때문에 카인을 변호하겠는가? 어째서 그의 시선에는 이러한 힘이 담겨 있을까? 어째서 그는 '다른 사람들'에 대해서 그렇게 경멸감을 담아 이야기할까? 그가 경멸하는 사람들이 겁이 많기는 하지만, 본래는 경건한 자들이고 하나님의 마음에 드는 사람들이 아닌가?

내 생각은 어떤 결론에 이르지는 못하고 끝없이 이어졌다. 고요한 우물에 돌이 하나 던져졌다. 그 우물은 나의 젊은 영혼이었다. 그 이후 오랫동안, 아주 오랫동안 카인과 살인 그리고 표지를 둘러싼 문제는 이후 내가 인식이나 의심, 비판을 시도할 때면 언제나 그 모든 시도의 출발점이 되었다.

나는 다른 학생들도 데미안에게 관심이 많다는 것을 알아차렸다. 나는 카인 이야기를 그 누구에게도 한 적이 없었지만, 그는 다른 학생들에게도 관심의 대상이 되었던 모양이다. 적어도 '새로온 학생'에 대한 여러 소문이 떠돌았다. 내가 만약 그 소문들을 지금도 전부 기억할 수 있다면, 그 소문 하나하나가 그를 파악하는 일에 빛을 던져 줄 것이고, 그렇게 그 소문들을 전부 해석해 볼 수도 있을 것이다. 하지만 맨 처음 들었다고 기억나는 것은 데미안의 어머니가 굉장한 부자라는 소문이었다. 이어 어머니가 교회에 나간 적이 없고 아들도 마찬가지라는 소문이 있었다. 그들이 유대인이라고 말하는 이들도 있었고, 은밀한 이슬람교도일 거라고 주장하는 이들도 있었다. 그런가 하면 데미안의 신체적 강함에 대해 동화 같은 이야기가 나돌기도 했다. 확실한 것은, 데미안의 반에서 제일 힘센 아이가 그에게 싸움을 걸었다는 것, 데미안이 결투를 거절하자 그를 겁쟁이라고 불렀다가 엄청난 굴욕을 당했다는 것이다. 마침 그 자리에 있었던 아이들 말로는 데미안은 그저 한 손으로 그 녀석의 목덜미를 잡아 세게 눌렀을 뿐인데, 그 녀석이 창백해지더니 나중에 슬금슬금 도망쳐 버렸고, 며칠 동안 팔을 사용할 수 없었다고 한다. 심지어 어느 날 저녁에는 그가 죽었다는 소문까지 나돌았다. 한동안 온갖 소문이 떠돌았고, 사람들은 모든 이야기를 믿었다. 하나하나가 흥미진진하고 신기한 이야기였다. 그러고 나서는 한동안은 잠잠했다. 그러나 얼마 지나지 않아 학생들 사이에서 새로운 소문이 나돌았다. 그들의 전언에 따르면 데미안은 여자들과 친밀한 교제를 하고 있고, '무엇이든 다 안다'라는 것이었다.

그러는 동안 프란츠 크로머와의 관계는 피할 길 없이 계속되었다. 나는 그에게서 벗어날 수 없었다. 가끔은 그가 나를 조용히 내버려둘 때도 있었지만, 나는 그에게 여전히 매여 있었기 때문이다. 내 꿈속에서 그는 나의 그림자처럼 나와 함께 살았다. 나의 상상력은 그가 현실에서는 내게 하지도 않았던 일까지 꿈속에서 나에게 하게 했다. 꿈속에서 나는 완전히 그의 노예였다. 나는 언제나 꿈을 많이 꾸는 편이었고, 현실에서보다 그런 꿈속에서 더 많이 살았다. 그리고 꿈속 그림자는 내게서 힘과 생기를 앗아 갔다. 나는 특히 크로머에게 학대당하는 꿈을 자주 꾸었다. 꿈에서 그는 내게 침을 뱉고 나를 무릎으로 찍어 눌렀다. 더 고약한 것은, 꿈에서 그가 나를 중한 범죄를 저지르도록 유혹한다는 것이었다.

아니, 유혹한다기보다는 그냥 자신의 막강한 영향력을 동원해 강
요했다. 그중에서도 가장 끔찍했던 것은 내가 아버지를 살해하려
고 달려드는 꿈이었는데, 나는 반쯤 미친 상태가 되어 그 꿈에서
깨어났다. 꿈속에서 크로머는 예리하게 칼을 갈더니 내 손에 쥐
여 주었고, 우리는 어느 가로수 길 나무 뒤에 숨어서 누군가를 기
다리고 있었다. 그게 누구인지 나는 알지 못했다. 하지만 누군가
가 다가왔을 때, 크로머는 내 팔을 지그시 누르면서 내가 찔러 죽
여야 할 자라고 알려 주었다. 그는 나의 아버지였다. 그 순간 나는
잠에서 깨어났다.

이런 일들을 겪으면서 나는 물론 카인과 아벨에 대해서도 계
속 생각하게 되었지만, 데미안에 대해서는 거의 더 생각하지 않
았다. 데미안이 내게 다시 다가온 것 역시 신기하게도 꿈속에서
였다. 다시 말해 나는 또다시 학대와 폭행에 시달리는 꿈을 꾸었
는데, 이번에 나를 무릎으로 찍어 누르는 인물은 크로머가 아니
라 데미안이었다. 그런데 내게 아주 새롭고도 강렬한 인상을 준
것이 있었다. 내가 크로머한테 당할 때는 고통스러워하고 저항하
며 발버둥 쳤으나, 데미안이 나를 괴롭힐 때는 기꺼이 이를 감수
했을 뿐만 아니라 두려움만큼이나 쾌감을 느꼈다는 것이다. 나는
이 꿈을 두 번 꾸었고, 그러고 나서는 크로머가 다시 원래의 역할
을 떠맡았다.

이미 오래전부터 나는 무엇이 꿈속에서 겪은 일이고 무엇이 현
실인지 더는 분명하게 구분할 수 없게 되었다. 하여튼 크로머와
의 악연은 계속되었다. 내가 그에게 빚진 금액을 순전히 조금씩

훔쳐 낸 푼돈으로 마침내 다 갚은 후에도 여전히 그와의 관계가 끝나지 않았다. 관계가 끝나기는커녕 그는 매번 돈이 어디서 났는지 캐물었기 때문에 이제 그는 나의 도둑질에 대해서도 전부 알게 되었다. 그래서 나는 그 어느 때보다 단단히 그의 손아귀에 붙잡혀 있었다. 그는 아버지에게 모든 것을 이르겠다고 자주 협박했다. 그럴 때면 나는 두렵기도 했지만, 그보다는 애초에 아버지께 그 모든 것을 직접 털어놓지 못한 것이 훨씬 후회스러웠다. 그런데 나의 상황이 그토록 비참했음에도 불구하고, 내가 그 모든 일을 후회했다고는 할 수 없었다. 적어도 줄곧 후회한 것은 아니었다. 때로는 모든 일이 그렇게 될 수밖에 없었다는 느낌도 들었다. 어떤 숙명이 내 위에 드리워져 있었고, 거기서 벗어나려는 시도는 소용없는 일이었다.

이러한 상황에서 나의 부모님은 아마도 적잖이 고통을 받았을 것이다. 나는 이상한 영에 사로잡힌 자였고, 그토록 친밀했던 가족 공동체에 더는 어울리지 않는 자였다. 나는 잃어버린 낙원을 그리워하듯 그 공동체에 대한 격렬한 그리움에 괴로울 때가 많았다. 나는 특히 어머니로부터는 악인이 아니라 아픈 인간으로 대우받았다. 하지만 나의 실상이 어떠했는지는 나를 대하는 두 누이의 태도에서 엿볼 수 있었다. 누이들은 매우 배려심을 보이면서도 나를 한없이 비참하게 만들었는데, 그들의 태도에서는 내가 일종의 귀신 들린 자이고 이런 상태에 대해서는 비난하기보다는 동정해 줘야 하는 존재, 하지만 그 안에는 사악함이 자리 잡은 존재라는 것을 분명히 읽을 수 있었다. 나는 가족들이 나를 위해 보통 때와는 다르게 기도한다는 것을, 하지만 그 기도가 헛수고임을 느꼈다. 나는 자주 마음의 짐을 내려놓고 싶은 갈망과 함께 솔직하게 참회하고 싶은 욕구가 타오르는 것을 감지했다. 동시에 아버지든 어머니든 그 누구에게도 모든 것을 제대로 이야기하거나 해명할 수 없으리라는 예감도 들었다. 사람들은 나의 고백을 따뜻하게 받아 주고, 나를 아주 조심스럽게 대하며 심지어 안타까워하겠지만, 나를 완전히 이해하지는 못할 것이다. 사람들은 그 모든 일을 일종의 탈선이라고 여길 것이다. 그것은 실은 숙명이었는데 말이다.

아직 열한 살도 채 되지 않은 아이가 그런 감정을 가지는 것은 불가능하다고 여기는 사람도 분명 있다는 것을 나는 안다. 그런 사람에게 나의 일을 이야기하려는 것이 아니다. 인간에 대한 이해가 더 깊은 사람에게 나의 이야기를 하고자 한다. 무릇 자신의 감정 일부를 사고 과정으로 변형시키는 법을 배운 성인의 경우, 어린아이에게는 그런 생각들이 있지 않다고 여기고, 따라서 그런 체험 역시 없을 것이라고 억측하기 때문이다. 그러나 나는 내 인생에서 그때만큼 깊이 체험하고 고뇌했던 적은 별로 없다.

어느 비 오는 날, 나는 나를 괴롭히는 박해자로부터 성 광장으로 나오라는 호출을 받았다. 나는 그곳에 서서 기다리면서, 검은 밤나무에서 빗방울에 흠뻑 젖어 떨어져 내리는 축축한 나뭇잎들을 두 발로 헤집고 있었다. 수중에 돈은 한 푼도 없었지만, 크로머에게 뭐라도 주어야 했기에 케이크 두 조각을 몰래 챙겨 두었다가 집에서 들고나왔다. 나는 그렇게 한구석에 서서 그를 기다리는 일에 이미 익숙해져 있었고, 아주 오래 기다릴 때도 많았다. 그리고 사람들이 바꿀 수 없는 일을 어쩔 수 없이 받아들이듯, 나는 그러한 상황을 받아들였다.

마침내 크로머가 모습을 드러냈다. 이번에는 오래 머물지 않았다. 그는 내 갈비뼈를 가볍게 몇 번 툭툭 치더니, 웃으면서 내가 가져온 케이크를 받았다. 그는 내게 눅눅한 담배를 권하기까지 했으나, 나는 거절했다. 이상하게도 그는 평소보다 친근하게 굴었다.

"참!" 그가 떠나면서 말했다. "까먹을 뻔했네. 다음에는 네 누나와 함께 와도 좋을 거 같애. 누나 이름이 뭐지?"

나는 무슨 영문인지 알 수 없어 아무 대답도 하지 않았고, 어안이 벙벙하여 그를 물끄러미 바라보았다.

"못 알아듣겠어? 네 누나를 데려오란 말이야."

"알겠어, 크로머. 하지만 그건 가능하지 않아. 내가 할 수 없는 일이야. 누나도 분명 오려고 하지 않을 거야."

나는 이것 역시 다른 괴롭힘 내지는 생트집일 거라고 짐작했다. 그는 종종 무엇인가 불가능한 것을 요구해서 나를 깜짝 놀라게 하고 굴욕감을 준 뒤에, 점차 자신과 협상에 나서도록 하는 수법을 썼다. 그러면 나는 약간의 돈이나 다른 물건을 바치는 대가를 치르고서야 거기서 빠져나올 수 있었다.

그런데 이번에는 크로머가 사뭇 다른 모습이었다. 그는 나에게 거절을 당했는데도 거의 화를 내지 않았다.

"좋아." 그가 건성으로 말했다. "잘 생각해 봐. 나는 네 누나와 알고 지내고 싶은 거야. 언젠가는 그렇게 되겠지. 너는 그저 네 누나를 산책길에 데려오기만 하면 되는 거야, 그러면 내가 합류할 수 있어. 내일 내가 휘파람으로 신호를 보낼 테니까 그때 다시 얘기해 보자."

그가 떠나가고 나자, 나는 그가 무엇을 욕망하는지가 갑자기 조금 의식되기 시작했다. 나는 아직 완전히 어린아이에 불과했지만, 사내 녀석들과 여자아이들이 조금 더 나이를 먹게 되면 서로 어울려 뭔가 비밀스럽고 상스럽고 금지된 일을 벌이기도 한다는 것을 풍문으로 들어 알고 있었다. 그러자 지금 내가 부탁받은 일이 얼마나 끔찍한 것인지 불현듯 아주 분명해졌다! 그런 일은 절대로 하지 않겠다고 나는 곧바로 마음을 굳혔다. 하지만 그러고 나면 어떤 일이 일어날지, 크로머가 내게 어떤 보복을 가할지는 감히 생각해 볼 엄두가 나지 않았다. 내게는 새로운 고문이 시작되었다. 아직도 충분치 않은 것이다.

나는 암담한 기분이 되어 두 손을 주머니에 찔러 넣은 채 텅 빈 광장을 가로질러 갔다. 새로운 고통, 새로운 예속이다!

그때 활기 넘치는 깊은 저음의 목소리가 나를 불렀다. 나는 깜짝 놀라서 달아나기 시작했다. 누군가가 나를 뒤따라 달려왔고, 뒤에서 손을 내밀어 나를 부드럽게 붙잡았다. 막스 데미안이었다.

나는 붙잡힌 채로 잠자코 있었다.

"너야?" 내가 불안한 목소리로 물었다. "깜짝 놀랐잖아!"

데미안이 나를 바라보았다. 그리고 그 순간 그의 눈빛은 과거 그 어느 때보다도 더 어른스러웠고, 사물을 꿰뚫어 보는 우월한 자의 시선이었다. 우리가 함께 이야기를 나눈 지도 한참 되었다.

"놀랐다니 미안해." 그가 정중하면서도 아주 단호한 목소리로 말했다. "하지만 이봐, 사람이 그렇게까지 겁먹을 필요는 없어."

"글쎄, 뭐 그럴 수도 있지."

"그런 것 같구나. 그러나 이봐, 네게 아무 짓도 하지 않은 사람을 보고 그렇게까지 화들짝 놀라면, 그 사람은 곰곰이 생각하게 되지. 참 이상한 상황이구나 생각하면서 호기심을 갖기 시작하겠지. 그 사람은 네가 이상할 정도로 심하게 놀라고 있다고 여길 것이고, 사람이 대체로 뭔가를 두려워할 때 그런 모습을 보이는 거라고 생각을 이어 갈 거야. 겁쟁이들은 늘 두려움을 갖는 법이거든. 하지만 나는 네가 정말 겁쟁이라고는 생각하지 않아. 안 그래? 아, 물론 영웅이라고도 할 수 없겠지. 너는 지금 뭔가 두려워하는 일이 있어. 네가 두려워하는 것이 사람일 수도 있겠구나. 그런데 너는 절대로 그런 두려움을 가져서는 안 돼. 아니, 절대로 사람을 두려워해서는 안 된다고. 설마 나를 두려워하는 것은 아니겠지? 혹시 그런 거야?"

"오, 아냐. 전혀 그렇지 않아."

"그렇겠지. 하지만 네가 두려워하는 대상이 있기는 하지?"

"모르겠어…. 날 좀 내버려둬. 나한테 원하는 게 뭐야?"

그는 나와 보조를 맞춰 걸었다. 나는 도망치려는 생각으로 걸음을 더욱 서둘렀지만, 옆에서 나를 쳐다보는 그의 시선이 느껴졌다.

"이렇게 한번 생각해 보자." 그가 다시 입을 열었다. "내가 네게 호의를 갖고 있다고 말이야. 어쨌든 너는 나를 두려워할 필요가 없어. 나는 너하고 실험을 하나 해 보고 싶어. 재미있는 실험이고, 너는 거기서 뭔가 유용한 것을 배울 수 있을 거야. 이제 잘 들어 봐! 가끔 나는 사람들이 독심술이라고 부르는 기술을 실험해 보는 때가 있어. 어떤 마법이 개입한 것은 아니지만, 그 작동 원리를 모르는 사람들에게는 그것이 아주 신기하게 보일 수 있지. 그것으로 사람들을 깜짝 놀라게 해 줄 수 있거든. 자, 한번 시도해 보자. 그러니까 나는 너를 좋아하거나 너한테 관심이 많아. 그래서 이제 너의 내면이 어떤 모습인지 알아내고 싶은 거야. 그것을 위해 나는 벌써 첫발을 내디뎠어. 내가 너를 깜짝 놀라게 한 것이고, 너는 잘 놀라는 사람이라는 거야. 따라서 지금 네게는 두려워하는 일 또는 두려워하는 사람이 있다고 할 수 있지. 어떻게 해서 그렇다고 할 수 있을까? 사람은 실은 그 누구에 대해서도 두려워할 필요가 없거든. 만약 어떤 사람을 두려워한다면, 그것은 그 사람에게 자기 자신을 마음대로 지배할 힘을 내주었기 때문이지. 예를 들어 네가 어떤 나쁜 짓을 했을 때 그것을 알고 있는 다른 사람이 있다면, 그 사람은 너를 지배할 힘을 갖게 되는 거야. 이해하겠어? 아주 분명한 이야기야, 안 그래?"

나는 어찌할 바를 모르고 그의 얼굴만 쳐다보았다. 그의 얼굴은 여느 때와 마찬가지로 진지하고 영리해 보였고, 선량해 보이기까지 했다. 하지만 다정다감한 구석은 전혀 없었고, 오히려 엄격하게 보이는 얼굴이었다. 정의감 또는 그것과 흡사한 무엇인가가 서려 있었다. 나는 내게 무슨 일이 일어났는지 알지 못했다. 그는 마법사처럼 내 앞에 서 있었다.

"무슨 말인지 이해하겠어?" 그가 재차 물었다.

나는 고개를 끄덕였다. 어떤 말도 할 수 없었다.

"너한테 말했듯이 그 독심술이라는 것이 이상하게 보이겠지만, 그것은 아주 자연스럽게 진행되는 과정이야. 예를 들어 언젠가 내가 너에게 카인과 아벨 이야기를 들려주었을 때, 그때 네가 나에 대해 어떤 생각을 했는지도 상당히 자세하게 말해 줄 수 있을 거야. 그러나 그것은 지금 이 문제와는 관계없는 일이야. 나는 심지어 네가 언젠가 나에 대한 꿈을 꾸었을 수도 있다고 생각해. 하지만 여기서 그 얘기는 그만두지! 너는 영리한 아이야. 아이들은 대부분 멍청하거든! 나는 내가 신뢰할 수 있는 영리한 아이와 가끔 얘기를 나누는 게 참 좋아. 너도 괜찮은 거지?"

"물론이야. 나는 단지 전혀 이해할 수 없을 뿐이야."

"일단 재미있는 실험 이야기를 계속해 보자! 그러니까 우리가 알아낸 사실은, 소년 S가 잘 놀라고, 그는 누군가를 두려워하고 있어. 소년은 아마도 그 사람과 매우 불편한 어떤 비밀을 갖고 있다는 것이지. 대략 맞지?"

꿈속에서 그랬던 것처럼 나는 데미안의 목소리에 압도당하고 그의 영향력에 눌려 있었다. 그래서 나는 겨우 고개만 끄덕일 뿐이었다. 지금 이야기하고 있는 저 목소리는 오로지 내 안에서만 나올 수 있는 목소리가 아니던가? 모든 것을 알고 있는 목소리가 아닌가? 모든 것을 나 자신보다 더 잘 알고 더 명확하게 아는 목소리가 아닌가?

데미안이 내 어깨를 힘차게 두드렸다.

"그러니까 사실이구나. 나는 그럴 거라고 짐작했어. 그렇다면 이제 남은 질문은 하나뿐이야. 조금 전에 저기서 너와 헤어졌던 아이가 누구인지 너는 알고 있지?"

나는 화들짝 놀랐다. 데미안이 슬쩍 건드린 나의 비밀은 내 안에서 고통스럽게 움츠러들었고, 바깥의 밝은 곳으로 나오려고 하지 않았다.

"어떤 아이를 말하는 거야? 아이라고는 나밖에 없었는데."

그가 웃음을 터뜨렸다.

"그냥 말해!" 그가 웃으며 말을 이었다. "그 녀석 이름이 뭐야?"

나는 나지막하게 속삭였다. "프란츠 크로머를 말하는 거야?"

데미안은 만족한 듯 고개를 끄덕였다.

"잘했어! 너는 영민한 녀석이야. 우리는 친구가 될 수 있겠어. 하지만 우선은 네게 꼭 일러둘 것이 있어. 저 크로머인지 뭔지 하는 녀석은 나쁜 놈이야. 녀석의 얼굴만 봐도 아예 불량배라고 적혀 있어! 너는 어떻게 생각해?"

"아, 맞아." 나는 한숨을 내쉬었다. "나쁜 녀석이야. 아주 악마 같다고! 하지만 그가 이 일에 대해서 어떤 것도 알아서는 안 돼. 맙소사, 그 애가 알아서는 절대 안 된다고! 너는 그 애를 알고 있어? 그 애가 너를 알고 있어?"

"진정해! 그 녀석은 지금 이 자리에 없고, 나를 알지도 못해. 하지만 나는 그 녀석을 꼭 만나 보고 싶군. 공립 학교에 다니는 녀석이지?"

"맞아."

"몇 학년이야?"

"5학년이야. 하지만 그 아이한테는 아무 말도 하지 말아 줘! 제발 부탁이야, 아무 말도 하지 마!"

"안심해도 좋아, 너한테는 아무 일도 없을 테니까. 혹시 크로머라는 녀석에 대해 좀 더 말해 주고 싶은 생각은 없어?"

"말할 수 없어! 안 돼, 이제 그만해!"

데미안은 한동안 말이 없었다.

"유감이군." 이윽고 그가 입을 열었다. "우리는 이 실험을 더 진행해 볼 수도 있었을 텐데. 하지만 나는 너를 괴롭히고 싶지는 않아. 그런데 크로머에 대해 네가 갖는 두려움이 전혀 온당하지 않다는 것쯤은 너도 잘 알고 있겠지? 그런 두려움은 우리를 완전히 망가뜨리는 거야. 그러니까 우리는 거기서 벗어나야 해. 만약 네가 제대로 된 인간이 되려고 한다면 그런 두려움에서 벗어나지 않으면 안 돼. 이해하겠어?"

"그래, 네 말이 전적으로 옳아. 하지만 그게 가능하지 않아. 네가 잘 알지 못하는 것이 있어…."

"내가 상당히 많이 알고 있다는 것, 네가 짐작했던 것보다 훨씬 많이 안다는 것은 너도 보았잖아. 너 혹시 그 녀석에게 돈을 빚진 거야?"

"그래, 그것도 있어. 하지만 그건 대수롭지 않은 일이야. 나는 말할 수 없어. 말할 수 없다고!"

"그러니까 그 녀석에게 빚진 돈을 내가 갚아 준다고 해도 전혀 해결이 안 된다는 거야? 그 정도 돈은 내가 쉽게 마련해 줄 수도 있을 텐데."

"아니, 아니야. 그런 일이 아니야. 그리고 제발 부탁인데, 아무한테도 말하지 말아 줘! 한마디도 하면 안 돼! 그렇지 않으면 나를 불행에 빠뜨리게 될 거야!"

"나를 믿어, 싱클레어. 너의 비밀에 대해서는 언젠가 네가 직접 나한테 털어놓게 될 거야."

"아냐, 결코 아냐!" 내가 격해진 목소리로 외쳤다.

"너 좋을 대로 해. 내 말은 그저 훗날 언젠가 네가 나한테 좀 더 많은 것을 이야기할 수도 있다는 거야. 물론 네가 마음이 내킬 때 자진해서 말이야! 너는 설마 내가 크로머처럼 행동하리라고 생각하는 건 아니겠지?"

"아, 그렇지 않아. 하지만 너는 그 일에 대해 아무것도 알지 못하잖아!"

"아무것도 모르지. 나는 그저 그 일에 대해 생각해 볼 뿐이야. 그리고 나는 절대로 크로머처럼 굴지는 않을 거야, 그것은 믿어도 좋아. 네가 나한테 아무것도 빚진 것이 없으니까."

우리는 한참 동안 아무 말이 없었다. 나는 차츰 마음이 진정되었다. 그러나 데미안이 어떻게 그 모든 걸 알고 있는지는 생각할수록 점점 더 수수께끼로 다가왔다.

"난 이제 집으로 가야겠어." 그는 이렇게 말하고는 빗속에서 로덴 코트를 더 단단하게 여미었다. "기왕에 우리가 이 정도로 이야기를 나누었으니 너에게 한마디만 더 해 주고 싶어. 너는 그 녀석에게서 벗어나야 해! 다른 방법이 전혀 통하지 않으면 놈을 때려죽여! 만약 네가 그렇게 한다면 나는 감명을 받고 기뻐할 거야. 내가 너를 도와줄 수도 있어."

나는 또다시 겁이 났다. 카인 이야기가 갑자기 다시 떠올랐다. 나는 섬뜩한 기분이 들어서 조용히 울기 시작했다. 너무 많은 섬뜩한 일들이 내 주위에 밀려들었다.

"그렇다면 좋아." 막스 데미안이 미소를 지었다. "이제 집으로 가렴! 그 일은 우리가 곧 해결할 수 있을 거야. 사실 때려죽이는 것이 가장 간단한 방법이기는 하지만 말이야. 그런 일을 해결하는 데는 가장 단순한 방법이 언제나 최선이지. 네가 크로머 같은 녀석의 손아귀에 잡혀 지내는 것은 결코 좋은 일이 아니야."

나는 집으로 돌아왔다. 마치 일 년은 집을 떠나 있었던 것 같았다. 모든 것이 다르게 보였다. 나와 크로머의 관계에서도 어떤 미래, 어떤 희망 같은 것이 나타나고 있었다. 나는 더는 혼자가 아니었다! 이제야 나는 지난 몇 주 동안 얼마나 끔찍할 정도로 혼자서 나의 비밀을 안고서 끙끙댔는지 깨달았다. 그리고 이내 내가 이미 여러 차례 곰곰이 생각해서 내렸던 결론이 다시 떠올랐다. 그것은 내가 부모님께 모든 것을 고백하고 나면 마음은 홀가분해질지 몰라도 그것이 나를 온전히 구원하지는 못하리라는 생각이었다. 물론 이제 나는 고해를 거의 하기는 했으나, 다른 사람, 낯선 사람에게 고백한 것이었다. 그리고 구원의 예감이 강렬한 향기처럼 내게로 불어왔다!

그렇지만 나의 두려움은 이후에도 오랫동안 극복되지 못한 상태로 남았다. 나는 내 적과의 어떤 길고도 끔찍한 대결도 마다하지 않겠다고 마음의 각오를 다졌다. 그런 만큼 모든 것이 그렇게나 잠잠하게, 완전히 비밀스럽고 조용하게 흘러가는 것이 더욱 이상하게 느껴졌다.

우리 집 앞에서 들려오던 크로머의 휘파람 소리가 하루, 이틀, 사흘, 아니 일주일이나 들리지 않았다. 나는 도저히 이 사실을 믿을 수가 없었다. 그래서 그가 전혀 예상하지 못하고 있을 때 불쑥 모습을 드러내지 않을까 하는 경계심을 늦추지 않았다. 하지만 그는 모습을 감추었고, 두 번 다시 나타나지 않았다! 나는 내게 새로 주어진 자유가 미심쩍었고, 여전히 그것을 사실로 받아들이기 어려웠다. 그러다가 어느 날 마침내 프란츠 크로머와 우연히 마주치게 되었다. 그는 자일러 거리를 따라 내려오고 있었고, 나를 향해 곧장 다가왔다. 그는 나를 보자 흠칫 놀라더니 얼굴을 흉하게 찡그리고는, 나와 마주치지 않으려는 듯 그대로 돌아서 가 버렸다.

그것은 내게는 일찍이 본 적이 없는 특별한 순간이었다! 나의 적이 나를 눈앞에 두고 달아난 것이다! 나의 악마가 나를 두려워하는 것이다! 나는 기쁨과 놀라움으로 온몸이 마구 떨리는 것을 느꼈다.

그 무렵에 데미안이 다시 한번 내 앞에 모습을 나타냈다. 그는 학교 앞에서 나를 기다리고 있었다.

"안녕!" 내가 인사를 건넸다.

"좋은 아침, 싱클레어. 나는 네가 어떻게 지내는지 한번 듣고 싶었어. 이제는 크로머가 너를 괴롭히지 않겠지, 안 그래?"

"네가 그렇게 한 거야? 하지만 어떻게? 도대체 어떻게 한 거야? 나는 도무지 이해할 수가 없어. 그는 내 눈앞에서 완전히 사라졌거든."

"그거 잘됐구나. 내 생각에는 그 녀석이 다시는 네 눈앞에 나타나지 않을 거야. 하지만 워낙 파렴치한 녀석이어서 말해 두는데, 혹시라도 다시 나타나거든 데미안을 생각해 보라고만 말하면 될 거야."

"하지만 그게 무슨 상관이 있지? 네가 그 녀석과 한판 붙어 패 주기라도 한 거야?"

"아니, 나는 그런 짓은 좋아하지 않아. 전에 너하고 이야기를 나눈 것처럼 그 녀석하고도 그냥 얘기를 좀 나누었을 뿐이야. 그러면서 너를 가만히 내버려두는 편이 그 녀석 신상에도 좋을 거라고 분명히 알아듣게 얘기했을 뿐이야."

"아, 설마 그 녀석에게 돈을 준 건 아니겠지?"

"아니야, 친구. 그건 네가 이미 시도해 본 방법이잖아."

나는 이것저것 캐물어 보려고 했지만, 데미안은 곧 자리를 떠나갔다. 나는 그에 대해 예전부터 느꼈던 거북한 감정을 그대로 안고서 홀로 남게 되었다. 그것은 고마워하는 마음과 수줍음, 경탄과 불안, 호감과 더불어 내적인 반감이 묘하게 뒤섞인 감정이었다.

나는 가까운 시기에 그를 다시 만나기로 마음먹었다. 그때는 그 모든 것에 대해 그와 더 많은 이야기를 나눌 생각이었고, 카인 문제에 대해서도 더 이야기하고 싶었다.

그러나 그 만남은 이루어지지 않았다.

나는 감사라는 덕목을 도무지 신뢰하지 않는다. 그리고 내가 보기에 어린아이한테 그것을 요구하는 것은 분명 잘못일 것이다. 그래서 막스 데미안에 대한 감사의 마음을 완전히 망각하고도, 나는 나의 그런 태도를 그다지 이상하게 여기지 않는다. 오늘날 돌이켜 보면, 만약 그가 나를 크로머의 손아귀에서 구해 주지 않았다면, 나는 평생 병들고 타락했을 거라고 확신한다. 당시에도 벌써 내게 주어진 그 해방이 내 유년 시절의 삶에서 최고의 체험이라고 느꼈다. 그러나 내게 해방을 선사한 인물이 기적을 행하자마자, 정작 나는 그 구원자를 곧장 외면했다.

이미 말해듯이 나로서는 배은망덕한 태도가 이상한 일은 아니었다. 단 하나의 기이한 일은, 내가 호기심을 전혀 보이지 않은 것이었다. 데미안이 내게 열어 보여 준 비밀들에 더 가까이 가지 않은 채로 어떻게 단 하루라도 평온하게 살아갈 수 있었단 말인가? 카인에 대해, 크로머에 대해, 독심술에 대해 더 들어 보고 싶은 욕망을 어떻게 억누를 수 있었을까?

이해하기가 쉽지는 않지만, 실상이 그러했다. 나는 돌연 나 자신이 악마의 그물에서 풀려났음을 깨달았고, 다시금 세계가 밝고 기쁨에 넘쳐 내 앞에 펼쳐져 있는 것을 보았다. 나는 두려움의 발작을 더는 겪지 않았고, 질식할 듯한 심장의 두근거림도 사라졌다. 저주의 마법이 풀렸고, 이제 나는 고문을 당하는 저주받은 자가 아니었다. 나는 다시 평범한 학생이 되어 있었다. 나의 본성은 되도록 빨리 균형과 평온을 찾고자 했고, 그래서 여러 가지 흉측하거나 위협적인 것들은 모두 떨쳐 내고 잊어버리려고 유독 안간힘을 썼다. 나의 죄책감과 두려움에 대한 그 모든 이야기는 놀라울 정도로 빠르게 나의 기억에서 사라졌고, 겉보기에는 그 어떤 가시적인 흉터나 각인도 남기지 않은 듯했다.

당시에 나는 내 조력자이자 구원자까지 그렇게 빨리 잊으려고 애를 썼는데, 그것은 지금 생각해 봐도 이해가 된다. 당시 나는 나의 상처받은 영혼에 남아 있는 모든 충동과 힘을 끌어모아, 저주받은 눈물의 골짜기에서, 크로머에게 예속된 끔찍한 노예 상태에서 달아났다. 그것은 잃어버렸다가 다시 열린 낙원으로의 복귀였고, 아버지와 어머니의 밝은 세계로, 누이들에게로, 순결의 향기가 있는 곳으로, 하나님에게 기쁨이 되었던 아벨의 삶으로 돌아온 것이었다.

데미안과 짧은 대화를 나누었던 날, 다시 찾은 자유를 마침내 완전히 확신하고 더 이상의 재앙은 두려워하지 않게 되자, 나는 그토록 자주 간절히 소망하던 일을 마침내 실행에 옮겼다. 나의 탈선을 고백한 것이다. 나는 어머니에게 가서, 자물쇠가 망가지고 진짜 돈 대신 장난감 돈이 채워진 저금통을 보여드렸다. 그러면서 나 자신이 저지른 잘못 때문에 얼마나 오랫동안 악랄한 가해자에게 시달렸는지도 털어놓았다. 어머니는 그 모든 것을 이해한 것은 아니었지만, 저금통을 보고, 나의 달라진 눈빛을 보고, 또 나의 변화된 목소리를 듣고는 내가 회복되어 다시 자신의 품으로 돌아왔음을 느꼈다.

그리고 이제 나는 날아갈 듯한 기분이 되어 내가 가족의 일원으로 받아들여진 것을, 탕자의 귀환을 축하하는 의식을 즐겼다. 어머니는 나를 아버지에게 데려갔고, 이야기가 처음부터 반복되었으며, 이어 질문과 감탄이 잇따라 터져 나왔다. 부모님은 내 머리를 쓰다듬으면서 오랜 중압감에서 벗어나 안도의 한숨을 쉬었다. 모든 것이 장엄했고, 모든 것이 이야기책에 나오는 것과 같았으며, 모든 것이 경이로운 조화 속으로 녹아들었다.

이제 나는 그 조화 속으로 진정한 열정을 품고 도망쳐 온 것이었다. 평화를 되찾은 것과 부모님의 신뢰를 회복한 것은 내가 아무리 누려도 질리지 않는 것이었다. 나는 가정적인 모범 소년이 되었고, 이전보다 누이들과 더 많이 어울렸다. 기도 시간에는 구원받은 참회자의 심정으로 좋아하는 옛 찬송가를 함께 불렀다. 그것은 마음속에서 우러난 것이었고, 거기에는 어떤 거짓도 없었다.

그렇다고 해도 상황은 전혀 정상이 아니었다! 그리고 이 지점에서 내가 데미안을 그토록 쉽게 잊은 것에 대한 진정한 해명이 가능할 것이다. 사실 나는 데미안에게 모든 것을 고백해야 했었다! 그랬더라면 그 고백은 비록 화려함이나 감동은 덜했겠지만, 내게는 더욱 풍성한 결과를 가져왔을 것이다. 그런데 이제 나는 모든 뿌리를 동원해 이전의 낙원 같은 세계에 매달리고 있었다. 나는 집으로 돌아왔고, 모든 이의 은총의 품에 받아들여진 것이다. 그러나 데미안은 결코 이 세계에 속한 자가 아니었고, 이 세계에 어울리지도 않았다. 크로머와 다르기는 했지만, 어쨌든 데미안 역시 유혹자였고, 나를 두 번째 세계, 즉 사악하고 불량한 세계와 연결하는 인물이었다. 그런데 이제 나는 그 세계에 대해서는 영원히 아무것도 알고 싶지 않았다. 나 자신이 다시 아벨이 된 지금, 나는 다시 아벨을 희생시키고 카인을 찬양하는 일에 동조할 수 없었다. 그러고 싶지도 않았다.

　외적인 상황은 그러했다. 하지만 내면으로 들어가 보면 사정은 좀 달랐다. 나는 크로머의 손아귀이자 악마의 손아귀로부터 벗어나는 구원을 받았지만, 나 자신의 힘과 성취를 통해 그렇게 된 것이 아니었다. 나는 이 세상의 좁은 길들을 걸어가 보려고 시도했으나, 그 길들은 내게 너무나 미끄러웠다. 그래서 어느 친절한 손길이 나를 구원해 주자마자, 나는 한눈팔지 않고 곧장 어머니의 품으로, 애지중지 사랑받던 경건한 유년 시절의 보금자리로 달려갔다. 나는 나 자신을 실제보다 더 어리고, 더 의존적이고, 더 어린아이처럼 만든 것이다. 나는 크로머에게 예속된 상태를 새로운 예속으로 대체해야만 했다. 나 혼자서는 길을 걸어갈 수 없기 때문이었다. 그래서 나는 맹목적인 심성이 되어 아버지와 어머니에게 종속되고, 이전의 좋아하던 밝은 세계에 종속되는 선택을 했다. 그 세계가 유일하지 않다는 것을 알면서도 그렇게 한 것이다. 만약 그렇게 하지 않았다면, 나는 데미안에게 의지해야 했고, 그에게 나 자신을 내맡겨야 했을 것이다. 당시에는, 내가 그렇게 하지 않은 것은 그의 기이한 사상에 대한 정당한 불신 때문이라고 생각했었다. 하지만 그것은 실은 단지 두려움 때문이었다. 데미안이었다면 부모님이 내게 요구한 것 이상을 요구했을 것이기 때문이다. 그랬다면 충동하고 경고하고 조롱하고 비꼬는 방식으로 나를 더 자립적인 인간으로 만들려고 했을 것이다. 아, 지금은 알고 있다. 이 세상에는 자기 자신에 이르는 길을 가는 것보다 인간에게 더 내키지 않는 일은 없다는 것을!

그런데도 반년 정도 지났을 때, 나는 유혹을 이기지 못하고 산책길에서 아버지에게 어떤 사람들은 카인이 아벨보다 더 나은 자라고 말하는데, 그것에 대해 어떻게 생각하는 게 좋을지 물어보았다.

아버지는 무척 놀라면서, 그러한 견해는 전혀 새로운 것이 아니라고 설명해 주었다. 그것은 이미 초기 기독교 시대에도 등장한 이단 종파에서 가르친 것인데, 이단 종파의 하나는 자신들을 '카인파'라고 칭했다는 것이다. 아버지는 물론, 그 터무니없는 교리는 우리의 신앙을 망가뜨리려는 악마의 시험에 지나지 않는다고 했다. 왜냐하면 만약 카인이 정당하고 아벨이 옳지 않다고 믿게 된다면, 결국 하나님이 오류를 범했다는 결론, 다시 말해 성경 속의 하나님이 옳고 유일한 신이 아니라 거짓된 신이라는 결론이 나올 것이기 때문이라는 것이다. 실제로 카인파는 그와 비슷한 내용을 가르치고 설교했겠지만, 그 이단 사상은 인류 역사에서 이미 오래전에 사라졌다고 했다. 아버지는 이렇게 말씀하시면서, 다만 내 학교 친구가 그런 것을 어디서 알게 되었는지 놀라울 뿐이라고 했다. 아버지는 어쨌든 내게 그런 생각들에 빠지지 말라고 진심으로 경고했다.

제3장

십자가에 매달린 강도

나의 유년 시절, 아버지와 어머니 곁에서 보호받던 삶, 자녀로서 부모님을 향해 가졌던 사랑, 그리고 부드럽고 사랑스럽고 밝은 환경 속에서 만족하며 즐기던 나의 꿈같은 일상에 대해서라면, 나는 아름답고 다정하고 사랑스러운 이야기를 들려줄 수 있을 것이다. 하지만 지금 내가 관심을 기울이는 것은 오로지 나 자신에게 이르기 위해서 나의 삶 속에서 내디뎠던 걸음들이다. 아름다운 안식처, 행복의 섬과 낙원들, 그것들의 마법을 맛보지 않은 것은 아니지만, 그것들은 내가 먼 광채 속에서 빛나도록 남겨둘 뿐, 나는 거기에 다시 발을 들여놓고 싶은 생각은 없다.

그래서 나의 이야기가 내 소년 시절에 계속 머무는 동안은 오로지 내게 일어난 새로운 일, 나를 앞으로 나아가게 하면서 나를 내몰아 간 것들에 대해서만 이야기하고자 한다.

그러한 자극들은 언제나 '다른 세계'로부터 왔고, 늘 두려움과 강박, 양심의 가책을 수반했다. 그것들은 언제나 혁명적이었고, 내가 계속 머물고 싶어 하던 평화를 위협했다.

허용된 밝은 세계에서는 감추어지고 숨겨져야 하는 원초적인 충동이 내 안에서도 살고 있다는 사실을 새삼 발견하도록 강요받는 시기가 내게 닥쳐왔다. 누구나 그렇듯이, 어느덧 나도 성적인 감각에 서서히 눈뜨게 된 것이다. 그것은 적이자 파괴자의 모습으로 나를 덮쳤다. 그것은 금지된 것이고, 유혹이며, 죄였다. 그것은 나의 호기심이 찾아 나선 것, 내게 꿈과 쾌락 그리고 불안을 안겨다 준 것, 사춘기의 커다란 비밀이었고, 어린 시절의 평화 속에서 느끼는 아늑한 행복과는 전혀 어울리지 않는 것이었다. 나는 다른 사람들처럼 행동했다. 이제 더는 아이가 아니었으나 아이인 척하는 이중적인 삶을 산 것이다. 나의 의식은 친밀하고 허용된 세계에 머물렀다. 나의 의식은 희미하게 밝아 오는 새로운 세계를 부정했다. 하지만 동시에 나는 꿈, 충동, 지하에서 흐르는 욕망 속에서 살았다. 그 위에 나의 의식적인 삶이 놓고 있던 다리들은 점점 더 불안해졌다. 왜냐하면 내 안에 있는 아이의 세계가 무너져 버렸기 때문이다. 거의 모든 부모와 마찬가지로 나의 부모님도 나의 깨어나는 삶의 본능들과 관련해서는 전혀 도움을 주지 못했고, 그것을 제대로 말해 주지도 않았다. 다만 내가 현실을 부정하면서 점점 더 비현실적이고 기만적으로 변해 가는 어린아이의 세계에 좀 더 머물려고 발버둥을 치며 가망 없는 시도를 하고 있을 때, 부모님은 그저 온갖 정성을 다해 도와줄 뿐이었다. 이러한 문제에서 부모의 존재가 얼마나 도움이 될 수 있을지 나는 알지 못한다. 그런 만큼 나는 부모님을 비난할 생각도 없다. 나 자신의 문제를 해결하고 나의 길을 찾는 일은 결국 나 자신에게 주어진 몫이었다. 그리고 곱게 자란 아이들 대부분이 그러하듯이, 나는 내게 주어진 몫을 제대로 해내지 못했다.

이러한 어려움은 인간이면 누구나 겪는 것이다. 평범한 사람들의 경우 그것은 인생에서 자기 삶의 요구가 주변 세계와 가장 격렬하게 충돌하는 지점이고, 앞에 놓인 길을 나아가기 위해 가장 처절하게 싸워야 하는 지점이기도 하다. 어린 시절이 쇠퇴하고 서서히 해체되는 이 과정에서, 많은 이들이 우리의 운명이기도 한 죽음과 새로운 탄생을 삶에서 단 한 번 경험하게 된다. 사랑스럽고 친숙한 모든 것이 우리 곁을 떠나려 하고, 우리 주변에서 돌연 고독과 우주 공간의 치명적인 냉기를 느끼게 된다. 그런데 실상은 아주 많은 사람이 그 낭떠러지에 영원히 매달려 있고, 두 번 다시 돌아올 수 없는 과거에 고통스럽게 평생 집착한다는 것이다. 그런데 잃어버린 낙원에 대한 꿈은 모든 꿈 중에서 가장 고약스럽고 가장 치명적인 꿈이다.

우리의 이야기로 돌아가 보자. 내게 유년 시절의 종식을 알려준 감정들과 꿈의 형상들은 여기서 이야기해야 할 만큼 중요하지 않다. 중요한 것은 '어두운 세계', '다른 세계'가 다시 나타났다는 것이다. 한때 프란츠 크로머였던 것이 이제는 나 자신 속에 들어와 있었다. 이로써 그 '다른 세계'는 바깥에서도 다시 나를 지배하게 되었다.

크로머와의 일이 있고 나서 몇 년이 지난 때였다. 내 인생에서 극적이고 죄책감에 눌려 지냈던 그 시절은 이제 아주 먼 이야기가 되었고, 잠시 겪는 악몽처럼 흔적 없이 흘러가 버린 듯했다. 프란츠 크로머는 이미 오래전에 내 삶에서 사라졌고, 어쩌다가 그와 마주치게 되었을 때도 나는 거의 개의치 않았다. 하지만 내 비극에서 또 다른 중요한 인물, 즉 막스 데미안은 여전히 내 삶의 영역에서 완전히 사라지지 않았다. 물론 그는 오랫동안 멀리 떨어진 변두리에 머물러 있었고, 눈에 띄기는 했지만 별다른 영향력을 미치지는 않았다. 그러던 그가 이제 서서히 다가와서 다시 한번 힘과 영향력을 미치기 시작했다.

내가 그 시절의 데미안에 대해 무엇을 알고 있는지 떠올려 본다. 나는 그와 일 년 혹은 그 이상 동안 단 한마디도 나누지 않았던 것 같다. 나는 그를 피했고, 그도 내게 치근대는 일이 전혀 없었다. 언젠가 우연히 마주쳤을 때, 그는 내게 고개를 끄덕여 가볍게 인사했다. 이따금 그가 보이는 친절에 조롱이나 반어적인 비난이 미세하게 섞여 있다는 느낌을 받기도 했지만, 그것은 그저 나의 상상이었을 수도 있다. 내가 그와 함께 겪었던 일이나 그가 당시 내게 끼쳤던 이상한 영향력은 나도 잊었고, 그도 잊은 것 같았다.

그의 모습을 떠올려 본다. 이제 그의 모습을 기억하고 보니, 그는 사실 그곳에 있었고, 나도 그를 의식하고 있었음을 알게 된다. 그가 혼자서 혹은 다른 상급반 학생들 사이에 섞여 학교에 가는 모습이 보인다. 그들 사이에서 그는 낯선 존재인 양 고독하게 조용히 걸어가는데, 마치 자신만의 공기에 휩싸인 채 자신만의 법칙을 따라 살아가는 하늘의 천체와 같았다. 아무도 그를 사랑하지 않았고, 그의 어머니 말고는 아무도 그와 친하게 지내지 않았다. 어머니와 함께 있을 때도 그는 아이처럼 굴지 않고 어른인 것처럼 행동했다. 선생들은 가능한 그를 가만히 내버려두었다. 그는 좋은 학생이었다. 그러나 어떤 선생에게도 잘 보이려 하지는 않았다. 이따금 우리는 그가 어떤 선생에게 내뱉었다는 발언이나 혹평 또는 반론 같은 것을 풍문으로 듣기도 했는데, 모두 거친 도발이나 냉소라고 여겨질 수밖에 없는 발언이었다.

나는 두 눈을 감고 기억을 계속 더듬어 본다. 그의 모습이 떠오른다. 장소가 어디였던가? 그렇다, 그곳이다. 우리 집 앞의 골목이었다. 어느 날 나는 그가 그곳에서 메모장을 들고서 무엇인가를 스케치하는 모습을 보았다. 그는 우리 집 현관문 위의 오래된 새 문장을 그리고 있었다. 나는 창가에 서서 커튼 뒤로 몸을 숨기고 그를 지켜보았다. 그리고 그가 차갑고 환한 얼굴로 문장을 응시하며 집중하는 모습에 깊이 경탄했다. 그것은 성인 남자, 연구자 혹은 예술가의 얼굴이었다. 우월함과 의지가 가득하고, 기이할 정도로 환하면서도 차가운 얼굴이었고, 무엇인가를 알고 있는 총명한 눈빛이었다.

또다시 그의 모습이 보인다. 그 후 얼마 지나지 않은 때였고, 장소는 길거리였다. 학교에서 하교하던 길에 우리는 모두 쓰러져 있는 말 한 마리를 에워싸고 서 있었다. 농사꾼의 달구지 앞에 쓰러져 있던 그 말은 여전히 달구지 손잡이에 매인 채 콧구멍을 벌렁거리며 도움을 요청하듯 애절하게 허공을 향해 헐떡거렸다. 보이지 않는 상처에서는 피가 흘러내렸고, 말 옆구리 쪽 길바닥의 하얀 흙먼지가 피에 젖어 어두운 빛깔로 물들었다. 나는 메스꺼움을 느끼면서 그 광경에서 시선을 돌렸는데, 그 순간 데미안의 얼굴이 보였다. 그는 앞쪽으로 밀치고 나서지 않고 맨 뒤쪽에 서 있었고, 그 특유의 편안하고 기품 있는 모습이었다. 그의 시선은 말의 머리 쪽을 향한 듯했고, 또다시 깊고도 고요하고 거의 광적이면서도 냉정하게 집중하는 표정이었다. 나는 한참 동안 그 얼굴에서 눈을 떼지 못했고, 당시 분명하게 의식한 것은 아니었지만 무언가 아주 독특한 느낌을 받았다. 나는 데미안의 얼굴을 보았다. 그 얼굴에서 나는 소년의 얼굴이 아니라 성인 남자의 얼굴을 보았을 뿐 아니라, 더 나아가 그 이상의 무엇, 다시 말해 성인 남자의 얼굴도 아니고 뭔가 다른 것을 보았다는, 혹은 느꼈다는 생각이 들었다. 거기에는 여자의 얼굴 같은 것도 약간 담겨 있는 것 같았다. 무엇보다도 그 얼굴은 일순간 성인 남자의 얼굴이나 아이의 얼굴이 아니었고, 늙지도 젊지도 않아 보였다. 어쩐지 천 년의 나이를 먹은 것처럼 시간을 초월한 듯이 보였고, 마치 우리가 살아가는 것과는 다른 시간대의 낙인이 찍혀 있는 듯했다. 동물이나 나무 혹은 하늘의 별이라면 그렇게 보일 법도 했지만, 당시의 나는 그것을 알지 못했다. 내가 성인으로서 지금 이야기하는 것을 나는 당시에는 정확히 느끼지 못했지만, 무엇인가 그 비슷한 것을 느꼈다. 그는 어쩌면 아름다웠을 수도, 어쩌면 내 마음에 들었을 수도, 또 어쩌면 나에게 역겹게 여겨졌을 수도 있다. 그

러나 그것 또한 확실하지 않았다. 다만 내가 보기에 그는 우리와
는 다른 모습이었다. 그는 동물 같기도 했고, 어떤 영적인 존재 같
기도 했으며, 어떤 형상 같기도 했다. 그의 실제 모습이 어떠했는
지는 모르겠으나, 하여튼 그는 달랐고, 상상할 수 없을 정도로 우
리 모두와는 판이한 모습이었다.

그것 이상을 말해 주는 기억은 내게 남아 있지 않다. 그리고 이
것조차도 어쩌면 일부는 훗날에 받은 인상에서 빚어진 것일 수
있다.

내가 데미안과 마침내 좀 더 가까워진 것은 몇 살을 더 먹은 후
였다. 데미안은 우리의 관례를 따른다면 자기 동급생과 같은 시
기에 입교식을 치러야 했겠지만 그러지 않았고, 그 일과 관련해
서도 이내 새로운 소문들이 생겨났다. 학교에서는 그가 실은 유
대인이라는 소문, 혹은 그게 아니라 이교도라는 소문이 나돌았다.
그가 자기 어머니와 마찬가지로 어떤 종교도 갖고 있지 않다고,
혹은 어떤 이상하고 사악한 이단 종파에 속한다고 말하는 사람들
도 있었다. 이것과 연관되어 나는 그가 자기 어머니와 마치 연인
처럼 살고 있다는 의혹에 대해서도 들었던 것 같다. 아마도 그가
지금까지는 어떤 교파에도 공식적으로 속하지 않고 양육되었으
나, 이제는 그로 인해 그의 장래에 어떤 어려움이 초래되지 않을
까 하는 우려가 생겨났던 것으로 추측된다. 하여튼 데미안의 어머
니는 그와 동갑인 학생들보다 두 해나 늦은 지금에서야 데미안이
입교식에 참여하도록 하는 결정을 내렸다. 그래서 그는 몇 달 동
안 나와 같은 반에서 입교식을 위한 교리 교육을 받게 되었다.

한동안 나는 그에게서 철저하게 거리를 유지했다. 나는 그와 엮이고 싶지 않았다. 내가 볼 때 그는 지나치게 많은 소문과 비밀에 둘러싸여 있었다. 하지만 정작 나를 불편하게 한 것은 크로머와의 사태 이후 내 안에 남아 있던 부채 의식이었다. 그리고 그 시기는 내가 하필이면 나 자신의 비밀을 감당하는 것조차 벅찼던 때였다. 나의 경우 입교식 수업은 내가 성적인 문제에 결정적으로 눈뜨기 시작한 때와 시기적으로 겹쳤기 때문이다. 따라서 나는 선한 의지가 있었음에도 경건한 가르침에 관심을 기울이기가 무척 어려웠다. 목사님이 이야기하는 것들은 내게서 멀리 떨어진, 고요하고 성스러운 비현실 세계에 존재하는 일이었다. 그것은 아름답고 고귀한 가르침이겠지만, 당장 관심을 끌거나 자극을 주는 가르침은 아니었다. 반면에 성적인 문제 같은 것은 극도로 흥미를 끄는 현안이었다.

이러한 상황 탓에 나는 이제 수업에 더 무관심해졌고, 그럴수록 나의 관심은 점점 더 막스 데미안에게로 향했다. 무엇인가가 우리 두 사람을 하나로 묶어 주고 있는 것 같았다. 나는 이 생각의 타래를 가능한 한 정확하게 추적해 보아야겠다고 생각했다. 내가 기억하기로 그것은 아직 교실 안에 불이 환하게 켜져 있던 이른 아침 수업 시간에 시작되었다. 우리 수업을 담당한 목사님은 카인과 아벨의 이야기에 이르렀다. 나는 거의 관심을 기울이지 않았고, 졸려서 잘 듣지도 않았다. 그때 목사님이 목소리를 높여 카인의 표지에 대해 열정적으로 설명하기 시작했다. 그 순간 나는 무엇인가가 나를 건드리는 느낌 내지는 경고를 보내는 느낌을 받았다. 눈을 들어 보니 교실 앞줄에 앉아 나를 돌아보는 데미안의 얼굴이 보였다. 그의 눈은 환하게 빛났고 무슨 말을 하려는 모습이었는데, 거기에는 조롱도 담겨 있고, 진지함도 담겨 있는 듯했다. 그는 아주 짧은 순간 나를 쳐다보았을 뿐이지만, 나는 갑자기 집중해서 목사님의 이야기에 귀를 기울였다. 카인과 그의 표지에 관한 목사님의 이야기를 듣는 동안 내 가슴 깊은 곳에서는, 실상은 목사님이 가르치는 내용과 다를 수 있고, 그 이야기를 다른 시각에서 볼 수도 있으며, 또 목사님의 이야기는 비판의 여지가 있다는 지식이 꿈틀대는 것을 느꼈다.

그 순간 데미안과 나 사이에는 다시 어떤 결속이 생겨나 있었다. 그리고 신기하게도 일단 영혼에 그러한 결속이 생겨났다는 느낌이 들자마자, 그것은 마법처럼 공간적인 것에도 전이되었다. 그리고 데미안이 꾸민 일인지 순전히 우연이었는지는 알 수 없는 일이 일어났는데, 그때만 해도 나는 우연을 굳게 믿었다. 며칠 지났을 때 데미안은 종교 시간에 갑자기 자기 자리를 바꿔 바로 내 앞자리로 옮겨 앉게 된 것이다. (아침마다 학생들이 북적대는 교실에서 가난한 집 아이들이 풍기는 고약한 냄새에 시달리다가, 데미안의 목덜미에서 풍겨 오는 부드럽고 상쾌한 비누 향을 흡입하면서 좋아했던 기억이 지금도 생생하다!) 그러더니 며칠이 지나자 그는 또다시 자리를 옮겼고, 이번에는 아예 내 옆자리에 와서 앉았다. 그리고는 겨우내 줄곧, 그리고 이어지는 봄 내내 그 자리를 지켰다.

아침 수업 시간이 완전히 달라졌다. 더는 졸리거나 지루한 시간이 아니었다. 나는 그 시간이 기다려지기까지 했다. 때때로 우리 둘은 최대의 집중력을 보이며 목사님의 이야기에 귀를 기울였다. 독특한 이야기나 기이한 문구가 등장할 때, 옆자리의 친구가 눈길만 한 번 주어도 나는 관심을 보이게 되었다. 그리고 그가 또 다른 눈짓, 아주 단호한 눈짓을 한 번만 해도 나의 경각심을 일깨우고 내 안에서 비판과 의심을 불러일으키기에 충분했다.

그렇지만 우리는 불량한 학생일 때가 아주 많았고, 그럴 때는 수업 내용을 아예 듣지 않았다. 데미안은 선생님과 다른 학생들에게 늘 예의 바르게 행동했다. 나는 그가 다른 학생들이 하는 못된 장난질을 하는 것을 한 번도 보지 못했다. 그는 큰 소리로 웃거나 떠들어 대는 모습도 보이지 않았다. 그는 선생님의 꾸중을 들은 적도 없었다. 하지만 그는 아주 조용히, 속삭이는 말보다는 신호와 눈짓을 사용해 자신이 벌이는 일에 나를 끌어들이는 법을 알았다. 그가 벌이는 짓 중에는 가끔 특이한 것들도 있었다.

예를 들어 그는 내게 어떤 학생들이 자신의 관심을 끄는지, 어떤 방식으로 그들을 탐구하는지를 말해 준 적이 있다. 그는 몇몇 아이들에 대해서는 꽤 정확히 알고 있었다. 수업이 시작되기 전에 그는 내게 이렇게 말했다. "내가 너한테 엄지손가락으로 신호를 보내면 누구누구가 우리를 돌아보거나 목덜미를 긁게 될 거야." 일단 수업이 시작되고 그가 한 이야기를 내가 종종 잊고 있었을 때쯤, 돌연 막스가 내게 눈에 띄는 동작으로 엄지손가락을 들어 보였다. 그럴 때면 나도 재빨리 그가 가리킨 학생 쪽을 지켜보았고, 그때마다 그 아이는 마치 줄에 매달린 인형처럼 요구받은 동작을 실행했다. 나는 막스에게 선생님을 대상으로 같은 실험을 한번 해 보라고 졸라 댔지만, 그는 하려고 하지 않았다. 하지만 한번은 내가 수업에 들어가면서, 오늘은 내게 할당된 숙제를 제대로 학습하지 않았으니 목사님이 내게 제발 어떤 질문도 하지 않았으면 좋겠다고 말하자, 그가 나를 도와주었다. 목사님은 교리문답 한 구절을 암송시킬 학생을 물색하고 있었고, 사방을 훑어보던 목사님의 눈은 죄책감을 드러내고 있던 내 얼굴에 와서 머물렀다. 목사님은 점차 내게로 가까이 다가왔고, 손가락을 뻗어 나를 지목하며 막 나의 이름을 부르려고 했다. 바로 그때 목사님은 갑자기 산만한 모습 내지는 불안해하는 모습을 보이더니 자기 옷깃을 매만졌고, 자신의 얼굴을 응시하고 있는 데미안 쪽으로 다가가 그에게 무언가를 질문하려는 듯이 보였다. 하지만 목사님은 돌연 방향을 다시 바꾸었고, 잠시 기침을 하더니 결국 다른 학생을 지목해 암송을 시켰다.

이런 종류의 장난이 무척 재미있기는 했지만, 나는 내 친구가 나를 대상으로도 같은 장난을 자주 한다는 것을 점차 알아차렸다. 학교로 가는 길에 불현듯 데미안이 조금 떨어진 거리에서 나를 따라오고 있다는 느낌이 불쑥 들어 뒤를 돌아보면, 정말로 그가 거기에 있었다.

"정말로 다른 사람이 네가 원하는 바를 생각하도록 할 수 있어?" 한번은 내가 그에게 물었다.

그는 차분하고 객관적인 태도로, 또 어른스럽게 내 물음에 답해 주었다.

"그렇지 않아." 그가 말했다. "그런 일은 가능하지 않아. 목사님은 자유 의지가 있을 거라고 암시하지만, 인간에게는 자유 의지 같은 것은 없기 때문이야. 사람은 자신이 원하는 대로 생각할 수 없고, 나도 타인이 내가 원하는 바를 생각하도록 할 수 없어. 그렇지만 어떤 사람을 제대로 관찰하는 일은 얼마든지 가능할 거야. 그러면 이따금 그 사람이 생각하고 느끼는 것을 상당히 정확하게 맞출 수 있고, 그렇게 되면 그 사람이 다음 순간 무엇을 할지도 대체로 예측할 수 있지. 그것은 아주 간단한 일인데, 사람들이 모르고 있을 뿐이야. 물론 그렇게 하려면 연습이 필요하지. 예를 들어 나방들 가운데는 암컷 개체 수가 수컷보다 훨씬 적은 나방 종(種)이 있어. 이 나방 종도 번식하는 방법이 다른 여느 동물과 마찬가지인데, 수컷이 암컷을 수정시키고 나면 암컷이 알을 낳는 거야. 만약 네가 이 나방 암컷 한 마리를 갖고 있으면 밤에 수컷들이 암컷을 향해 날아오는데, 멀리 몇 시간 떨어진 곳에서 날아오기도 해! 이것은 자연과학자들이 종종 실험해 본 거야. 생각해 보라고, 몇 시간 거리를 날아오는 거야! 몇 킬로미터에 걸쳐 있는 모든 수컷이 그 지역에 있는 암컷 단 한 마리를 감지하는 거지! 사람들은 이 현상을 설명해 보려 하지만 어려운 일이야. 마치 뛰어난 사냥 개들이 눈에 보이지 않는 흔적을 찾아내고 추적하는 것처럼, 일종의 후각이나 그와 유사한 감각이 작용하는 것이 분명해. 이해하겠어? 자연은 그런 신비한 현상들로 가득하지만, 그 누구도 이를 명확히 설명할 수는 없지. 내가 말하고 싶은 것은, 만약 이 나방 암컷이 수컷만큼 많다면 아마도 수컷은 그 정도로 예민한 후각을 갖지 않았으리라는 거야! 수컷 나방은 다만 그런 식으로 훈

련되었기 때문에 그토록 예민한 후각을 갖게 된 거야. 동물이든 인간이든 어떤 특정한 일에 자신의 집중력과 의지를 온전히 쏟아붓는다면 그 일을 달성할 수 있어. 그게 전부야. 네가 말하는 것도 정확히 그런 거야. 어떤 사람을 아주 세밀하게 관찰하게 되면, 너는 그 사람보다도 더 정확하게 그 사람에 대해 알게 되거든."

내 혀끝에서는 '독심술'이라는 말이 맴돌면서 하마터면 입 밖으로 튀어나와 오래전에 있었던 크로머와의 일을 그에게 상기시킬 뻔했다. 하지만 우리 둘 사이에 그것은 여전히 하나의 기이한 일로 남아 있었다. 데미안이 몇 년 전에 내 삶에 그토록 심각하게 개입한 일에 대해, 그는 물론 나도 슬쩍 암시하는 정도로도 절대 언급하지 않았다. 마치 과거에 우리 둘 사이에 아무 일도 없었다는 듯, 혹은 둘 다 상대방이 그 일을 잊어버렸을 거라고 확신하는 듯했다. 심지어 우리 둘은 함께 길을 걷다가 프란츠 크로머와 한두 번 마주친 적도 있었지만, 우리는 서로 눈길 한번 교환하지 않았고, 그에 대해 단 한마디도 꺼내지 않았다.

"그렇다면 의지라는 것은 어떻게 되는 거야?" 내가 물었다. "너는 인간에게 자유 의지가 없다고 말하고 있어. 그런데 너는 또한 인간이 자신의 의지를 어떤 일에 확실하게 집중하기만 하면 목적한 바를 달성한다고 말하고 있어. 서로 앞뒤가 안 맞는 말이잖아! 내가 내 의지의 주인이 아니라면, 내가 원하는 곳으로 나의 의지를 마음대로 향하게 할 수 없을 테니까."

데미안은 내 어깨를 토닥였다. 내가 그를 기쁘게 할 때 그가 늘 하는 행동이었다.

"네가 그렇게 물어보다니 좋아!" 그가 웃으며 말했다. "사람은 언제나 질문을 던져야 하고, 또 언제나 의심해야 해. 하지만 그 문제는 아주 간단해. 예를 들어 만약 그 밤나방이 자신의 의지를 어떤 별이나 뜬금없는 다른 것에 집중하려고 해도 그것은 가능하지 않을 거야. 밤나방은 절대로 그런 시도는 하지 않겠지. 나방이 찾는 것은 오로지 자신에게 의미 있고 가치 있는 것, 그 자신이 필요로 하고 절대적으로 가져야 하는 거야. 그렇게 되면 정말 믿기 어려운 일까지도 해내게 되지. 나방은 다른 동물에게는 없는, 마법과도 같은 여섯 번째 감각을 발달시키는 거야! 우리 인간은 분명그 어떤 동물보다도 활동 반경이 넓고 관심의 대상도 더 광범위해. 하지만 우리 인간은 또한 상대적으로 좁은 범위에 매여 있고, 그것을 뛰어넘지는 못하고 있어. 아마도 나는 머릿속에서 이런저런 상상을 해 볼 수는 있을 거야. 예를 들어 반드시 북극에 가 봐야겠다고 하거나 그와 비슷한 일을 상상해 볼 수 있어. 하지만 내 안에서 그 소원이 완전히 자리 잡고 정말로 내 존재가 그 소원으로 가득 채워질 때에만 그 일을 실행하게 되고, 충분히 강력한 의지도 갖게 되지. 정말 그런 경우라면, 너는 너의 내면이 명령하는 무언가를 시도하는 순간에 그 일을 해낼 수 있고, 마치 훌륭한 말을 마차에 매는 것처럼 너의 의지를 제어할 수 있을 거야. 예를 들어 만약 내가 지금 우리 목사님이 앞으로는 안경을 쓰지 않도록 해야겠다고 생각한다면, 그것은 잘 이루어지지 않을 거야. 그것은 단순히 장난에 지나지 않으니까. 하지만 내가 지난가을에 저 앞줄의 내 자리에서 다른 자리로 옮겨서 앉고 싶다는 확고한 의지를 품었을 때는 일이 잘 풀렸어. 그때 알파벳순으로는 내 앞이지만, 그때까지 몸이 아파서 나오지 않았던 아이가 갑자기 나타난 거야. 그래서 누군가는 그 녀석에게 자리를 내주어야 했는데, 당연히 내가 그렇게 했지. 그것은 그런 기회가 생기면 곧바로 낚아채겠다는 나의 의지가 이미 있었기 때문이야.”

“그렇구나.” 내가 대답했다. “그때 나도 참 이상하다는 생각이 들었어. 우리가 서로에게 관심을 보인 순간부터 네가 내가 있는 쪽으로 점점 더 가까이 다가왔지. 하지만 어떻게 그렇게 한 거야? 처음에는 네가 곧바로 내 옆자리로 오지는 않았어. 처음 몇 번은 내 앞쪽에 앉았잖아, 안 그래? 어떻게 된 거야?”

“그때 상황은 다음과 같았어. 내가 처음 자리를 옮겨야겠다고 느꼈을 때는 어디로 옮기고 싶은지 나 자신도 정확히 알지 못했어. 단지 좀 더 뒤쪽에 앉고 싶다는 마음만 있었지. 네 곁으로 가려는 것이 나의 의지였지만, 당시만 해도 뚜렷하게 자각한 것은 아니었거든. 그런데 동시에 너 자신의 의지도 함께 끌어당기면서 나를 도왔던 거야. 그렇게 해서 네 앞자리에 앉게 되었을 때야 비로소 나의 소망이 절반 정도만 이루어졌다는 생각이 들었어. 내가 실제로는 바로 네 옆에 앉고 싶었다는 것을 깨달은 거지.”

“하지만 그때는 새로 들어온 학생도 없었잖아.”

“맞아. 하지만 그때 나는 그냥 내 의지를 따라 행동했고, 재빨리 네 옆자리에 앉아 버린 거야. 나하고 자리를 바꾼 아이는 그저 당황해하면서 내가 하는 대로 내버려두었어. 목사님은 어떤 변동이 있었다는 것을 알아차리기는 했을 거야. 나를 상대할 때마다 뭔가 분명히 은밀하게 마음에 걸리는 구석이 있었을 거야. 왜냐하면 목사님은 내 이름이 데미안이라는 것을 알고 있고, 이름이 D로 시작하는 학생이 이상하게도 이름이 S로 시작하는 아이들과 같은 뒷자리에 앉아 있는 것이 맞지 않다는 것도 알았을 테니까 말이야! 그러나 그 사실이 목사님의 의식에까지 이르지는 못하지. 내 의지가 그렇게 하지 못하도록 저항하고, 또 내가 계속 목사님이 의식하는 것을 가로막기 때문이야. 목사님은 매번 무언가 맞지 않다는 것을 다시 알아채고, 나를 바라보면서 이상하다고 곰곰이 생각하지, 참 좋은 분이야. 하지만 그럴 때는 내게 간단한 방법이 있는데, 매번 목사님의 두 눈을 똑바로, 정말 뚫어지듯 응시하는 거야. 그런 시선은 대체로 사람들이 잘 견디지 못해. 누구든지 불안을 느끼게 되거든. 네가 누군가에게서 무엇을 얻기 위해 갑자기 그의 눈을 단호하게 응시하는데도 그가 전혀 동요하지 않는다면, 그냥 단념하는 게 좋아! 너는 그에게서 아무것도 얻어낼 수 없거든, 절대로! 하지만 그런 경우는 아주 드물어. 사실 내가 그 수법을 동원해도 통하지 않을 사람은 단 한 명밖에 없어."

"그게 누구야?" 내가 재빨리 물어보았다.

데미안은 눈을 약간 가늘게 뜨고 나를 바라보았다. 그것은 그가 생각에 잠겨 있다는 표시였다. 그는 이내 시선을 돌리더니, 아무런 대답도 하지 않았다. 나는 무척이나 호기심이 발동했지만, 그 질문을 되풀이할 수는 없었다.

하지만 지금 생각해 보면 그때 데미안의 말은 자신의 어머니를 의미한 것 같다. 그는 어머니와 매우 친밀한 관계로 지내는 듯했지만, 나에게 자기 어머니 이야기를 들려주거나 나를 자기 집으로 데려간 적은 한 번도 없었다. 나는 그의 어머니가 어떤 모습인지도 거의 알지 못했다.

당시 나는 그가 했던 것처럼 내 의지를 무엇인가에 집중해서 그 일을 이루어 보려는 시도를 가끔 해 보았다. 나한테는 아주 절실하다고 여겨지는 소망들이 있었기 때문이다. 하지만 아무 성과가 없었고, 잘 되지도 않았다. 그 문제를 두고 나는 데미안과 이야기를 나눌 엄두는 내지 못했다. 아마도 내가 어떤 소망을 품었는지 그에게 털어놓을 수 없었을 것이다. 그도 캐묻지 않았다.

그러는 동안에 종교 문제와 관련해 내 신앙에는 여러 군데 균열이 생겼다. 그렇지만 데미안의 영향을 전적으로 받은 나의 신앙관은 철저한 불신앙을 드러내는 동급생들의 생각과는 아주 달랐다. 학교에는 그런 불신을 품은 학생들이 몇 명 있었다. 이따금 그들은 하나의 유일신을 믿는 것은 터무니없고 인간의 존엄을 해치는 것이라고 했다. 또한 삼위일체나 예수의 동정녀 탄생 같은 것은 그저 웃기는 이야기일 뿐이고, 오늘날에도 사람들이 여전히 그따위 허접한 이야기를 떠벌리는 것은 수치스럽다는 말을 그들에게서 들었다. 나는 결코 그렇게 생각하지 않았다. 비록 의심하는 부분들이 있기도 했지만, 어린 시절의 온갖 체험을 통해 나는 나의 부모님이 살아온 것과 같은 경건한 삶이 실제로 존재함을 충분히 알고 있었다. 그것이 또한 결코 품위 없거나 위선적인 것이 아니라는 사실도 알았다. 오히려 나는 종교적인 것에 대해 이전과 마찬가지로 깊은 경외심을 품었다. 다만 나는 데미안 덕분에 어떤 성경 이야기들과 교리들을 좀 더 자유롭게, 더 개인적으로, 더 유연하게, 더 풍부한 상상력을 갖고 바라보고 해석하는 데 익숙해졌을 뿐이다. 적어도 나는 그가 제시한 해석을 언제나 흔쾌히 받아들이고 기꺼이 따랐다. 물론 내게는 어떤 해석들이 너무 과격하게 여겨지기도 했다. 카인에 대한 것이 그랬다. 그리고 한번은 입교식 준비를 위한 수업 시간에 데미안이 더 대담한 견해를 밝혀 나를 깜짝 놀라게 한 적도 있었다. 선생님이 '골고다'*에 관한 이야기를 해 주었을 때였다. 성경에 기록된 구세주의 수난과 죽음에 관한 이야기는 아주 어릴 적부터 내게는 강한 인상을 남겼다. 가끔은 성(聖)금요일 같은 날, 아버지가 성경에서 예수의 수난 이야기를 읽어 줄 때면, 어린아이였던 나는 깊은 감동에 젖은 채 그 비통할 정도로 아름답고도 창백한 세계, 유령 같으면서도 섬뜩할 정도로 생생한 세계 속에서, 겟세마네 동산과 골고다 언덕에서 살았다. 그리고 바흐의 〈마태 수난곡〉을 들을 때면, 그 비밀스러운 세계에서 흘러나오는 음울하면서도 강렬한 고난의 광채가 온갖 신비로운 전율로 나를 휘감았다. 지금도 나는 이 음악과 '악투스 트라지쿠스'†에 모든 시문학과 예술적 표현의 정

---

* '해골'이라는 뜻이다. 예루살렘 근교에 있는 해골 형태의 언덕으로 예수 그리스도가 십자가에서 처형된 장소이다.

† Actus Tragicus는 '비극적 행위'라는 뜻이다. 이것은 '그리스도의 수난'을 가리키는 개념이기도 하지만, 여기서는 장례 음악으로 작곡된 바흐의 칸타타 〈하느님의 때가 최상의 때다〉(BMW 160)를 말한다.

수가 담겨 있다고 생각한다.

　그런데 그 수업이 끝나갈 즈음에 데미안이 생각에 잠겨 내게 말했다. "싱클레어, 그 이야기에는 내 마음에 들지 않는 부분이 있어. 그 이야기를 다시 한번 읽어 보고, 혀끝으로 상세히 음미해 봐. 어딘가 무미건조한 맛이 날 거야. 그리스도와 함께 십자가에 매달린 두 명의 강도 이야기 말이야. 그곳 언덕 위에 세 개의 십자가가 나란히 서 있는 것은 정말 대단한 광경이지! 그런데 갑자기 우직한 강도를 다룬, 싸구려 종교 전단에 나올 법한 감상적인 이야기가 나오잖아! 그 강도는 한때 범죄자였고, 모르기는 해도 어떤 추악한 짓들을 저질렀는데, 지금은 그가 순해져서 회개와 참회의 눈물겨운 축제 의식을 벌인다는 거잖아! 무덤을 단 두 발짝 앞둔 지점에서 이루어지는 그런 회개가 도대체 무슨 의미가 있을까? 말이 된다고 생각해? 그것은 정말이지 성직자들이 설교에서나 꾸며 내는 또 하나의 이야기에 지나지 않아. 감동으로 기름칠하고 고도로 교훈적인 배경을 지닌, 달콤하고 정직하지 못한 이야기지. 만약 네가 지금 두 명의 강도 중 한 명을 무조건 친구로 삼아야 한다면, 혹은 두 강도 중 누구를 더 신뢰할 수 있을지를 곰곰이 따져야 한다면, 눈물을 질질 짜는 그 개종한 녀석은 분명 아닐 거야. 아니, 오히려 다른 강도를 선택할 거야. 그 친구는 제대로 된 남자고, 개성 있는 인물이야. 그는 자기 처지에서 보면 번지르르한 소리에 지나지 않을 개종 같은 것을 비웃고 자신의 길을 끝까지 걸어가는 자야. 마지막 순간이 닥쳤다고 해서 그때까지 자신을 도와주었을 악마와의 관계를 비겁하게 끊겠다고 하지는 않는 자야. 개성이 있는 남자인데, 성경에서는 개성 있는 인간들을 대체로 너무 짧게 기록하고 있지. 어쩌면 이 사람도 카인의 후예일 거야. 그렇게 생각하지 않아?"

나는 몹시 당황했다. 그리스도의 십자가 수난 이야기는 내가 아주 잘 안다고 생각했는데, 이제야 내가 얼마나 개인적인 생각도 거의 없이, 또 어떤 상상력 내지는 환상의 힘도 전혀 발휘하지 않고 단지 피상적으로 그 이야기를 듣고 읽었는지 깨달았다. 그렇지만 데미안이 던진 새로운 사유는 내게는 치명적인 사유로 여겨졌다. 그것은 내가 계속 유지해야 한다고 믿었던 내 안의 개념들을 전복시킬 정도로 위협적이었다. 그럴 수는 없었다. 세상 모든 것을 그렇게 농락하는 것, 더구나 가장 성스러운 일을 그렇게 농락하는 것은 곤란했다.

데미안은 언제나처럼 내가 입을 열어 내뱉기도 전에 곧바로 나의 거부감을 알아차렸다.

"그래 알겠어." 그가 체념하듯 말했다. "그건 오래된 이야기야. 너무 심각해질 필요는 없어! 그런데 너에게 말해 주고 싶은 것이 있어. 이 종교의 결함이 아주 또렷하게 드러나는 지점 중 하나가 바로 여기에 있다는 거야. 성서의 옛 언약과 새 언약 전체에 걸쳐 등장하는 그 신은 아주 뛰어난 인물이기는 하지만, 그분이 마땅히 보여 주어야 할 그런 모습은 아니라는 거야. 그분은 선함, 고결함, 아버지 같은 존재, 아름다움, 고상함, 감상적인 속성까지 갖춘 존재야. 전적으로 옳아! 하지만 세계는 다른 것들로도 이루어져 있어. 그런데 이제 그런 것들은 다 악마에게 속한 것으로 떠넘기고 있고, 세계의 절반에 해당하는 그 영역 전체가 온통 은폐되고 묵살되고 있어. 하나님을 모든 생명의 아버지라고 찬양하는 사람들이 정작 생명의 근원이 되는 모든 성생활은 그냥 묵살하고서, 가능하면 그것을 악마의 일이고 죄악이라고 선언하고 있어! 나는 사람들의 야훼 신 숭배를 결코 반대하는 게 아니야. 전혀 그렇지 않아. 그러나 나는 우리가 모든 것을 숭배하고 성스럽게 여겨야 한다고 생각해. 인위적으로 분리된 이 공식적인 절반의 세계만이 아니고, 전체 세계를 숭배해야 한다고 말하는 거야! 그러니까 우리는 신을 예배하는 것과 더불어 악마도 예배해야 하는 거야. 나는 그렇게 하는 것이 옳다고 생각해. 그게 아니라면, 우리는 자신의 내부에 악마까지 포괄하는 어떤 신을 만들어 내야 할 거야. 그렇게 되면 세상에서 가장 자연스러운 일들이 일어날 때, 사람들이 그 신 앞에서 두 눈을 감고 딴청을 피우지 않아도 되겠지."

데미안은 평소와는 달리 좀 격한 어조가 되어 있었지만, 이내 미소를 짓고는 나를 더는 다그치지는 않았다.

그러나 나는 그의 말을 나의 소년기 전체를 통해 언제나 마음속에 품고 있었고, 그의 말은 내가 누구에게도 털어놓지 못했던 수수께끼에 적중했다. 그때 데미안이 신과 악마에 대해, 신적이고 공식적인 세계와 그동안 묵살되어 온 악마적인 세계에 대해 이야기한 것은 나 자신이 가졌던 생각, 나 자신이 품고 있던 신화이기도 했다. 그것은 두 세계 또는 세계의 두 절반, 다시 말해 밝은 세계와 어두운 세계에 관한 생각이었다. 내 문제가 모든 인간의 문제이자 모든 삶과 사고의 문제라는 통찰이 불현듯 성스러운 그림자처럼 나를 뒤덮었다. 그리고 나의 가장 고유하고 개인적인 삶과 사유가 위대한 이념의 영원한 조류에 얼마나 깊이 관여하고 있는가를 깨닫고 그것을 갑자기 실감하게 되자, 두려움과 경외심이 나를 엄습했다. 그 통찰은 나의 견해를 인정해 주고 나를 어느 정도 행복하게 해 주는 것 같기도 했지만, 내게 기쁨을 선사하지는 않았다. 그것은 가혹했고, 조야한 맛이 났다. 왜냐하면 그 통찰에는 책임을 져야 한다는 여운, 더는 어린아이로 남을 수 없고 이제는 홀로서기를 해야 한다는 울림이 담겨 있었기 때문이다.

나는 난생처음으로 내가 간직해 온 깊은 비밀을 털어놓으면서, '두 세계'에 대해 내가 아주 어린 시절부터 줄곧 지녀 온 생각을 친구에게 설명했다. 그러자 친구는 내가 마음속 깊이 그에게 공감하고 그에게 정당성을 부여하고 있다는 사실을 곧바로 알아차렸다. 하지만 그런 상황을 자신에게 유리하게 이용하는 것은 그의 방식이 아니었다. 그는 이전보다 더 차분하게 주의를 기울여 내 이야기를 경청했다. 그러면서 그가 내 눈을 똑바로 들여다보는 바람에 나는 그만 다른 곳으로 눈길을 돌려야만 했다. 그의 시선에서 또다시 그 기이하고도 동물적인 초시간성, 상상할 수 없는 나이를 보았기 때문이다.

"그 일에 대해서는 다음번에 더 이야기하자." 그가 배려심을 보이며 말했다. "내가 보기에 너는 말로 표현할 수 있는 것보다 더 많은 생각을 하고 있어. 그렇다면 너는 분명 네가 생각한 바를 온전히 체험해 보며 살지 않았다는 것도 알 텐데, 그것은 별로 바람직하지 않아. 생각은 우리가 그것을 살아 낼 때 가치가 있는 거야.

너는 너의 '허락된 세계'가 단지 이 세계의 반쪽에 불과하다는 걸 알았어. 그러면서도 다른 절반의 세계를 목사님이나 선생들이 하는 것처럼 너 자신에게서 숨기려고 했었어. 그런데 너는 그렇게 할 수 없을 거야! 일단 그것을 생각하기 시작한 사람은 절대로 그렇게 할 수 없거든."

그의 말은 내게 깊은 각인을 남겼다.

"그렇지만," 나는 거의 외치듯이 말했다. "그런데 실제로, 정말로 금지되는 추악한 일들도 있잖아. 그것은 너도 부인하지 못할 거야! 그런 일들은 분명히 금지되어 있고, 우리는 그런 일을 단념해야 하지. 나는 세상에 살인과 온갖 악덕이 있다는 걸 알고 있어. 하지만 그런 것들이 세상에 있다는 이유만으로 나도 휘말려 들어가 범죄자가 되어야 하는 걸까?"

"우리가 오늘 이 이야기를 다 끝낼 수는 없어." 막스가 나를 다독이며 말했다. "너는 분명 살인을 저지르거나, 소녀를 욕보이고 나서 살해해서는 안 돼, 절대로 안 되지. 그러나 너는 아직 '허용' 또는 '금지'가 정말 무엇을 의미하는지 통찰할 수 있는 단계까지 이르지는 못했어. 너는 이제 진리의 한 조각만을 감지했을 뿐이야. 이제 나머지 부분도 깨닫게 될 거야, 내 말을 믿어 보라고! 예를 들어 너는 대략 일 년 전부터 그 어떤 다른 충동들보다 더욱 강력한 충동을 네 안에서 느끼고 있을 터인데, 그것은 '금지된' 것으로 여기는 충동이지. 그런데 그리스인이나 많은 다른 민족들은 반대로 이 충동을 신성한 것으로 여기고 성대한 축제를 벌여 숭배했어. 그러니까 '금지된' 것은 어떤 영원한 것이 아니고 언제든지 바뀔 수 있는 거야. 오늘날에도 누구든지 여자와 함께 목사님 앞에 가서 결혼식을 올리기만 하면, 곧바로 그녀와 동침하는 것이 허용되지. 다른 민족들의 경우에는 사정이 달라. 오늘날에도 마찬가지야. 그래서 우리 각자는 무엇이 자신에게 허락된 것이고, 또 무엇이 금지된 것인지 스스로 찾아내야 하는 거야. 사람은 평생 어떤 금지된 것을 하지 않고도 엄청난 악당일 수가 있어. 그 반대의 경우도 있을 수 있지. 사실 그것은 단지 나태함의 문제인 거야! 너무 안일한 탓에 스스로 생각하고 스스로 판단을 내릴 수 없는 사람은 기존에 통용되던 금지 항목들에 그냥 순응하게 되지. 그렇게 하는 것이 편해서야. 그런데 어떤 사람들은 자기 속에 자신만의 계율이 내재한다고 느끼는 거야. 이런 사람들에게는 명예로운 시민이 일상적으로 하는 행위들이 금지되어 있기도 하고, 다른 사람들에게는 기피되는 행위가 허용되기도 하겠지. 각자가 자기 책임성을 지니고 자신의 두 발로 설 수 있어야 하는 거야.”

데미안은 돌연 너무 많은 이야기를 한 것이 후회라도 되는 듯이 입을 다물었다. 이미 당시에 나는 그 순간 그가 무엇을 느꼈는지 감정적으로 어느 정도 파악할 수 있었다. 그러니까 겉보기에는 그가 자신에게 떠오른 생각들을 유쾌하고 가볍게 이야기하는 버릇이 있다고 해도, 언젠가 자신의 입으로 밝혔듯이 “그저 이야기를 늘어놓기 위한” 대화는 그가 지독하게 싫어하는 것이었다. 그런데 그는 내게서 진정한 관심 말고도 너무 많은 장난기, 이지적인 수다 자체에 대한 지나친 기쁨 비슷한 것을 느꼈다. 간단히 말해 그는 내게서 완벽한 진지함의 결핍을 느꼈던 것이다.

내가 방금 써 놓은 마지막 말, '완벽한 진지함'이라는 말을 다시 읽어 보니, 아직도 절반은 미성숙한 아이였던 그 시기에 막스 데미안과 함께 경험한 아주 강렬한 장면 하나가 불현듯 떠오른다.

우리의 입교식이 다가왔고, 종교 수업의 마지막 몇 시간은 성만찬을 다루었다. 목사님은 그 주제를 진지하게 여겼고, 따라서 정성을 다해 수업에 임했다. 그 시간에는 무언가 엄숙하고 특별한 분위기가 감돌았다. 그런데 바로 그 막바지 교리 수업 시간에 내 생각은 온통 다른 것, 다시 말해 내 친구에게 가 있었다. 입교식은 우리를 교회 공동체의 정식 일원으로 장엄하게 받아들이는 의식인데, 입교식 날짜가 가까워지면서 내 마음에 강렬하게 떠오른 생각은 지난 반년 동안 진행된 종교 수업의 가치가 교실에서 배운 내용에 있는 것이 아니라, 내가 데미안과 가까워지고 그의 영향을 받은 데 있다는 것이었다. 내가 이제 받아들여져야 할 곳은 교회 공동체가 아니라 완전히 다른 곳, 곧 사상과 개성의 교단이었다. 그 교단은 지상 어딘가에 존재할 것이 분명했고, 나는 내 친구가 그 교단의 대표자이거나 사절일 것이라고 느꼈다.

나는 이러한 생각을 억누르려고 애썼다. 그 모든 것에도 불구하고 나는 진심으로 입교식 의식을 어느 정도 엄숙하게 치르고 싶었다. 그러나 그 엄숙함은 나의 새로운 사상과는 어울리지 않는 듯이 보였다. 물론 나는 내가 원하는 대로 하고 싶었다. 하지만 나의 사상은 엄연히 존재했고, 그것은 점차 다가오는 교회 축제 의식에 관한 생각과 서서히 연결되었다. 나는 그 축제 의식을 남들과 다른 방식으로 치를 각오가 되어 있었다. 내게는 그 축제

의식이 데미안을 통해 눈 뜨게 된 사상의 세계에 입문하는 것을 의미해야 했다.

그 무렵에 나는 한 번 더 데미안과 활발하게 토론을 벌인 적이 있다. 입교식을 위한 교리문답 수업이 시작되기 직전의 일이었다. 내 친구는 마음을 닫은 상태였고, 상당히 조숙하고 잘난 체하는 것으로 들렸을 나의 이야기를 달가워하지 않았다.

"우리는 말을 너무 많이 하고 있어." 그가 평소와 달리 진지하게 말했다. "재치 있게 말하는 것은 아무런 가치가 없어, 아주 무가치한 거야. 그냥 자기 자신에게서 멀어질 뿐이야. 그리고 자기 자신에게서 멀어져 있는 것은 죄악이야. 사람은 거북이처럼 자기 자신 속으로 완전히 기어들어 갈 수 있어야 해."

그러고 나서 우리는 곧장 교실로 들어갔다. 수업이 시작되었고, 나는 집중하려고 애를 썼다. 데미안도 그런 나를 방해하지 않았다. 그런데 잠시 후 그가 앉아 있는 옆자리에서 무엇인가 독특한 것, 공허함이라든가 냉기 같은 것이 느껴지기 시작했다. 마치 그 자리가 부지불식간에 텅 비어 버린 것 같았다. 그 느낌이 강해져서 답답함을 느낀 나는 그쪽으로 고개를 돌렸다.

그곳에는 내 친구가 여느 때와 같이 단정한 자세로 똑바로 앉아 있었다. 그런데 여느 때와는 아주 달라 보였고, 내가 알지 못하는 무엇인가가 그에게서 흘러나와 그를 감싸고 있었다. 나는 그가 두 눈을 감고 있다고 생각했지만, 다시 살펴보니 눈을 뜬 채였다. 하지만 그 눈은 무엇을 보고 있지는 않고 멍한 상태였으며, 미동도 없이 내면을 향하고 있거나 아주 먼 곳을 향해 있었다. 그는 전혀 움직이지 않고 거기 앉아 있었고, 숨조차 쉬지 않는 것 같았다. 그의 입은 나무나 돌로 조각해 놓은 듯했다. 얼굴은 핏기가 없고 전체적으로 창백한 것이 마치 돌덩이 같았다. 가장 생기 있는 것은 그의 갈색 머리카락이었다. 두 손은 그의 앞 의자 위에 가지런히 놓여 있었는데, 사물이나 돌 또는 과일처럼 창백하고 미동도 하지 않았다. 하지만 축 늘어져 있지는 않았고, 마치 감춰진 강인한 생명을 단단하게 감싸고 있는 견고하고 훌륭한 껍질 같은 손이었다.

그 모습은 나를 전율케 했다. 나는 '저 녀석은 죽었어!'라고 생각하면서, 하마터면 그 생각을 크게 소리 내어 말할 뻔했다. 하지만 그가 죽지 않았다는 것을 알았다. 나는 넋이 나간 눈길로 그의 얼굴, 그 창백하고 돌처럼 굳은 가면을 뚫어지게 응시했다. 그러면서 '저것이 바로 데미안!'이라고 느꼈다. 평소에 나와 함께 걷거나 이야기를 나누던 데미안은 진짜 데미안의 반쪽, 가끔 하나의 역할을 해내고 내게 적당히 맞춰 처신하며 호의에서 행동하는 존재에 불과했다. 데미안의 진짜 모습은 바로 저 모습이다. 돌처럼 굳은 상태에 있고, 아주 나이가 많고, 동물적인 모습이고, 암석 같고, 아름다우면서도 차갑고, 죽은 것 같으면서도 전대미문의 생명으로 은밀하게 가득 차 있는 저 모습이다. 그리고 그를 둘러싼 이 적막한 공허함, 이 창공과 별들의 공간, 이 고독한 죽음!

이제 그는 자신 속으로 완전히 침잠해 있었고, 전율과 함께 나는 그것을 느꼈다. 나는 여태껏 그토록 고독했던 적이 없었다. 나는 그에게 전혀 관여하지 못했고, 그는 내가 닿을 수 없는 존재가 되어 있었다. 그는 세상에서 가장 멀리 떨어져 있는 섬보다 더 멀리 내게서 떨어져 있었다.

나 말고는 어느 다른 누구도 그 모습을 보지 못하는 것이 나로서는 잘 이해가 되지 않았다! 모두가 그 모습을 보아야 했고, 모두가 전율을 느껴야 했다! 하지만 아무도 그를 주목하지 않았다. 그는 조각상처럼 꼿꼿하게 앉아 있었는데, 우상과 같은 뻣뻣한 인상을 주었다. 파리 한 마리가 그의 이마에 앉았고, 천천히 코와 입술 위로 기어다녔다. 그러나 그는 얼굴 한 번 찡그리지 않았다.

어디에, 도대체 지금 그는 어디에 가 있을까? 무엇을 생각하고, 무엇을 느끼고 있을까? 그는 천국에 가 있는 것일까, 지옥에 가 있는 것일까?

그에게 그 일을 물어보는 것은 가능하지 않았다. 수업이 끝날 때쯤 그가 다시 살아 숨 쉬는 것을 보았을 때, 그의 시선이 나와 마주쳤을 때, 그는 다시 원래 모습으로 돌아와 있었다. 그는 어디에 있다가 온 것일까? 조금 전에는 어디에 가 있었던 걸까? 그는 피곤해 보였다. 그의 얼굴은 다시 혈색을 되찾았고, 두 손도 다시 움직였다. 하지만 그의 갈색 머리카락은 이제 윤기를 잃고 피로해 보였다.

그 후 며칠 동안 내 침실에서 나는 새로운 연습에 몇 차례 몰두했다. 의자 위에 똑바로 앉아 두 눈을 고정하고 꼼짝도 하지 않은 채, 내가 얼마나 그 상태를 유지할 수 있는지, 그 상황에서 무엇을 느끼게 되는지 알아보는 것이었다. 하지만 그저 지치기만 했고, 눈꺼풀에 심한 가려움증만 느꼈을 뿐이었다.

그리고 얼마 지나지 않아 나는 입교식을 치렀다. 그런데 그 의식과 관련해서는 이렇다 할 중요한 기억은 남아 있지 않다.

이제 모든 것이 달라졌다. 유년 시절은 나의 주변에서 산산이 부서져 내렸다. 부모님은 얼마간 당혹감을 느끼며 나를 바라보았다. 누이들은 내게 아주 낯선 존재가 되었다. 새로운 각성을 하게 되자, 내 일상의 친숙한 감정과 기쁨은 변질되고 퇴색했다. 정원은 향기가 나지 않았고, 숲도 나를 유혹하지 못했다. 나를 둘러싼 세계는 마치 오래된 물건들을 재고 처리할 때처럼 무미건조해졌고, 어떤 자극도 주지 못했다. 책들은 그저 종이에 지나지 않았고, 음악은 소음에 불과했다. 가을이 되어 나무 주위로 잎들이 떨어지지만, 나무는 그것을 느끼지 못하는 것이다. 나무를 따라 빗물이 흘러내리고, 혹은 해가 비치거나 혹은 서리가 내리기도 한다. 그러는 동안 나무의 내부에서는 생명이 가장 조밀한 곳, 가장 내밀한 구석으로 서서히 퇴각한다. 나무는 죽지 않는다. 나무는 기다린다.

방학이 끝나면 나는 다른 학교로 진학하기로, 난생처음으로 집을 떠나기로 되어 있었다. 때때로 어머니는 유난히 다정하게 내게 다가왔고, 미리 작별의 정을 나누면서 사랑과 향수, 잊지 못할 추억을 내 마음속에 불어넣으려고 애썼다. 데미안은 여행을 떠났다. 나는 혼자였다.

제4장

베아트리체

내 친구를 다시 만나 보지 못한 채, 방학이 끝날 무렵 나는 성 (聖) ***시로 갔다. 부모님도 나와 함께 가서, 세심하게 온갖 신경을 쓰면서 김나지움 교사가 운영하는 남학생 하숙집에 나를 맡겼다. 만약 그때 부모님이 나를 어떤 곳에 밀어 넣었는지 알았더라면, 부모님은 아마 경악해서 굳어 버렸을 것이다.

일정한 시간이 흐른 후 내가 착한 아들이자 쓸모 있는 시민이 될 것인지, 아니면 나의 본성이 완전히 다른 방향으로 달려가게 될 것인지는 여전히 의문으로 남아 있었다. 아버지의 집과 아버지의 정신이 드리운 그늘에서 행복하게 지내려던 나의 마지막 시도는 꽤 오래 지속되었고 이따금 성공할 뻔도 했으나, 결국에는 완전히 실패하고 말았다.

입교식을 마친 뒤 방학 동안에 처음으로 느꼈던 그 기이한 공허함과 고독감(후에 나는 그런 공허, 그런 희박한 공기를 얼마나 제대로 맛보게 되었던가!)은 그렇게 빨리 사라지지 않았다. 고향과의 작별은 기이할 정도로 쉬웠다. 별로 슬픔을 느끼지도 않아 실은 부끄러울 지경이었다. 누이들은 특별한 이유도 없이 눈물을 쏟았지만, 나는 그러지 못했다. 이러한 나 자신이 놀라웠다. 나는 언제나 감정이 풍부한 아이였고, 본성도 상당히 착했다. 그런데 지금은 완전히 변해 있었다. 외부 세계에는 철저히 무관심해졌고, 며칠이고 내 안의 소리에 귀를 기울이면서, 내 안의 강물, 내면의 지하에서 흐르는 금지된, 어두운 강물 소리를 듣는 데만 몰두했다. 나는 지난 반년 사이에 빠르게 성장했다. 이제는 키가 껑충하고 비쩍 마르고 설익은 상태가 되어 세상을 마주하고 있었다. 소년의 사랑스러움은 찾아볼 수 없었고, 나 자신도 이제 사람들이 나의 이러한 꼴을 사랑할 수 없을 것이라고 느꼈다. 일단 나부터도 나 자신을 전혀 사랑하지 않았다. 막스 데미안이 무척이나 그리울 때가 많았다. 하지만 때로는 그를 증오하기도 했고, 내가 무슨 흉측한 질병처럼 떠안게 된 내 삶의 빈곤함을 그의 탓으로 돌리기도 했다.

내가 지내던 남학생 하숙집에서 나는 처음에는 사랑도 관심도 받지 못했다. 사람들은 처음에는 나를 놀려 대더니, 이어 내게 거리를 두었고, 나를 음흉한 속내를 지닌 녀석, 기분 나쁜 괴짜로 여겼다. 나는 그 역할이 마음에 들어 더욱 과장되게 행동했고, 분노에 잡혀 고독 속에 처박혔다. 곁에서 보면 나의 고독은 언제나 가장 남자답게 세상을 경멸하는 모양새를 띠었지만, 속으로는 그로 인해 자주 자신을 갉아먹는 비애와 절망의 발작에 시달렸다. 학교에서는 내가 고향 집에서 비축해 온 지식을 꺼내 먹으면서 충분히 버틸 수 있었다. 내가 들어간 학급은 나의 이전 학급보다 약간 뒤처져 있었으므로 나는 동급생들을 살짝 얕잡아 보면서 애들 취급하는 습관이 생겼다.

일 년이 넘는 시간이 그렇게 흘러갔다. 방학을 맞아 처음으로 다시 고향 집을 방문했지만, 어떤 새로운 변화는 없었다. 나는 집을 다시 떠나오는 것이 기뻤다.

11월 초가 되었다. 나는 날씨가 어떻든 상관하지 않고 생각에 잠겨 짧게 산책하는 일을 습관으로 삼고 있었다. 산책하는 동안 일종의 희열을 느낄 때가 많았다. 우울함과 세계에 대한 냉소, 그리고 자신에 대한 경멸로 가득한 희열이었다. 어느 날 저녁 안개가 축축하게 낀 어스름 속에서 나는 도시 근교를 어슬렁거렸다. 공원의 널찍한 가로수 길은 인적 하나 없이 텅 비어 있어서 걷고 싶은 생각을 불러일으켰다. 길 위에는 낙엽이 두툼하게 깔려 있었고, 나는 수북한 낙엽을 두 발로 헤집으면서 어두운 희열을 느꼈다. 축축하고 씁쓸한 냄새가 났다. 멀리 있는 나무들이 유령처럼 거대하고 희미한 그림자가 되어 안개 속에서 불쑥 모습을 드러냈다.

가로수 길이 끝나는 지점에서 나는 마음을 정하지 못한 채 걸음을 멈추고는 검은빛 나뭇잎을 들여다보면서, 부패와 사멸(死滅)이 풍기는 축축한 향기를 탐욕스럽게 들이마셨다. 내 안의 무엇인가가 그 향기에 호응하여 반가운 인사를 보냈다. 오, 인생의 맛

제4장 | 베아트리체 **105**

은 얼마나 무미건조한가!

그때 옆길에서 깃 달린 외투를 펄럭이며 어떤 사람이 나타났다. 내가 걸음을 계속 옮기려는데, 그가 나를 불렀다.

"안녕, 싱클레어!"

그가 다가왔다. 우리 하숙집에서 가장 나이가 많은 학생인 알폰스 베크였다. 나는 그를 만나는 것이 언제나 반가웠다. 그가 자신보다 어린 학생들을 대할 때 으레 그렇듯이 나한테도 빈정거리고 아저씨처럼 군다는 점 말고는 그에 대한 별다른 반감도 없었다. 그는 곰처럼 힘이 세서 우리 하숙집 선생님도 그에게 꼼짝 못한다고 했으며, 김나지움 학생들 사이에 떠도는 여러 소문의 주인공이기도 했다.

"여기서 도대체 뭐 하는 거야?" 그는 상급반 학생들이 가끔 우리에게 격의 없이 대할 때의 말투로 친근하게 외쳤다. "자, 내가 한번 맞춰 볼까. 너 시를 짓고 있는 거지?"

"그런 생각은 한 적이 없는데." 나는 퉁명스럽게 응수했다.

그는 크게 웃음을 터뜨리고는 나와 나란히 걸으며 내게는 아주 낯선 방식으로 수다를 떨었다.

"내가 잘 이해하지 못할까 봐 불안해할 필요는 없어, 싱클레어. 가을날, 이렇게 저녁 무렵 안개 속을 생각에 젖어 걷게 되면, 시를 짓고 싶은 마음이 들기도 하지. 나도 그 정도는 알아. 당연히 죽어 가는 자연에 대한 시일 것이고, 또 그 자연처럼 잃어버린 청춘에 대한 시겠지. 하인리히 하이네를 보면 알아."

"나는 그렇게 감상적이지 않아." 내가 반박했다.

"그래, 그렇다고 해 두자! 하지만 이런 날씨에는 어디 조용한 곳에 가서 포도주나 한 잔 마시는 게 좋겠어. 너도 잠깐 같이 가지 않을래? 지금은 내가 완전히 혼자거든. 혹시 내키지 않는 건가? 네가 정녕 모범생이 되어야겠다면, 친구, 너를 유혹하는 자가 되고 싶지는 않아."

얼마 후 우리는 교외의 어느 작은 술집에 앉아 품질이 미심쩍은 포도주를 마시면서 두툼한 술잔을 부딪쳤다. 처음에는 이런 상황이 마음에 들지 않았다. 그래도 내게는 무언가 새로운 일이었다. 그러나 얼마 지나지 않아 포도주에 익숙하지 않은 나는 취기를 느끼며 무척 수다스러워졌다. 마치 내 안의 창문이 활짝 열린 듯했고, 세상의 빛이 쏟아져 밀려오는 듯했다. 이렇게 흉금을 털어놓으며 이야기해 본 지 얼마나 오래, 얼마나 지독하게 오래 되었던가! 나는 들뜬 나머지 정신없이 떠들어 댔고, 그 와중에 카인과 아벨의 이야기까지 늘어놓았다.

베크는 내 이야기에 기꺼이 귀를 기울였다. 드디어 내가 누군가에게 무엇인가를 전해 줄 수 있게 된 것이다! 그는 나의 어깨를 툭툭 치면서, 나를 대단한 녀석이라고 불렀다. 이야기하고 싶은 욕구가 억눌려 있다가 마음껏 분출할 수 있게 되었다는 기쁨에, 그리고 선배에게 인정받고 괜찮은 놈으로 여겨진다는 기쁨에 내 심장은 한없이 부풀어 올랐다. 그가 나를 천재적인 놈이라고 불렀을 때, 그 말은 달콤하고 강렬한 포도주처럼 내 영혼에 흘러들었다. 세계가 새로운 색채로 타올랐고, 수백 개의 원천에서 생각들이 마구 터져 나왔으며, 정신과 불길이 내 안에서 넘실거렸다.

우리는 교사들과 동료 학생들에 대해 이야기를 나누었는데, 서로 아주 잘 통한다는 느낌을 받았다. 우리는 그리스인과 이교 문화에 관해서도 이야기했고, 베크는 내게서 어떻게든 연애 경험까지 전부 듣고 싶어 했다. 그 부분에 대해서는 나는 할 말이 없었다. 경험이 전혀 없었고, 따라서 이야기할 거리도 없었다. 내가 속으로 느끼고 꾸며 내고 상상한 것들이 내 안에서 뜨겁게 타오르고 있었지만, 아무리 포도주의 힘을 빌린다고 해도 그것을 풀어 말로 전달할 수는 없었다. 여자들에 대해서는 베크가 훨씬 많이 알았고, 나는 그가 떠벌리는 이야기를 한껏 달아오른 채 경청했다. 그러면서 믿을 수 없는 이야기까지 듣게 되었다. 절대 있을 수 없다고 여기던 일들이 평범한 현실 속으로 들어왔고, 그것이 자명한 것으로 보이기도 했다. 알폰스 베크는 열여덟 살쯤 되어 보였는데 벌써 경험이 많았다. 특히 나이가 어린 여자들을 사귀는 게 까다롭다는 것을 경험으로 알고 있었다. 어린 여자애들의 경우 사탕발림과 정중한 배려만 원하는데, 그런 것도 물론 상당히 좋기는 하지만 진짜는 따로 있다는 것이다. 반면에 성인 여자들을 만나면 더 큰 성과를 기대할 수 있다고 했다. 성인 여자들이 훨씬 분별력이 있다는 것이다. 예를 들어 공책과 연필을 파는 문구점 여주인 야겔트 부인은 말이 잘 통할 뿐만 아니라, 그녀 가게의 계산대 뒤에서는 그동안 어떤 책에도 나올 수 없었던 별별 일들이 벌어진다고 했다.

나는 완전히 홀린 듯이 멍하니 그 자리에 앉아 있었다. 물론 그렇다고 내가 야겔트 부인을 당장 사랑할 수 있는 것은 아니겠지만, 하여튼 한 번도 들어 보지 못한 엄청난 이야기였다. 적어도 좀 더 나이 많은 아이들에게는 나로서는 한 번도 꿈꾸어 보지 못했던 기회의 샘들이 흐르는 것 같았다. 물론 그가 들려준 이야기에는 어쩐지 지어낸 구석도 있는 듯했다. 그리고 내가 이상적으로 생각하던 사랑의 본래 맛에 비한다면, 그 모든 것은 더 보잘것없고 더 평범하게 느껴졌다. 그렇지만 그것이 현실이고, 그것이 실제 삶이고 모험이었다. 그것을 실제로 경험해 본 사람, 그것을 자명한 것으로 여기는 사람이 내 옆에 앉아 있었다.

우리의 대화는 다소 분위기가 가라앉으면서 뭔가 시시해졌다. 나 역시 더는 천재적인 녀석이 아니라, 이제는 그저 성인 남자의 이야기에 귀 기울이고 있는 풋내기 소년에 지나지 않았다. 그렇더라도 지난 몇 달 동안의 내 삶과 비교하면, 그 모든 것은 근사했고 낙원과도 같았다. 게다가 나는 뒤늦게야 그것이 금지된 일임을 서서히 깨달을 수 있었다. 술집에 앉아 있는 것부터 우리가 나눈 대화 내용까지 그 모든 것이 엄격하게 금지된 일이었다. 하여튼 나는 그 속에서 정신을 맛보았고, 혁명을 맛보았다.

지금도 나는 그날 밤의 일을 아주 또렷이 기억한다. 우리 두 사람이 밤늦은 시각에 희미한 가스등 아래를 지나 서늘하고 축축한 밤거리를 걸으며 하숙집으로 돌아갈 때, 나는 난생처음 술에 취해 있었다. 그것은 유쾌한 일은 아니었고 몹시 고통스러운 것이었지만, 거기에는 무언가 특별한 것이 있었다. 그것은 매혹이자 달콤함이고, 반항이자 방탕한 향락이며, 삶이자 정신이었다. 베크는 나더러 형편없는 애송이라고 심하게 욕하면서도 나를 정성껏 챙겼다. 그는 나를 반쯤은 업어서 하숙집으로 데려왔고, 마침 열려 있는 복도 창문으로 나를 밀어 넣고는 그 자신도 몰래 숨어드는 데 성공했다.

나는 아주 잠깐 죽은 듯이 잠들었다가 통증을 느끼면서 깨어났다. 술이 깨면서 끔찍한 비통함이 나를 덮쳤다. 나는 낮에 입었던 셔츠 차림으로 침대에 일어나 앉았다. 아무렇게나 바닥에 널브러져 있는 옷가지와 신발에서는 담배 냄새와 토사물 냄새가 진동했다. 두통과 구역질, 갈증이 마구 밀려오는 가운데 내 마음에서는 내가 오랫동안 제대로 직시하지 않았던 광경이 떠올랐다. 고향 소도시와 부모님 집, 아버지와 어머니, 누이들과 정원이 보였고, 고요하고 아늑한 나의 침실이 보였다. 내가 다녔던 학교와 광장이 보였고, 데미안과 입교식 수업이 보였다. 그 모든 것이 환하게 빛났고, 광채에 둘러싸여 있었다. 모든 것이 경이롭고 신성하고 순수했다. 그리고 그 모든 것이 어제만 해도, 불과 몇 시간 전만 해도 나의 것이었고, 나를 기다리고 있었다는 것을 그제야 깨달았다. 하지만 지금 바로 이 순간, 그 모든 것은 아래로 가라앉고 저주받은 것이 되었고, 더는 내 것이 아니었다. 그 모든 것은 나를 밀쳐 내면서 역겨운 눈길로 나를 바라보았다! 가장 황금빛으로 빛나는 저 아득한 유년 시절부터 내가 부모님에게서 받았던 모든 사랑과 다정함, 어머니의 모든 정겨운 입맞춤, 해마다 찾아온 성탄절, 고향 집에서 맞은 경건하고 환했던 일요일 아침, 정원에 피어난 꽃 하나하나, 그 모든 것이 황폐해졌다. 내가 그 모든 것을 짓밟아 버린 것이다! 지금 당장 형리가 와서 내 두 손을 묶고 나를 인간쓰레기이자 신전을 더럽힌 자라고 비난하면서 교수대로 끌고 간다고 해도, 나는 그에게 동의하고 순순히 따라나섰을 것이다. 그리고 그런 처분이 공정하고 올바른 것이라고 여겼을 것이다.

그러니까 나의 내면이 그런 모습이었다! 이곳저곳을 돌아다니며 세상을 경멸했던 나! 정신에 대한 자부심이 있고, 데미안의 생각에 공감했던 나였다! 그랬던 자가 실은 추잡한 쓰레기이자 음담패설을 즐기는 자, 술에 절고 더러워진 자, 구역질 나고 천박한 자, 추악한 본능의 지배를 받는 난잡한 야수의 모습을 하고 있었다! 온갖 순결함과 광채, 사랑스러운 다정함이 있는 정원에서 온 내가, 바흐의 음악과 아름다운 시들을 사랑했던 내가 그런 모습을 하고 있었다! 그러면서 구역질과 분노를 느끼며 터뜨리는 나 자신의 웃음소리, 만취한 탓에 제어되지 않고 간헐적으로 터져 나오는 그 웃음소리를 듣고 있었다. 그것이 바로 나였다!

그런데 그 모든 고통 속에 어떤 쾌감 같은 것도 있었다. 나는 너무나 오랫동안 맹목적으로 둔감하게 기어다녔고, 나의 심장은 너무나 오랫동안 침묵하고 빈곤한 상태로 구석에 처박혀 있었던 터라, 이러한 자책, 이러한 전율, 나의 영혼이 느끼는 그 모든 끔찍한 감정조차도 반가운 것이었다. 따지고 보면 거기에는 감정이 살아 있었고, 여전히 불길이 타올랐으며, 거기에는 내 심장이 여전히 고동치고 있었다! 혼란스럽게도 나는 비참함의 한가운데에서 해방 같은 것, 봄 같은 것을 느꼈다.

그러는 동안에 겉으로만 보면 내 상황은 거침없이 내리막길을 달렸다. 첫 만취 경험은 첫 경험으로 끝나지 않았다. 우리 학교에는 술집에 많이 들락거리고 소란을 피우는 학생들이 상당히 있었다. 그중에서 나는 가장 어린 축에 속했으나, 얼마 지나지 않아 그냥 끼워 주는 사소한 존재가 아니라 주동자이자 인기남, 악명 높고 대담한 술집 방문자가 되어 있었다. 나는 또다시 어두운 세계에, 악마의 편에 완전히 속했고, 그 세계에서 멋진 놈으로 통했다.

그렇게 살면서 내 기분은 비참했다. 나는 자기 파괴적인 방탕함 속에서 하루하루 살아가고 있었다. 동급생들은 나를 우두머리니 대단한 놈이니 하면서 엄청 배짱도 있고 재치 넘치는 녀석으로 인정했지만, 내 안의 깊은 곳에서는 불안 가득한 영혼이 두려움에 떨며 파들거리고 있었다. 어느 일요일 오전에 술집에서 나오다가 머리를 단정하게 빗질하고 일요일에 입는 외출복을 차려입은 아이들과 마주친 적이 있다. 그 아이들이 환한 표정으로 즐겁게 길거리에서 노는 광경을 보는 순간, 내 눈에서 눈물이 흘렀던 일이 아직도 기억난다. 허름한 술집에서 맥주로 얼룩진 더러운 탁자에 앉아 지독히 냉소적인 이야기를 늘어놓으며 친구들을 웃겨 주고 자주 놀라게 해 주기도 했지만, 마음속 은밀한 곳에서는 내가 조롱하는 모든 것에 대해 경외심을 품고 있었고, 속으로는 눈물을 흘리면서 내 영혼 앞에, 나의 과거 앞에, 나의 어머니 앞에, 하나님 앞에 무릎을 꿇고 있었다.

내가 무리와 어울려 다니면서도 그들과 결코 한통속이 되지 못하고, 또 무리 가운데서도 혼자 늘 외로워하며 그 때문에 괴로워한 데는 그럴 만한 이유가 있었다. 나는 가장 조야한 사람들도 마음에 들어 하는 술집의 영웅이자 조롱꾼이었다. 나는 교사와 학교, 부모와 교회에 대한 나름의 생각을 밝히고 이야기할 때는 재치와 용기를 보여 주기도 했다. 또한 음담패설 같은 것도 잘 들어넘기고 심지어 직접 가담하기까지 했다. 그렇지만 내 술친구들이 여자를 찾아갈 때는 한 번도 함께 가지 않았다. 내가 늘어놓는 이야기대로라면 나는 닳아빠진 향락주의자여야 했겠지만, 사실 나는 혼자였고, 사랑을 갈구하는 갈망으로, 가망 없는 동경으로 가득 차 있었다. 나는 그 누구보다도 상처를 잘 받았고, 그 누구보다도 수줍음이 많았다. 이따금 양갓집의 젊은 아가씨들이 예쁘고 단정한 차림을 하고 밝은 표정으로 우아하게 내 앞을 지나가는 모습을 볼 때면, 내게는 그들이 경이롭고 순수한 꿈처럼 보였고, 내가 감히 접근할 수 없는 천 배나 훌륭하고 순결한 존재들로 다가왔다. 한동안 나는 심지어 야겔트 부인의 문구점에도 들리지 못했다. 그 여자를 볼 때면 알폰스 베크가 그 여자에 대해 들려준 말이 생각나서 얼굴이 빨개졌기 때문이다.

이제 나는 새로운 친구 패거리와 어울리면서도 계속 외로워하고 나 자신이 그들과는 같지 않다고 느꼈지만, 그럴수록 그들에게서 헤어나기가 더더욱 어려웠다. 지금 생각해 보면, 내가 폭음까지 하면서 호언장담을 늘어놓는 것을 진정으로 즐겼던 적이 있었는지도 의문이다. 술 마시는 일도 나는 끝내 익숙해지지 못해서 매번 숙취로 고생해야 했다. 그 모든 것이 강요를 받아 한 것 같았다. 나로서는 달리 어떤 일을 해야 할지도 몰랐기 때문에, 해야 하는 일을 할 뿐이었다. 나는 오랫동안 혼자 있는 것이 두려웠고, 내 마음속에서 끊임없이 일어나는 부드럽고 수줍고 내밀한 수많은 감정적 동요가 두려웠다. 그런 감정에는 나 자신이 늘 취약하다고 느꼈었다. 아울러 나는 그토록 자주 엄습해 온 부드러운 사랑에 대한 상념이 두려웠다.

내게 가장 결핍된 것은 친구라는 존재였다. 학교에는 내가 기꺼이 어울렸으면 하는 동급생이 두세 명 있기는 했다. 하지만 그들은 행실이 좋은 모범생들이었고, 나의 악덕은 이미 오래전부터 모두에게 알려져 있었다. 그들은 나를 피했다. 모두가 나를 구제 불능의 망나니로 간주하며 조만간 내 발밑의 지반이 무너져 내릴 거라고 여겼다. 선생님들도 나에 대해 많은 것을 알고 있었다. 나는 여러 번 무거운 처벌을 받았고, 사람들은 결국에는 내가 퇴학처분을 받으리라고 예상했다. 나 자신도 그것을 잘 알고 있었다. 이미 한참 전부터 나는 더는 좋은 학생이 아니었다. 이제는 그런 상태도 머지않아 끝날 것이라고 느끼면서, 나는 어떻게든 상황을 회피하고 속임수를 써 가며 애써 버티고 있었다.

하나님이 우리를 고독하게 만들고, 그렇게 해서 우리 자신에게로 이끌어 갈 수 있는 길은 여러 가지가 있다. 당시 하나님은 나와 함께 그 길을 가고 있었다. 그것은 마치 고약한 꿈과 같았다. 오물과 끈적거림, 깨진 맥주잔, 냉소적인 수다로 지새운 밤들 너머로 나 자신의 모습이 보인다. 마법에 걸린 어떤 몽상가가 불안에 떨고 고통에 시달리며 흉측하고 더러운 길을 기어가는 모습이다. 꿈들 가운데는 공주를 찾으러 길을 나섰다가 악취와 오물이 가득한 뒷골목에서 더러운 진창에 빠져 옴짝달싹 못 하는 꿈이 있다.

당시 나의 처지가 그랬다. 그렇게 품위 없는 방식으로 고독해지는 것, 또한 나와 유년 시절 사이에 에덴동산으로 돌아가는 문이 닫히고 그 앞에서 무자비하게 빛나는 감시자들이 지키는 상황을 맞는 것은 내게 정해진 길이었다. 그것은 시작이었다. 나 자신을 향한 그리움이 깨어난 것이다.

아버지가 하숙집 선생의 경고 편지를 받고 처음으로 내가 사는 도시로 찾아와 내 앞에 불쑥 나타났을 때, 나는 소스라치게 놀라고 움찔했다. 그 겨울이 끝날 무렵 아버지가 두 번째로 찾아왔을 때는, 나는 이미 냉정하고 무감각해져서 아무런 반응도 보이지 않았다. 아버지가 화를 내든 애원하든, 또는 어머니를 들먹이든 아랑곳하지 않았다. 아버지는 결국 잔뜩 화가 나서, 만약 내가 달라지지 않는다면 온갖 수치와 치욕을 당하며 학교에서 쫓겨나도록 할 것이고, 결국 교화 시설에 처넣겠다는 말까지 했다. 나는 아버지 좋을 대로 하라는 식이었다! 아버지가 다시 떠나갔을 때, 나는 마음이 아팠다. 하지만 아버지는 아무것도 이루어 내지 못했고, 나에게로 오는 어떤 길도 찾지 못했다. 그리고 한동안은 나는 아버지가 내게서 그런 대우를 받는 것이 마땅하다고 생각했다.

나는 내가 장차 무엇이 되든 상관없었다. 나는 좀 특이하고 모난 방식으로 술집에 앉아 거들먹거리면서 세상과 싸우고 있었다. 그것이 내가 저항하는 방식이었다. 그러면서 나는 나 자신을 망가뜨렸고, 때때로 상황을 내 방식대로 이해했다. 그러니까 세상이 나 같은 사람을 필요로 하지 않는다면, 세상이 나 같은 사람들에게 더 나은 자리와 더 의미 있는 과제를 제시하지 않는다면, 나

같은 사람들은 결국 망가질 수밖에 없을 것이고, 그 손해는 세상이 오롯이 감당해야 할 것이라고 말이다.

그해의 성탄절 휴가는 정말이지 불편하기 짝이 없는 휴가였다. 어머니는 나를 다시 보고는 소스라치게 놀랐다. 나는 키가 더 자랐고, 홀쭉한 얼굴은 잿빛인 데다가 피부는 늘어지고, 눈 가장자리에는 염증도 생겨 엉망진창인 상태였다. 이제 기르기 시작한 콧수염 자국과 얼마 전부터 쓰게 된 안경 때문에 어머니에게는 내가 더 낯설게 보였을 것이다. 누이들은 뒤로 물러나 키득거렸다. 모든 것이 불쾌했다. 아버지의 서재에서 아버지와 나눈 대화도 불쾌하고 씁쓸했고, 몇몇 친척들의 인사도 불쾌했으며, 특히 성탄절 전날이 불쾌했다. 내가 세상에 태어난 이래 성탄절 전날은 우리 집에서 가장 중요한 날이었다. 축제가 있고, 사랑과 감사가 있는 저녁이었다. 부모님과 나 사이의 유대가 새로워지는 자리였다. 하지만 이번에는 모든 것이 마음을 짓누르고 당황스러웠을 따름이다. 평소처럼 아버지는 복음서에서, 들판에서 "밤에 양 떼를 지키고 있던" 목자들에 관한 구절을 읽었고, 평소처럼 누이들은 환한 표정으로 선물들이 놓인 탁자 앞에 서 있었다. 하지만 아버지의 목소리에서는 기쁨이 느껴지지 않았고, 아버지의 얼굴은 늙고 답답해 보였다. 어머니는 슬픔에 잠겨 있었다. 선물과 축복의 인사들, 복음과 불 밝힌 크리스마스트리, 내게는 그 모든 것이 하나같이 곤혹스럽고 달갑지 않은 것이었다. 생과자는 달콤한 냄새를 풍기면서, 그보다 더 달콤한 추억들이 뭉게뭉게 피어나게 했다. 전나무 트리는 향기를 내뿜으며 이제 더는 존재하지 않는 것들에 관해 이야기했다. 나는 그날 저녁이 얼른 끝나기만, 성탄 연휴가 어서 지나가기만 바랐다.

이러한 상황은 겨우내 지속되었다. 얼마 전에 나는 교사위원회로부터 강력한 경고와 함께 퇴학 위협까지 받은 상태였다. 그것이 현실이 되기까지는 그리 오래 걸리지 않을 것이다. 그렇게 된다고 해도 상관없었다.

나는 막스 데미안에게 특별히 원망하는 마음을 품고 있었다. 그 기간 내내 나는 그를 다시 보지 못했다. 나는 성 ***시에서 학교생활을 시작하던 무렵에 그에게 두 차례 편지를 써 보냈지만, 어떤 답장도 받아 보지 못했다. 그래서 나는 방학 동안에도 그를 찾아가지 않았다.

지난가을 알폰스 베크와 만났던 바로 그 공원에서 가시나무 울타리에 이제 막 초록이 움트기 시작한 초봄 무렵에 소녀 하나가 내 눈에 들어왔다. 그때 나는 온갖 역겨운 생각과 근심거리를 안고서 혼자 산책하던 중이었다. 건강이 나빠진 데다가 계속 돈 문제로 시달리고 있었던 탓이었다. 나는 이미 친구들에게 빚을 지고 있었고, 또다시 집에서 돈을 좀 받아 내려면 꼭 필요한 지출 항목을 지어내야 했다. 게다가 몇몇 가게에서는 내가 갚아야 할 담배 등 물건값 청구서가 점점 불어나고 있었다. 이러한 고민거리들은 치명적일 정도로 심각한 것은 아니었다. 조만간에 나의 이곳 생활도 끝날 것이고, 내가 강물에 뛰어든다거나 교화 시설로 보내지면, 이따위 사소한 몇 가지 고민 정도는 대수롭지 않은 문제일 것이다. 그렇지만 나는 여전히 그런 불편한 문제들과 마주하며 살았고, 그 때문에 고통을 겪었다.

그 봄날 공원에서 내가 우연히 마주친 그 젊은 여자는 내게 아주 매혹적으로 다가왔다. 그녀는 키가 크고 날씬했으며, 우아한 옷을 차려입고 총명한 소년의 얼굴을 하고 있었다. 나는 즉시 그녀가 마음에 들었다. 내가 좋아하는 유형이었고, 덕분에 나의 상상력은 금세 날개를 펴고 날아오르기 시작했다. 그녀는 나보다 나이가 많지는 않은 듯했다. 그러나 훨씬 성숙하고 우아해 보였고, 몸의 윤곽이 잘 잡혀 있어 완연히 숙녀티가 났다. 그런데 얼굴에는 도도함과 더불어 소년의 흔적이 살짝 남아 있었는데, 내게는 그것이 더욱 마음에 들었다.

지금까지 나는 연정을 느낀 여자에게 가까이 다가가는 데 성공한 적이 없었고, 이번에도 마찬가지였다. 하지만 이번에 받은 인상은 지금껏 만났던 어떤 다른 여자들보다 훨씬 더 깊이 남았고, 그녀에 대한 연모는 나의 삶에 막강한 영향을 미쳤다.

갑자기 하나의 형상, 고상하고 숭배해야 할 형상이 내 앞에 다시 나타난 것이다. 아, 내 안의 어떤 욕구나 어떤 충동도 그 형상을 경외하고 숭배하고 싶다는 소망만큼 강력하고 격렬하지 않았다! 나는 그녀에게 베아트리체*라는 이름을 붙였다. 나는 단테의

---

* 이탈리아의 위대한 시인 단테(1265~1321)가 아홉 살 때 첫눈에 반해 평생 사모한 여자. 단테의 『신곡』에서 베아트리체는 「지옥」편에서는 그의 중재자가 되고, 「연옥」

작품을 읽어 본 것은 아니었지만, 내가 소장한 어느 영국 회화 작품†의 복제본을 통해 그 인물을 알고 있었다. 영국 라파엘 전파‡의 화풍으로 그린 젊은 여자 형상은 팔다리가 매우 길고 날씬한 체형에 두상이 갸름한 편이고, 두 손과 표정에는 정신이 깃들어 있었다. 공원에서 내가 만난 아름답고 젊은 여자 역시 내가 좋아하는 날씬한 체형과 소년의 인상을 띠고 있었고, 그 얼굴에는 정신의 자취, 영혼의 자취가 느껴졌다. 그렇다고 그녀가 그림 속의 여자와 완전히 닮은 것은 아니었다.

나는 베아트리체와 단 한마디도 대화를 나눠 본 적이 없었다. 그런데도 당시에 그녀는 내게 가장 강력한 영향력을 끼쳤다. 그녀는 내 앞에 자신의 형상을 세우고 내게 신전의 문을 열어 보였으며, 이로써 나를 그 신전의 기도자로 만들었다. 하루아침에 나는 술집을 전전하고 밤새도록 싸돌아다니던 일에서 멀어졌다. 나는 다시 혼자 있을 수 있게 되었고, 다시 책을 즐겨 읽었으며, 다시 즐겨 산책에 나섰다.

갑작스러운 삶의 방향 전환은 내게 많은 조롱을 안겨 주었다.

편에서는 그가 이르고자 하는 목표가 되며, 「천국」편에서는 그를 이끌어 주는 인도자의 역할을 한다.

† 영국 화가 단테 가브리엘 로세티가 그린 〈축복받은 베아트리체〉(Beata Batrix, 1863)라는 제목의 그림을 말한다.

‡ 1848년 단테 가브리엘 로세티를 중심으로 영국의 화가들이 결성한 개혁적인 유파로, 이탈리아 화가 라파엘로의 화풍을 따라 자연스러운 화풍을 추구한다.

하지만 내게는 이제 사랑하고 숭배할 대상이 있었고, 내게는 다시 삶의 이상이 생겼다. 삶은 다시 예감으로, 다채롭고 신비로운 여명의 빛으로 충만했다. 그 덕분에 나는 주변의 조롱에 의연할 수 있었다. 숭배하는 형상의 노예이고 하인의 신분에 불과했지만, 나는 다시 나 자신에게로 돌아와 있었다.

　어떤 부드러운 감동 없이 그 시기를 돌아보기는 어렵다. 무너져 버린 내 삶의 한 시기의 잔해들을 모아 나 자신을 위한 '밝은 세계'를 건설하기 위해 나는 더할 나위 없이 성실한 노력을 기울였다. 또다시 나는 내 안에 있는 어두운 것과 악한 것을 몰아내고 온전히 빛 가운데 머물고자 하는 단 하나의 갈망만 품고서 신들 앞에 무릎을 꿇고 살았다. 어쨌든 지금 맞이한 이 '밝은 세계'는 어느 정도는 나 자신이 만들어 낸 창조물이었다. 그것은 더는 어머니에게로, 책임감이 결핍된 아늑한 삶으로 도피하거나 기어드는 것이 아니었다. 그것은 나 스스로 만들어 내고 스스로 요구한 새로운 종류의 봉헌, 책임감 그리고 자기 절제를 갖춘 것이었다. 그동안 내 고통의 원천이었고 내가 매번 피하려고 애썼던 성적인 욕구는 이제 그 성스러운 불길 속에서 정신과 예배로 승화되어야 했다. 이제 더는 어두운 것, 추한 것은 있어서는 안 되었다. 신음과 함께 밤을 지새우는 일, 외설적인 그림을 보고 두근거리는 일, 금지된 문 앞에서 엿듣는 일, 육체적 욕망을 품는 일도 이제는 중단되어야 했다. 그 모든 것 대신에 베아트리체의 형상을 세워 나의 제단을 마련하고 그녀에게 나를 봉헌함으로써, 나는 정신과 신들에게 나 자신을 바쳤다. 나는 어두운 힘들로부터 다시 거두

어둘인 내 삶의 몫을 이제 빛의 힘들에게 제물로 바쳤다. 나의 목표는 쾌락이 아니라 정결이었고, 행복이 아니라 아름다움과 영성(靈性)이었다.

베아트리체를 향한 이러한 숭배는 나의 삶을 완전히 변화시켰다. 어제까지만 해도 나는 조숙한 냉소주의자였지만, 지금은 성자가 되겠다는 목표를 지닌 신전의 봉사자였다. 나는 그동안 젖어 있던 불량한 삶을 버렸을 뿐 아니라 모든 것을 바꾸려고 시도했다. 모든 일에 정결함과 고상함과 품위를 부여하려고 노력했고, 무엇을 먹고 마실 때나 말을 하고 옷을 입을 때도 그 점을 염두에 두었다. 나는 냉수욕으로 아침을 시작했는데, 처음에는 물론 나 자신을 힘겹게 채찍질해야 했다. 또 나는 진지하고 품위 있게 행동하고, 자세를 반듯하게 하고서 이전보다 천천히, 위엄 있게 걸었다. 구경꾼들이 볼 때는 좀 우습게 보였을 수도 있지만, 내 안에서 그것은 순전히 예배였다.

나의 새로운 신념을 표현하려고 시도했던 모든 새로운 연습 중에 내게 아주 중요해진 일이 하나 있었다. 그림을 그리기 시작한 것이다. 그것은 내가 소장하고 있던 영국 화가의 베아트리체 그림이 내가 숭배하는 소녀와 충분히 닮지 않아서 시작된 일이었다. 나 자신을 위해 나는 직접 그녀를 그려 보고 싶었다. 얼마 전부터 나는 방을 혼자 쓰게 되었는데, 완전히 새로운 기쁨과 희망을 느끼면서 방 안에 고운 종이와 물감과 붓을 챙겨 놓고, 또 팔레트, 유리컵, 도자기 접시, 연필을 가지런히 정돈해 두었다. 내가 새로 구입한 작은 튜브에 든 고급 템페라 물감은 내게 큰 기쁨을 선사했다. 그중에는 매우 강렬한 색채의 녹색 크롬그린이 있었는데, 그것이 작고 하얀 도자기 접시에 담겨 광채를 발하던 모습은 지금도 눈에 선하다.

나는 조심스럽게 시작했다. 얼굴을 그리는 일은 어려워서 일단은 다른 것부터 연습해 보고자 했다. 나는 장신구, 꽃, 상상 속의 작은 풍경, 예배당 옆의 나무 한 그루, 사이프러스 나무가 있는 로마의 다리를 그려 보았다. 때때로 나는 이 유희적인 행위에 완전히 몰입했고, 색연필을 손에 쥔 어린아이처럼 행복해했다. 그러다가 마침내 나는 베아트리체를 그리기 시작했다.

몇 장의 그림은 완전히 실패작이어서 내던져 버렸다. 간혹 거리에서 마주쳤던 그녀의 얼굴을 떠올리려고 하면 할수록 더더욱 뜻대로 되지 않았다. 마침내 나는 그녀의 얼굴을 떠올리는 일을 포기하고, 그냥 상상력을 따라가면서 일단 시작한 그림이 이끄는 대로, 물감과 붓이 가는 대로 얼굴 하나를 그리기 시작했다. 그렇게 해서 나온 결과물은 내가 꿈속에서 본 얼굴이었는데, 아주 불만스러운 수준은 아니었다. 그래도 나는 곧바로 그림 그리기를 계속해 나갔는데, 새로 그린 그림들은 하나하나가 점점 더 뚜렷한 표현이 되었고, 그것은 실제의 모습과는 완전히 달랐지만 내가 생각했던 유형에 더욱 가까워졌다.

나는 꿈결에서와 같은 붓놀림으로 선을 그리고 면을 채워 가는 데 점점 더 익숙해졌다. 그 선과 면들은 어떤 대상을 모방한 것이 아니라 유희적인 손길과 나의 무의식에서 나온 것들이었다. 그러다가 어느 날 나는 마침내 거의 의식이 없는 상태에서 얼굴 하나를 완성했다. 지금까지 그린 그 어떤 얼굴보다 더 강력하게 내게 말을 걸어오는 얼굴이었다. 그런데 내가 보았던 그 젊은 여자의 얼굴은 아니었고, 사실 나는 오래전부터 그녀의 얼굴을 그리려 하지도 않았다. 그것은 무엇인가 다른 얼굴, 비현실적인 얼굴이 었고, 그런데도 충분한 가치를 지닌 얼굴이었다. 그것은 젊은 여 자의 얼굴이라기보다는 젊은 남자의 얼굴처럼 보였다. 머리카락 도 나의 어여쁜 소녀의 것처럼 밝은 금발이 아니라 붉은 기운이 살짝 도는 갈색이었고, 턱은 강하고 견고해 보였지만 입술은 붉 게 피어났다. 전체 모습은 약간 뻣뻣하고 가면 같은 느낌을 자아 냈으나, 무척 인상적이고 비밀스러운 생명이 가득한 얼굴이었다.

완성된 그림은 그 앞에 앉아 있는 나에게 기이한 인상을 주었 다. 내가 보기에 그 얼굴은 신의 형상 내지는 신성한 가면 같았다. 절반은 남성적, 절반은 여성적이었고, 나이를 초월한 듯했으며, 의지가 강해 보이면서도 몽상에 잠겨 있는 모습이었고, 경직되어 있으면서도 은밀하게 생기가 넘치는 얼굴이었다. 그 얼굴은 내게 무엇인가를 말하려 했다. 그것은 내게 속한 것이었고, 내게 무엇 인가를 요구했다. 그리고 그 얼굴은 누군가와 분명 닮았는데, 그 게 누구인지는 떠오르지 않았다.

그 이후 한동안 그 그림은 내가 무슨 생각을 하든 나를 따라다 녔고, 나의 삶에 함께했다. 나는 그 그림을 서랍 속에 숨겨 두었 다. 누구든지 그것을 발견하고 나를 비웃는 일이 있어서는 곤란 했다. 하지만 나의 작은 방에 혼자 있을 때면 나는 즉시 그 그림을 꺼내어 들여다보았다. 저녁이면 그림을 침대 맞은편 벽지에 핀으로 꽂아 놓고 잠들 때까지 바라보았고, 아침에도 눈을 뜨면 나의 시선은 가장 먼저 그곳을 향했다.

바로 그 시기에 나는 어린 시절에 늘 그랬던 것처럼 또다시 꿈을 많이 꾸기 시작했다. 그러고 보니 지난 몇 년 동안은 꿈을 거의 꾸지 않았던 것 같다. 꿈들이 이제 다시 나를 찾아왔는데, 완전히 새로운 종류의 형상들이었다. 내가 그린 그림도 꿈속에 점점 더 자주 등장했다. 이때 그림은 살아서 말을 했고, 내게 친근할 때도 또 적대적일 때도 있었다. 어떨 때는 추할 정도로 얼굴을 찌푸리기도 했고, 또 어떨 때는 한없이 아름답고 조화롭고 고상한 모습이기도 했다.

그러던 어느 날 아침, 나는 여느 때와 같이 그런 꿈을 꾸다가 깨어나면서 그림의 정체를 갑작스럽게 알게 되었다. 그림은 너무나 친숙하게 나를 바라보았고, 금방이라도 내 이름을 부를 것 같았다. 마치 어머니가 알듯이 나를 잘 아는 것 같았고, 오래전부터 나를 지켜보고 있는 것 같았다. 나는 두근거리는 가슴으로 그림을 뚫어지게 바라보았다. 숱이 많은 갈색 머리카락, 반쯤은 여성적인 입, 이상하게도 환하게 빛나는(그림이 마르면서 저절로 그렇게 되었다) 강인한 이마를 응시했다. 그러자 내 안에서는 그것을 알고 있고, 다시 발견한 것이며, 누구인지 안다는 느낌이 점점 더 강해졌다.

나는 침대에서 벌떡 일어나 그림 아주 가까이 다가가 그 얼굴을 바라보았다. 특히 크게 뜬 채로 초록빛이 감돌며 굳어 있는 두 눈을 들여다보았는데, 오른쪽 눈이 왼쪽보다 살짝 더 올라가 있었다. 그런데 갑자기 오른쪽 눈이 가볍고 섬세하면서도 아주 분명하게 찡긋거렸다. 그리고 그 찡긋거림을 보는 순간, 나는 그 모습을 알아보았다.

어떻게 내가 그렇게 늦게서야 그것을 알아차릴 수 있었단 말인가! 그것은 데미안의 얼굴이었다.

나중에 나는 그 그림을 내 기억 속에 남아 있는 데미안의 실제 이목구비와 자주 비교해 보았다. 이목구비가 닮기는 했지만, 절대 똑같은 얼굴은 아니었다. 그래도 그것은 분명 데미안이었다.

어느 초여름 날 저녁, 서쪽으로 난 창문을 통해 붉은 저녁 햇살이 비스듬하게 비쳐 들어온 적이 있었다. 방안은 어슴푸레한 박명(薄明)에 잠겼다. 그때 나는 문득 베아트리체 혹은 데미안의 초상을 십자가 창살에 핀으로 고정하고는 저녁 햇살이 어떻게 그 사이로 비치는지 보고 싶다는 생각이 들었다. 그러자 얼굴은 윤곽이 흐릿해져 사라졌으나, 가장자리가 붉게 물든 두 눈, 이마 위의 광채 그리고 격정적인 붉은 입술은 종이 표면 위에서 짙고도 거친 빛으로 이글거렸다. 나는 빛이 사라지고 난 후에도 한참 동안 그림을 마주하고 앉아 있었다. 그러자 서서히 그 얼굴은 베아트리체도 데미안도 아니고, 바로 나 자신이라는 느낌이 들었다. 그림은 실제로는 나와 닮은 구석이 없었고, 그럴 리가 없다는 생각이 들었다. 하지만 그것은 내 삶의 본질에 해당하는 것, 나의 내면, 나의 운명 혹은 나의 다이몬*이었다. 언젠가 내가 또다시 친구를 하나 얻게 된다면, 그는 이런 모습일 것이다. 언젠가 내가 연인을 하나 얻게 된다면, 그녀는 이런 모습일 것이다. 나의 삶과 나의 죽음이 이런 모습일 것이다. 그것은 내 운명의 울림이자 리듬이었다.

그렇게 몇 주가 흘러가는 동안 나는 책을 한 권 읽기 시작했는데, 그 책은 이전에 읽었던 어떤 책보다도 내게 깊은 인상을 남겼다. 그 이후에도 니체 정도를 제외하고는 독서를 하면서 그 정도로 강렬한 경험을 한 적은 드물다. 내가 읽은 책은 편지와 잠언이 실려 있는 노발리스†의 책이었다. 나는 많은 부분을 제대로 이해하지 못했지만, 이루 말로 다할 수 없을 만큼 그 내용에 매혹되었다. 잠언 중 한 구절이 갑자기 떠올랐다. 나는 펜으로 그 구절을 그림 아래에 적었다. "운명과 기질은 같은 개념의 다른 이름들이다." 그때야 나는 그 구절의 의미가 이해되었다.

내가 베아트리체라고 이름 붙인 소녀와는 여전히 자주 마주쳤다. 그럴 때마다 나는 더는 동요하지 않았지만, 그래도 어떤 부드러운 동질감, 어떤 감정적인 예감을 늘 느꼈다. 너는 나와 연결되

---

* 오늘날 '악령' 또는 '악마'를 뜻하는 존재(영어로 demon)이지만, 그리스 신화에서는 초자연적이고 마성적인 존재 내지는 악의 특성을 배제하지 않는 신성을 일컫는다.

† 원래 이름은 프리드리히 폰 하르덴베르크(Friedrich von Hardenberg, 1772~1801)로 독일 철학자이자 초기 낭만주의 문학을 대표하는 인물이다.

어 있다는 예감, 하지만 나와 연결된 것은 너 자신이 아니라 단지 너의 형상일 뿐이고, 너는 내 운명의 한 부분이라는 예감이었다.

막스 데미안에 대한 나의 그리움이 다시 강렬해졌다. 나는 그의 근황을 전혀 알지 못했고, 지난 몇 년간 아무 소식도 듣지 못했다. 방학 중에 단 한 번 그를 만난 적이 있었다. 나는 이 짧은 만남을 나의 기록에서 빠뜨리고 있었음을 지금 깨닫고 있고, 그것이 수치심과 허영심 때문이라는 것도 알고 있다. 이제라도 그 일을 기록해야겠다.

그러니까 방학 중 어느 날, 나는 술집을 배회하던 시절에 지녔던 거만하고도 피로에 찌든 얼굴을 하고서 고향 집이 있는 소도시 이곳저곳을 어슬렁거리고 있었다. 산책용 지팡이를 흔들면서 속물들의 늙고 한결같고 한심스러운 얼굴들을 쳐다보고 있는데, 맞은편에서 나의 옛 친구가 걸어왔다. 그를 보자마자 나는 흠칫 놀랐다. 그러면서 순간적으로 프란츠 크로머를 떠올리지 않을 수 없었다. 데미안이 그 이야기를 정말로 잊어버렸다면 얼마나 좋을까! 데미안을 대할 때 그것과 관련해 어떤 부채 의식이 남아 있는 것이 몹시 불편했다. 그것은 철없는 어린 시절의 이야기였지만, 그래도 어쨌든 빚을 진 것이라고 할 수 있었다.

데미안은 내가 자신에게 인사를 하는지 지켜보는 듯했다. 내가 최대한 태연하게 인사를 건네자, 그가 내게 손을 내밀었다. 그의 독특한 악수가 전해져 왔다! 힘이 있고, 따뜻하면서도 차갑고, 남자다운 악수였다!

그는 내 얼굴을 유심히 살펴보며 말했다. "많이 컸구나, 싱클레어." 그 자신은 하나도 변하지 않은 것 같았다. 예전과 마찬가지로 나이 들어 보이면서도 젊어 보이는 모습이었다.

그는 나와 합류했고, 우리는 함께 산책하면서 그저 소소한 일들에 관해서만 이야기를 나누었다. 과거의 일에 대해서는 한마디도 하지 않았다. 그때 나는 문득 이전에 그에게 몇 번인가 편지를 써 보냈으나 한 번도 답장을 받지 못한 일이 생각났다. 아, 데미안이 정말 그 바보 같은, 그 어리석은 편지들을 잊어버렸다면 좋을 텐데! 다행히 그는 편지 이야기는 전혀 꺼내지 않았다!

그때는 아직 베아트리체도 그림도 존재하지 않던 시절이었고, 나 자신이 아직 황량한 시절의 한복판에 있던 시기였다. 교외에 이르렀을 때, 나는 그에게 함께 술집에 들어가자고 하면서 한잔 사겠다고 제안했다. 그는 나를 따라왔다. 나는 거드름을 피우며 포도주 한 병을 주문했고, 잔을 채운 뒤 그와 건배를 하면서 내가 대학생들의 음주 문화에 아주 익숙해 있음을 보여 주었다. 그러면서 또한 첫 잔을 단숨에 들이켰다.

"너 술집에 많이 드나드는구나?" 그가 내게 물었다.

"그렇지 뭐." 내가 느긋하게 대답했다. "달리 할 일이 뭐가 있겠어? 그래도 술 마시는 것이 가장 재미있는 일이야."

---

* 로마 신화에 나오는 술의 신 이름(그리스 신화에서는 '디오니소스')으로 도취적인 것, 무아지경을 대변하는 존재다.

"그렇게 생각해? 그럴지도 모르겠군. 그 일에도 아주 멋진 면이 하나 있기는 하지. 도취 상태, 다시 말해 바쿠스*적인 것 말이야! 하지만 내가 보기에는 술집에 죽치고 있는 사람들 대부분은 그 경지에 결코 이르지 못하는 것 같아. 술집에 자주 드나드는 것이야말로 내게는 뭔가 정말 속물인 것처럼 보여. 그래, 하룻밤 정도는 횃불이 타오르는 가운데 제대로 멋지게 취하고 황홀경에 빠져 볼 수도 있겠지! 하지만 그런 식으로 계속 한 잔 또 한 잔 마셔 대는 행위가 진정한 것이라고 할 수는 없지 않을까? 예를 들어 너 같으면 저녁마다 단골 술집에 앉아 있는 파우스트†의 모습을 상상할 수 있겠어?"

나는 술을 들이켜고 난 후 적의에 차서 그를 바라보았다.

"그래, 그런데 모든 사람이 파우스트는 아니지." 나는 짤막하게 대답했다.

그는 약간 의아해하면서 나를 바라보았다.

그러더니 그는 곧 예전의 활기와 우월감을 드러내며 웃음을 터뜨렸다.

"아니, 우리가 어째서 이런 일로 다퉈야 하지? 어쨌든 술꾼이나 방탕한 자의 삶이 나무랄 데 없는 모범 시민의 삶보다는 어쩌면 더 활기찰 거야. 그리고 내가 언젠가 읽은 적이 있는데, 방탕아

---

† 요한 볼프강 폰 괴테의 대표적인 희곡 『파우스트』(1부: 1808년, 2부: 1832년)에 등장하는 주인공.

의 삶이야말로 나중에 신비주의자가 되기 위한 최고의 준비 단계 중 하나라고 하더군. 성 아우구스티누스*와 같이 나중에 예언자가 되는 사람들이 항상 있지. 성 아우구스티누스 역시 한때는 향락을 즐기던 자였고 방탕아였거든."

나는 미심쩍은 생각이 들었고, 이번에는 절대로 그에게 휘둘리고 싶지 않았다. 그래서 나는 거만한 태도를 보이며 말했다. "그래, 누구나 각자의 취향대로 행하는 거야! 솔직히 말해 나는 예언자 혹은 그와 같은 것이 되는 일에는 전혀 관심이 없거든."

데미안은 눈을 가늘게 뜨고는 알겠다는 듯이 나를 쏘아보았다.

"사랑하는 친구 싱클레어." 그가 천천히 말했다. "너한테 어떤 불편한 이야기를 하려는 의도는 전혀 없었어. 게다가 네가 지금 어떤 목적으로 술잔을 들이켜고 있는지는 우리 둘 다 모르지. 하지만 네 안에서 너의 삶을 형성하는 것, 그것은 벌써 그 이유를 알고 있을 거야. 우리 안에 모든 것을 알고 있는 누군가가 있다는 것, 그것을 아는 것은 참 좋은 일이야! 우리 안에서 모든 것을 욕구하고, 모든 것을 우리 자신보다 더 잘 행하는 그런 존재 말이야! 그런데 미안하지만, 나는 이제 집에 가 봐야겠어."

우리는 짧게 작별 인사를 나누었다. 나는 기분이 아주 엉망이 된 채 그 자리에 남아 술병을 다 비웠다. 그리고 술집을 나서면서,

---

* 초대 교부 아우렐리우스 아우구스티누스(354~430)를 말하며, 그의 주저 『고백록』 (Confessiones)은 자서전 장르의 토대가 되는 작품이다.

데미안이 이미 술값을 냈다는 것을 알게 되었다. 그것은 나를 더욱 화나게 했다.

이제 나의 상념은 그 사소한 사건에 한 번 더 머물렀다. 내 생각은 온통 데미안으로 가득 차 있었다. 교외의 술집에서 그가 했던 말들이 내 기억 속에서 되살아났다. 그것은 기이할 정도로 생생하게 남아 있었다. "우리 안에 모든 것을 알고 있는 누군가가 있다는 것, 그것을 아는 것은 참 좋은 일이야!"

나는 창문에 걸린 채 지금은 완전히 희미해진 그림을 바라보았다. 그런데 그림 속 두 눈은 여전히 이글거리고 있었다. 그것은 바로 데미안의 눈빛이었다! 혹은 내 안에 있는 그 존재였다. 모든 것을 아는 존재!

나는 데미안을 얼마나 그리워했던가! 나는 그의 근황을 전혀 알지 못했고, 그는 내가 미치지 못하는 곳에 있었다. 나는 다만 그가 어딘가에서 대학에 다니고 있을 것이고, 김나지움 시절을 마치고는 그의 어머니가 내 고향 소도시를 떠났다는 정도만 알고 있었다.

나는 크로머와 있었던 일까지 거슬러 올라가면서 막스 데미안에 대한 내 안의 기억을 전부 끄집어내 보았다. 그러자 그가 한때 내게 해 주었던 많은 이야기가 다시 들려왔다. 그가 들려준 모든 이야기는 지금도 여전히 유의미하고, 시의적절하며, 나와 관련된 것이었다! 심지어 별로 유쾌하지 않았던 마지막 만남에서 방탕아와 성자에 대해 그가 말한 것조차도 갑자기 내 영혼 앞에 환하게 떠올랐다. 내게도 똑같은 일이 일어난 것이 아닐까? 술에 취해 더러움 속에서 살고, 마비되고 망가진 존재로 지내다가, 마침내 삶의 새로운 자극을 받아 내 안에서 정반대의 것, 순수함에 대한 갈망과 성스러움을 향한 동경이 활력을 되찾은 것이 아닌가?

그렇게 나는 계속 추억을 더듬어 갔다. 어느새 밤이 깊었고, 밖에는 비가 내리고 있었다. 나의 추억 속에서도 빗소리가 들렸다. 그것은 언젠가 데미안이 밤나무 아래서 프란츠 크로머의 일을 캐물으며 나의 첫 비밀을 알아내던 때였다. 그리고 학교 가는 길에 나누었던 대화들, 입교식 수업 등이 차례로 떠올랐다. 그리고 마침내 내가 막스 데미안을 처음 만났던 때가 기억났다. 그때는 대체 무슨 일 때문이었던가! 금방 떠오르지는 않았다. 하지만 나는 천천히 시간을 갖고 그 문제에 완전히 몰입했다. 그러자 그 일도 다시 기억났다. 데미안이 내게 카인에 대한 자신의 견해를 밝히고 난 뒤, 우리는 함께 우리 집 앞에 서 있었다. 그때 우리는 집 현관문 위쪽에 있는, 아래에서 위로 갈수록 점점 넓어지는 모양의 쐐기돌에 새겨진, 오래되어 희미해진 문장에 관해 이야기했다. 데미안은 흥미로운 문장이라면서, 그런 것들은 잘 살펴봐야 한다고 말했다.

그날 밤에 나는 데미안과 그 문장에 관한 꿈을 꾸었다. 데미안이 손에 그 문장을 들고 있었는데, 문장은 계속 변했다. 어느 때는 작고 회색빛이었다가, 다음 순간 엄청나게 커져서 다채로운 빛깔을 띠기도 했다. 하지만 데미안은 그것이 여전히 하나의 같은 문장이라고 설명해 주었다. 마지막에 그는 나더러 그 문장을 먹으라고 강요했다. 문장을 삼키고 났을 때, 내가 삼킨 새가 내 안에서 살아나 나를 가득 채우고, 안쪽에서부터 나를 쪼아 먹기 시작하는 것을 느끼며 나는 크게 경악했다. 죽음의 공포에 사로잡혀 벌떡 일어나면서 잠에서 깨어났다.

정신을 차려 보니 여전히 한밤중이었다. 방 안으로 비가 들이치는 소리가 들렸다. 나는 창문을 닫으려고 일어서다가, 바닥에 있는 뭔가 희끄무레한 것을 밟고 말았다. 다음 날 아침에 보니, 내가 밟은 것은 내가 그린 그림이었다. 그림은 축축하게 젖고 쭈글쭈글해진 상태가 되어 바닥에 나뒹굴고 있었다. 나는 그림이 잘 마르도록 펼쳐서 압지(押紙) 사이에 넣은 다음, 그것을 두툼한 책 안에 끼워 두었다. 이튿날 그림을 다시 살펴보니, 물기가 이미 말라 있었다. 그런데 그림은 변해 있었다. 붉은 입술은 핏기 없이 창백해졌고, 약간 가늘어져 있었다. 이제 그것은 완전히 데미안의 입이었다.

나는 새로운 그림을 그리기 시작했다. 이번에는 문장 속의 새를 그리는 것이었다. 그 새가 원래 어떤 모습이었는지는 이제는 분명하게 기억나지 않았다. 그리고 내가 알기로 그 문장은 오래된 것이었고, 게다가 그 위에 여러 차례 덧칠을 한 탓에 가까이서 보아도 알아보기 힘든 부분이 몇 군데나 있었다. 새는 서 있거나, 아니면 어딘가에 앉아 있었다. 그것은 꽃이나 바구니 또는 둥지일 수도 있었고, 어쩌면 나무우듬지일 수도 있었다. 나는 개의치 않고 일단 뚜렷하게 떠올릴 수 있는 부분부터 그리기 시작했다. 어떤 알 수 없는 욕구에 이끌려 나는 곧바로 강렬한 색채로 시작했는데, 그렇게 내 종이에 그려진 새의 머리는 황금빛이었다. 나는 기분 내키는 대로 작업을 계속했고, 며칠 만에 새 그림을 완성했다.

　이제 그것은 날카롭고 대담한 매의 머리를 지닌 한 마리의 맹금류가 되어 있었다. 파란 하늘을 배경으로, 몸의 절반이 어두운 지구 안에 박혀 있는 새는 마치 거대한 알을 깨고 나오려는 것처럼 그곳에서 솟구쳐 오르려고 애쓰고 있었다. 그림을 더 오랫동안 들여다볼수록 그것은 점점 더 내 꿈에 나왔던 다채로운 색채의 문장처럼 보였다.

　당시 내가 데미안에게 편지를 쓰는 일은, 설령 그것을 어디로 보내야 할지를 알았다고 해도 불가능한 일이었을 것이다. 그런데도 나는 그에게 매를 그린 그림을 보내기로 마음먹었다. 그림을 보내야겠다는 결심은 당시 나의 모든 행동을 지배하던 꿈같은 예감을 따른 것이었다. 그가 내 그림을 받든 못 받든 상관없었다. 그림에는 아무 글귀도, 심지어 내 이름조차도 적지 않았다. 나는 그림의 가장자리를 조심스럽게 잘라 낸 후, 커다란 봉투를 사서 내 친구의 옛 주소를 봉투에 적었다. 그리고 그 그림을 우편으로 보냈다.

　졸업 시험이 다가왔고, 나는 그 어느 때보다 더 많이 학교 공부를 해야 했다. 내가 무례한 행동거지를 갑작스럽게 바꾸고 나자, 선생님들은 다시 호의를 갖고 나를 받아 주었다. 내가 여전히 좋은 학생이 된 것은 아니었지만, 그래도 불과 반년 전만 해도 누구나 다 내가 징계를 받고 퇴학당할 것으로 예상했었으나, 이제는 나뿐 아니라 그 누구도 더는 그런 생각을 하지 않았다.

아버지가 내게 보내는 편지도 이제는 꾸짖거나 협박하는 투가 아니라 예전과 같은 어조를 되찾았다. 하지만 나는 아버지뿐만 아니라 그 누구에게도 내가 어떻게 해서 이렇게 변했는지 설명하고 싶은 생각은 없었다. 나의 변화가 부모님과 선생님들의 소망과 맞아떨어진 것은 우연이었다. 이러한 변화로 인해 내가 다른 사람들에게 다가갈 수 있게 된 것도 아니었다. 나는 그 누구와도 가까워지지 않았고, 오히려 더 고독해졌다. 나의 변화는 어떤 목표를 지향하고 있었는데, 그것은 데미안이었고 멀리 있는 운명이었다. 나 자신도 정작 그것이 어디로 나아가는지 알지 못하면서 그 한가운데 서 있었다. 그 모든 일은 베아트리체와 함께 시작된 것이었다. 그러나 얼마 전부터 나는 나의 그림들과 데미안에 관해 생각하면서 오롯이 나만의 비현실적인 세계에서 살았고, 그렇게 되면서 그녀 또한 나의 시야와 생각에서 완전히 사라졌다. 나의 꿈, 내가 가진 기대, 나의 내적인 변화에 대해서는 어떤 사람에게도 단 한마디조차 할 수 없었을 것이다. 설령 내가 그것을 원했다고 해도 말이다.

하지만 어떻게 내가 그런 소원을 품을 수 있었겠는가?

제5장

새는 몸부림치며 알을 깨고 나온다

내가 그린 꿈속의 새는 길을 떠나 내 친구를 찾아갔다. 답장은 아주 기이한 방식으로 왔다.

어느 날 수업과 수업 사이에 있는 휴식 시간이 끝났을 때, 나는 학교 교실의 내 자리에서 책 속에 쪽지 한 장이 끼워져 있는 것을 발견했다. 쪽지는 가끔 수업 시간에 반 친구끼리 은밀히 쪽지를 주고받을 때 접는 방식으로 접혀 있었다. 나는 같은 반 누구와도 그런 식으로 연락을 주고받은 적이 없었기에 누가 내게 쪽지를 보냈을지 그저 의아할 따름이었다. 나는 그 쪽지가 학생끼리 하는 어떤 장난에 동참하라는 요청일 것으로 여겼다. 나는 그따위 장난에는 가담할 생각이 전혀 없었으므로 쪽지를 읽어 보지도 않고 책의 앞부분에 끼워 두었다. 그러다가 수업 시간 중에 그 쪽지가 우연히 다시 내 손에 잡혔다.

나는 쪽지를 만지작거리다가 별생각 없이 펼쳐 보았다. 거기에
는 몇 마디 글귀가 적혀 있었다. 나는 그 글귀를 흘낏 쳐다보다가
어떤 단어 하나에 시선이 머물렀다. 깜짝 놀라 쪽지를 읽는 동안
내 심장은 기이한 운명 앞에서, 마치 엄청난 냉기 속에 있기라도
한 듯 움츠러들었다.

새는 몸부림치며 알을 깨고 나온다. 알은 세계다. 태어나려는 자
는 하나의 세계를 파괴해야만 한다. 새는 신에게로 날아간다. 그
신의 이름은 아브락사스*다.

나는 이 글귀를 몇 차례나 읽고 나서 깊은 생각에 잠겼다. 의심
할 여지 없이 데미안이 보낸 답장이었다. 그 새를 아는 사람은 나
와 데미안뿐이었다. 그는 나의 그림을 받은 것이 분명했다. 그는
나의 그림을 이해했고, 내가 해석할 수 있도록 도운 것이다. 하지
만 이 모든 일이 어떻게 연결되는 것일까? 무엇보다 나를 특별히
괴롭힌 질문이 하나 있었다. 도대체 아브락사스는 무엇인가? 내

---

* '아브락사스'(또는 '아브라삭스')는 기원후 2세기경 나스티시즘(영지주의)의 교부였
  던 바실리데스의 철학 체계에서 사용된 신비적인 의미의 낱말로서 다섯 가지 원초
  적 힘(정신, 말, 예견, 지혜, 힘)의 근원이 되는 최고의 존재를 일컫는 단어다. 헤세에
  게 영향을 끼쳤던 심리학자 칼 융에 따르면, 아브락사스는 한 존재 안에 모든 대립
  이 통합된 신성(神性)으로 기독교의 신이나 사탄 개념보다 더 고차원적인 개념이라
  고 한다.

가 들어 본 적도, 읽어 본 적도 없는 낱말이었다. "그 신의 이름은 아브락사스다!"

수업 시간은 내가 수업 내용에 제대로 귀를 기울이지 않은 채 지나갔다. 이어 다음 수업이 시작되었는데, 오전에 있는 마지막 시간이었다. 그 수업을 맡은 선생은 젊은 나이의 보조 교사였다. 대학을 갓 졸업한 그 교사는 매우 젊은 데다가 우리 김나지움 학생들을 상대로 어설픈 권위를 세우려 하지 않는다는 이유만으로 벌써 학생들의 호감을 샀다.

우리는 폴렌 박사의 지도를 받으며 역사가 헤로도토스를 읽었다. 이 강독 시간은 내가 흥미를 느꼈던 몇 안 되는 과목 중 하나였다. 그러나 이번에는 도무지 수업에 집중할 수 없었다. 나는 기계적으로 책을 펼치기는 했으나, 번역을 따라가지 않고 나만의 생각에 잠겨 있었다. 게다가 나는 예전에 데미안이 종교 수업 시간에 내게 해 주었던 말이 얼마나 옳았는지 여러 차례 경험한 적이 있었다. 무릇 사람이 무엇인가를 아주 강렬하게 원하게 되면 그것이 이루어진다는 것이다. 예를 들어 수업 시간에 내가 어떤 생각에 아주 강렬하게 몰두하고 있으면, 선생님이 나를 가만히 내버려둘 것이라고 안심할 수 있었다. 그런데 정신이 산만한 상태이거나 졸고 있으면, 선생님이 어느새 갑자기 옆에 서 있는 것이다. 나 역시 그런 상황을 겪은 적이 있었다. 그러나 정말로 생각에 잠겨 있고 정말로 집중하고 있으면, 안전하게 보호받을 수 있었다. 상대를 뚫어지게 바라보는 방법도 실험해 보았는데, 그것 또한 효과가 있다는 것을 알게 되었다. 데미안과 함께 지내던 당시에는 잘되지 않았지만, 지금은 시선과 생각만으로 아주 많은 것을 해낼 수 있다는 것을 나는 자주 감지했다.

지금도 나는 그렇게 자리에 앉아 있었지만, 생각은 헤로도토스와 학교에서 멀리 떨어진 곳에 가 있었다. 그런데 그때 느닷없이 선생님의 목소리가 번개 치듯 내 의식에 파고들었다. 나는 깜짝 놀라 깨어났다. 선생님의 목소리가 들렸고 실제로 선생님이 내 옆에 다가와 있었기에, 나는 선생님이 내 이름을 부른 거라고 지레짐작했다. 하지만 선생님은 나를 보고 있지 않았다. 나는 안도의 숨을 내쉬었다.

그때 선생님의 목소리가 다시 들렸다. 그 목소리는 크게 "아브락사스"라고 말했다.

폴렌 박사는 내가 놓친 앞부분에 이어 설명을 계속했다. "우리는 고대의 저 종파들이나 신비주의 단체들의 세계관을 지금의 합리주의적 관점에서 고찰하듯이 그렇게 단순한 것으로 상상해서는 안 됩니다. 고대 문화는 오늘날 우리가 말하는 의미의 학문을 전혀 알지 못했습니다. 그 대신 철학적이고 신비주의적인 진리를 탐구하는 데 몰두했고, 이러한 탐구는 상당히 높은 수준에 도달해 있었습니다. 마법이나 술법 같은 것은 이러한 탐구의 한 결과라고 할 수 있는데, 그것은 종종 속임수와 범죄로 나아가기도 했어요. 그런데 마법이라는 것도 그 근원은 고상하고 또 깊은 사상을 담고 있죠. 내가 앞서 예로 든 아브락사스에 관한 학설도 그렇습니다. 사람들은 이 이름이 그리스 시대의 어떤 주문 형식과 연관이 있다고 말하고, 오늘날에는 야만적인 민족들에게 여전히 있을 법한 것으로 마법을 부리는 악마 정도로 여기는 경우가 많습니다. 하지만 아브락사스는 훨씬 더 많은 것을 의미하는 것 같아요. 이를테면 우리는 신적인 것과 악마적인 것의 결합이라는 상징적인 과제를 안고 있는 어떤 신성(神性)을 일컫는 이름이라고 생각해 볼 수 있습니다."

이 작달막하고 박식한 남자는 섬세하고 열정적으로 설명을 이어 갔다. 하지만 크게 관심을 보이며 귀를 기울이는 학생은 하나도 없었다. 그리고 아브락사스라는 이름도 더는 나오지 않아 나의 관심도 곧바로 나 자신의 문제에 다시 빠져들었다.

"신적인 것과 악마적인 것의 결합"이라는 말이 계속 나의 귓가에 맴돌았다. 그 구절을 실마리로 해서 나는 생각을 이어 나갈 수 있었다. 그것은 데미안과의 우정이 거의 끝나 가던 시기에 나누었던 대화를 통해 내게도 친숙한 말이었다. 당시 데미안은 우리가 숭배하는 신이 하나 있지만, 그 신은 임의로 갈라놓은 세계의 절반만을 대표한다고 했다(그것은 공식적이고 허용된 '밝은 세계'였다). 하지만 우리는 전체 세계를 숭배할 수 있어야 하고, 따라서 악마이기도 한 하나의 신을 섬기든지 아니면 신에 대한 예배와 더불어 악마에 대한 예배도 실행해야 한다는 것이었다. 그런데 이제 보니 아브락사스가 신이면서 동시에 악마인 신적 존재라는 것이다.

한동안 나는 아브락사스에 대해 열심히 탐구해 봤지만, 별 진전을 이루지는 못했다. 도서관 전체를 뒤지면서 그 흔적을 찾아봤으나 아무것도 찾아낼 수 없었다. 그런데 이렇게 직접적이고 의식적인 방법으로 탐구하는 것은 나의 본성에도 별로 어울리지 않는 방식이었다. 막상 손에 쥐어 보면 기껏해야 생명력 없는 돌덩이에 불과한 진리만을 먼저 찾게 되기 때문이다.

한동안 내가 온통 몰두했던 베아트리체의 형체는 이제 서서히 가라앉았다. 아니, 그보다는 오히려 그 형체가 서서히 내게서 멀어져 갔다고 할 수 있다. 그것은 점점 저 멀리 지평선을 향해 다가가더니, 더 희미해지고 더 멀어지고 더 창백해졌다. 그 형체는 내 영혼을 더는 충족시켜 주지 못했다.

특이하게도 나 자신 속에 틀어박힌 채 몽유병자처럼 살았던 나의 삶에서 이제 어떤 새로운 것이 형성되기 시작했다. 삶에 대한 동경, 아니 그보다는 사랑을 향한 동경이 내 안에서 피어났고, 한동안 베아트리체를 숭배하면서 해소할 수 있었던 성적 충동이 이제는 새로운 형상과 목표들을 요구했다. 나는 여전히 어떤 충족도 얻지 못했다. 그렇지만 내 안의 동경을 기만하는 것, 또는 동급생들이 그들의 행복을 갈구하는 여자라는 존재에서 무엇을 기대하는 것은 이전보다 더욱 불가능한 일이 되어 있었다. 나는 또다시 격렬하게 꿈을 꾸기 시작했다. 그것도 밤보다 낮에 꿈을 꿀 때가 더 많았다. 내 안에서 여러 표상과 이미지와 소망이 떠올랐고, 그것들은 나를 외부 세계에서 멀어지도록 이끌어 갔다. 그리하여 나는 실제 내 주변의 현실 세계와 교류하기보다는 내 안의 이러한 형상과 꿈, 그림자들과 더 생생하게 교류하며 살았다.

그러던 중에 어떤 특정한 꿈 내지는 자꾸만 반복되는 상상의 유희 하나가 내게 중요한 의미를 지니게 되었다. 내 삶에서 가장 중요하고, 또 가장 오랫동안 기억에 남아 있는 그 꿈은 대략 이러했다. 나는 부모님이 있는 고향 집으로 돌아가고 있었다. 현관문 위쪽에는 문장 속의 새가 파란색 바탕에 노란색으로 빛나고 있었다. 집 안에서는 어머니가 나를 맞아 주었다. 그런데 막상 집 안에 들어가 어머니를 포옹하려고 했을 때, 그 사람은 어머니가 아니었고 한 번도 본 적이 없는 낯선 인물이었다. 키가 크고 건장한 모습이었는데, 막스 데미안이나 내 그림 속의 인물과 닮았으면서도 달랐다. 아울러 건장한 체격임에도 불구하고 완전히 여성적인 인물이었다. 이 인물은 나를 자기에게로 끌어당기더니, 깊은 사랑의 포옹으로 전율하며 나를 품에 안았다. 거기에는 환희와 공포가 뒤섞여 있었다. 그 포옹은 신에 대한 예배 의식이면서 동시에 범죄였다. 나를 껴안은 인물 속에는 나의 어머니에 대한 너무나 많은 기억, 친구 데미안에 대한 너무나 많은 기억이 깃들어 있었다. 그녀의 포옹은 모든 종류의 경외심을 파괴했지만, 동시에 더없는 축복이었다. 이 꿈에서 나는 깊은 행복감을 느끼며 깨어날 때가 많았고, 죽음의 공포와 마치 끔찍한 죄를 지은 듯한 고통스러운 죄책감을 느끼며 깨어날 때도 많았다.

온전히 내 안에 있는 그 형상과 내가 찾는 신과 관련해 외부에서 주어지는 신호 사이에 아주 서서히, 그리고 무의식적으로 어떤 연결이 생겨났다. 그런데 그 연결은 점점 긴밀해지면서 내밀해졌고, 나는 그 예지몽 속에서 아브락사스를 불러냈음을 느끼기 시작했다. 환희와 공포, 남자와 여자가 뒤섞여 있고, 가장 성스러운 것과 가장 추악한 것이 뒤엉켜 있으며, 가장 부드러운 순결의 한복판에 깊은 죄책감이 떨고 있는 모습─내가 꾼 사랑의 꿈에 나타난 형상이 그러한 것이었고, 아브락사스 역시 그러했다. 사랑은 이제 내가 처음에 불안해하면서 느꼈던 어두운 동물적 충동이 아니었고, 베아트리체의 형상에 내가 바쳤던 것처럼 경건하게 승화된 형태의 숭배도 아니었다. 사랑은 그 두 가지 모두였고, 동시에 그보다 훨씬 많은 것을 의미했다. 사랑은 천사의 형상인 동시에 사탄이고, 남자와 여자의 일체이며, 인간인 동시에 동물이고, 최고의 선인 동시에 지독한 악이었다. 나는 이러한 삶을 살도록 정해졌고, 그것을 맛보는 것이 나의 운명인 듯했다. 나는 그 운명을 갈망하면서도 그 운명 앞에 두려움을 느꼈다. 그러나 나의 운명은 언제나 그 자리에 있었고, 언제나 내 위에서 맴돌았다.

이듬해 봄에 나는 김나지움을 졸업하고 대학에 진학하기로 되어 있었다. 하지만 어디에서 무엇을 공부해야 할지는 여전히 알지 못한 상태였다. 윗입술 주위에는 콧수염이 거뭇거뭇 자라나고, 몸은 어느새 성인이 되어 있었지만, 여전히 어찌할 바를 몰랐고, 뚜렷한 목표도 없었다. 단 한 가지 확실한 것이 있었는데, 내 안의 목소리, 즉 꿈의 형상이 그것이었다. 나는 그것이 이끄는 대로 따라가는 일이 나의 과제임을 느꼈다. 하지만 그렇게 하는 것이 어렵게 느껴져서 나는 매일같이 저항했다. '혹시 내가 미친 것은 아닐까?' 드물지 않게 이런 생각도 들었다. '혹시 나는 다른 사람들과는 다른 별종일까?' 그렇지만 다른 사람들이 해내는 일은 무엇이든 나도 다 해낼 수 있었다. 약간의 성실함과 노력만 기울여도 플라톤을 읽을 수 있었고, 삼각법 문제를 풀거나 화학적 분석도 따라갈 수 있었다. 내가 할 수 없는 것이 단 하나 있었다. 내 안에 깊이 감춰져 있는 목표를 끄집어내어 눈앞 어딘가에 구체적으로 그려 보는 일이었다. 교수나 법관, 의사 혹은 예술가가 되고 싶은 사람들이 자기 꿈을 명확히 알고, 그것을 실현하는 데 얼마나 걸리며 어떤 장점이 있는지 정확히 아는 것처럼 말이다. 나는 그러지 못했다. 어쩌면 나도 언젠가는 그런 무엇이 되겠지만, 내가 그것을 어떻게 알겠는가. 어쩌면 여러 해 동안 그것을 찾고 또 찾아야겠지만, 그렇게 하고서도 아무것도 되지 못하고 어떤 목표에도 이르지 못할 수도 있었다. 어쩌면 어떤 목표에 이를 수도 있겠지만, 그것은 사악하고 위험하고 끔찍한 목표일 수도 있었다.

나는 오로지 내 안에서 우러나오는 것을 살아 보려고 했을 뿐이다. 그것이 어째서 그토록 어려웠을까?

나는 내 꿈에 등장하는 강력한 사랑의 형상을 그림으로 그려 보려고 여러 차례 시도했다. 그러나 한 번도 성공하지 못했다. 만약 그림 그리는 것에 성공했다면, 나는 그 그림을 데미안에게 보냈을 것이다. 그는 어디에 있었을까? 나는 알지 못했다. 내가 아는 것은 다만 내가 그와 연결되어 있다는 것이었다. 언제 그를 다시 만나게 될까?

베아트리체를 숭배하던 몇 주, 아니 몇 달의 평온한 고요는 이미 오래전에 사라졌다. 그 당시 나는 어떤 섬에 도착했고, 평안을 찾았다고 생각했다. 하지만 늘 그러하듯 어떤 상태가 마음에 들자마자, 어떤 꿈이 내게 위안을 준다고 느끼자마자, 그 좋았던 것은 곧바로 시들어 버리고 퇴색되었다. 그것을 아쉬워하고 한탄하는 것은 헛된 일이었다! 이제 나는 충족되지 않는 욕망의 불길 속에, 종종 나를 거칠게 하고 미친 상태로 만드는 팽팽한 기대감 속에 살았다. 꿈속 연인의 형상을 자주 보았는데, 그 형상은 아주 생생하게, 나 자신의 손보다도 더 생생하게 내 앞에 모습을 드러냈다. 나는 그 형상과 이야기를 나누고, 그 앞에서 울고, 그것을 저주했다. 나는 그것을 어머니라고 불렀고, 눈물을 흘리며 그 앞에 무릎을 꿇기도 했다. 나는 그것을 연인이라고 불렀고, 나의 모든 욕구를 충족시켜 줄 성숙한 입맞춤을 예감하기도 했다. 나는 그것을 악마이자 창녀, 흡혈귀이자 살인자라고 불렀다. 그 형상은 나를 부드러운 사랑의 꿈으로 이끌기도 하고, 무절제한 방종으로 유혹하기도 했다. 그 형상 앞에서는 지나치게 선하거나 소중한 것도, 지나치게 나쁘거나 저속한 것도 없었다.

그해 겨우내 나는 따로 설명하기 힘든 내적 폭풍 속에 지냈다. 고독에는 이미 오래전부터 단련되었던 터여서 그것에 짓눌리지는 않았다. 나는 데미안과 함께 살았고, 매와 함께 살았으며, 나의 운명이자 연인인 거대한 꿈속 형상과 함께 살았다. 그것들 속에 사는 것만으로 충분했다. 그 모든 것은 위대하고 광활한 것들을 내다보았고, 그 모든 것은 아브락사스를 가리키고 있었기 때문이다. 그러나 그 어떤 꿈, 그 어떤 생각도 내 마음대로 제어할 수는 없었다. 어떤 것도 내 마음대로 불러낼 수 없었고, 내 마음대로 색을 입힐 수도 없었다. 그것들 스스로 내게로 다가와서 나를 사로잡았고, 나는 그것들의 지배를 받고 그것들이 이끄는 삶을 살았다.

물론 나는 외부 세계에 대해서는 안정적인 모습을 보였다. 나는 사람들에 대해 어떤 두려움도 갖지 않았다. 학교 친구들도 그것을 알아차리고는 은연중에 존경하는 마음을 보였고, 그것은 종종 나를 미소 짓게 했다. 마음먹기만 하면 나는 친구들 대부분을 속속들이 꿰뚫어 볼 수 있었고, 그런 방식으로 이따금 그들을 깜짝 놀라게 할 수 있었다. 다만 그렇게 하고 싶은 생각이 거의 없거나 전혀 없었을 뿐이다. 나는 항상 나 자신에게 몰두했고, 나 자신에게 빠져 있었다. 당시 나의 열망은 이제는 마침내 한 조각의 삶이라도 제대로 살아 보는 것, 내 안에서 끄집어낸 무엇을 세상에 내어 주는 것, 세상과 관계를 맺고 세상과 맞서는 것이었다. 어떤 날에는 저녁때 길거리를 돌아다니다가 마음이 진정되지 않아 한밤중까지 귀가하지 못하는 일도 종종 있었다. 그럴 때면 바로 지금 나의 연인이 내 눈앞에 나타날 거라는 생각이 들었다. 그녀가 바로 다음 모퉁이를 지나고 있을 것이고, 가장 가까운 창문에서 나를 부를 것이라고 착각하는 것이다. 어떨 때는 이 모든 일이 참을 수 없을 정도로 고통스럽게 느껴져서 언젠가는 목숨을 끊어야겠다고 마음먹은 적도 있었다.

　　그러던 중에 나는 독특한 피난처 하나를 발견했다. 그것도 소위 말하는 '우연'에 의해서였다. 하지만 그러한 종류의 우연은 존재하지 않는다. 무엇인가를 절실히 필요로 하는 사람이 자신에게 꼭 필요한 그것을 찾아낸다면, 그에게 그것을 가져다준 것은 우연이 아니다. 그 자신과 그의 열망 그리고 필연이 그쪽으로 이끌어 간 것이다.

나는 도시 이곳저곳을 산책하던 중 교외의 어느 작은 교회에서 오르간 연주 소리가 흘러나오는 것을 두세 번 들은 적이 있었으나, 걸음을 멈추지는 않았다. 그러다가 한 번은 그곳을 지나는데 오르간 소리가 또다시 들려왔다. 나는 바흐의 곡이 연주되고 있음을 알았다. 교회 입구로 가 보았으나 입구의 문이 잠겨 있었다. 골목길에는 행인이 별로 없어서 나는 교회 모퉁이의 충돌 방지용 갓돌에 걸터앉아 외투 깃을 여미고는 오르간 소리에 귀를 기울였다. 오르간은 대형은 아니었으나 좋은 소리를 냈다. 그런데 연주 방식이 기이했다. 의지와 인내를 아주 독특하게 개성적으로 표현해 내는, 기도처럼 들리는 연주였다. 나는 다음의 느낌을 받았다. 지금 저 연주를 하는 사람은 자신의 음악 속에 보물이 숨겨져 있음을 안다. 그는 마치 자신의 생명을 얻으려는 사람처럼 그 보물을 얻으려고 구애하고 두드리며 애쓰고 있다. 나는 음악을 기교적인 면에서는 잘 이해하지 못한다. 하지만 나는 어릴 때부터 이러한 영혼의 표현을 본능적으로 이해했고, 음악적인 것은 내 안에 당연하게 존재하는 어떤 것이라고 느껴 왔다.

연주자는 이어서 다소 현대적인 작품도 연주했다. 레거*의 음악인 것 같았다. 교회는 어느덧 어둠 속에 거의 완전히 잠겨 있었

---

* 막스 레거(Max Reger, 1873~1916)는 독일 낭만주의 말엽의 작곡가로 교회 음악을 혁신했을 뿐만 아니라, 바흐 이후 가장 뛰어난 오르간 음악 작곡가로 평가받는 인물이다.

고, 바로 이웃한 건물의 창문을 통해 아주 가는 불빛만 새어 나올 뿐이었다. 나는 음악이 끝나기를 기다렸고, 연주자가 밖으로 나올 때까지 주변을 서성였다. 연주자는 아직 젊었지만, 나보다는 나이가 많아 보였다. 다부진 체격에 땅딸막한 남자였다. 그는 힘차면서도 내키지 않은 걸음걸이로 재빨리 그 자리를 떠나갔다.

　그날 이후 나는 이따금 저녁 시간이 되면 그 교회 앞에 가서 앉아 있거나 주변을 서성였다. 한 번은 교회 문이 열려 있는 것을 발견했다. 그래서 오르간 연주자가 위층에서 흐릿한 가스등 불빛을 받으며 연주하는 동안, 나는 삼십여 분을 추위에 덜덜 떨면서도 행복감을 느끼며 그 자리에 앉아 있었다. 그의 연주 음악에서 내가 들은 것은 연주자 자신의 소리뿐만이 아니었다. 그것 외에도 그가 연주하는 모든 것이 서로 통하고 서로 비밀스럽게 연결된 듯했다. 모든 곡이 깊은 신앙심과 헌신, 경건함을 담고 있었다. 하지만 그것은 교회를 다니는 사람들이나 목사들의 경건함이 아니라, 중세의 순례자들과 동냥치들이 지녔을 경건함이었다. 거기에는 모든 종파를 넘어서는 세계 감정에 대한 절대적인 헌신이 담겨 있었다. 오르간 연주자는 바흐 이전의 거장들과 옛 이탈리아 작곡가들의 곡을 부지런히 연주했다. 그런데 모든 곡이 같은 것, 그 연주자가 영혼 속에 품은 바를 말해 주고 있었다. 그것은 바로 동경, 세계를 가장 내밀하게 움켜잡았다가 다시 그 세계와 과격하게 결별하기, 자신의 어두운 영혼에 열정적으로 귀 기울이기, 헌신에 대한 도취, 경이로운 것에 대한 깊은 호기심이었다.

　한번은 오르간 연주자가 교회에서 나와 걸어가는 것을 보고 뒤를 몰래 밟아 본 적이 있었다. 그는 시내에서 멀리 떨어진 외곽에 있는 작은 술집으로 들어갔다. 나는 자신을 억제하지 못하고 따라 들어갔다. 그곳에서 나는 처음으로 그를 분명하게 보았다. 그는 작은 술집 구석에 자리를 잡고 검은 펠트 모자를 눌러쓴 채로 포도주 한 잔을 앞에 두고 있었다. 그의 얼굴은 내가 예상한 대로였다. 못생기고 어느 정도는 거칠어 보였고, 탐구적이고 완고하며, 고집이 세고, 의지가 강해 보였다. 그런데 입 주위는 부드러워서 마치 어린아이 같았다. 남성적이고 강인한 면은 전부 눈과 이마에 모여 있었고, 얼굴 아랫부분은 섬세하고 미성숙할 뿐 아니라 자제심이 부족하고 부분적으로 나약한 인상도 주었다. 몹시 우유부단해 보이는 턱은 소년의 인상을 주어 이마와 눈빛과는 매우 대조되었다. 나는 자부심과 적개심으로 가득한 연주자의 암갈색 두 눈이 마음에 들었다.

나는 그의 맞은편 자리에 말없이 앉았다. 술집 안에는 우리를 제외하고는 다른 손님이 없었다. 그는 쫓아내기라도 하려는 듯한 눈초리로 나를 쏘아보았다. 하지만 나는 눌리지 않고 버티고 앉아서 그를 계속 쳐다보았다. 그러자 마침내 그가 퉁명스럽게 입을 열었다. "대체 왜 사람을 그렇게 빤히 쳐다보는 거죠? 나한테 무엇을 바라는 거요?"

"특별히 바라는 것은 없습니다." 내가 말했다. "하지만 나는 당신한테서 이미 많은 것을 얻었습니다."

그는 이맛살을 찌푸렸다.

"그러니까 당신은 음악광인가요? 음악에 열광하는 것은 구역질 나는 일이라고 생각합니다."

나는 그 말에도 물러서지 않았다.

"당신의 연주를 이미 여러 번 들었습니다. 저기 교회에서 말입니다." 내가 말했다. "어쨌든 당신을 성가시게 할 생각은 없습니다. 다만 당신에게서 무언가 특별한 것을 발견할 수 있지 않을까 생각했어요. 정확히 그것이 무엇인지는 모르겠어요. 하지만 제 말에 신경 쓸 필요 없습니다! 저야 교회에서 당신 연주를 들을 수 있으니까요."

"나는 항상 문을 잠근답니다."

"얼마 전에는 문 잠그는 일을 잊은 적이 있어요. 그래서 저는 교회 안에 들어가 앉을 수 있었고요. 보통은 바깥에 서 있거나 갓돌에 앉아 듣습니다."

"그런가요? 다음번에는 교회 안으로 들어오세요. 그래도 교회 안이 더 따뜻하니까요. 교회 문을 그냥 두드리면 됩니다. 세게 두드려야 하는데, 내가 연주할 때는 두드리면 안 됩니다. 그런데 나한테 무슨 말을 하려고 했죠? 아주 젊은 분인데, 김나지움 학생이거나 대학생이겠군요. 당신도 음악가인가요?"

"아닙니다. 저는 음악 듣는 것을 좋아합니다. 그런데 당신이 연주하는 것 같은 음악, 절대 음악*만 좋아합니다. 연주하는 것을 들

---

* '표제 음악'과는 반대되는 개념으로 음악에서 특정한 이미지나 상징적 의미를 표출하려고 하지 않고, 오로지 음과 음의 관계와 조합을 통한 순수한 음악적 예술성을

고 있으면 저기 한 인간이 천국과 지옥의 문을 흔들고 있다고 느껴지는 음악 말입니다. 제가 음악을 매우 좋아하는 이유는, 음악에는 도덕적인 면이 거의 없기 때문입니다. 다른 것은 온통 도덕적이고, 저는 그렇지 않은 것을 찾고 있습니다. 도덕적인 것 때문에 늘 고통받으며 살아왔거든요. 제 마음의 생각을 제대로 표현하기 어렵네요. 그런데 당신은 신이면서 동시에 악마이기도 한 신이 있어야 한다는 걸 혹시 아시나요? 저는 그런 신이 과거에 존재했다고 하는 이야기를 들은 적이 있거든요."

음악가는 챙이 넓은 모자를 살짝 뒤로 젖히더니, 고개를 흔들어 검은 머리를 넓은 이마에서 떨쳐 냈다. 그러면서 나를 뚫어질 듯 쳐다보다가 얼굴을 탁자 위로 내밀어 내게로 기울였다.

그가 나직하면서도 긴장된 목소리로 물었다. "당신이 말하는 그 신의 이름이 무엇인가요?"

"유감스럽게도 그 신에 대해 아는 바가 거의 없고, 실은 이름만 겨우 알고 있을 뿐입니다. 아브락사스라는 신입니다."

음악가는 누가 우리 대화를 엿듣기라도 하듯 의심쩍은 눈길로 주위를 둘러보았다. 그러고는 내 쪽으로 가까이 다가앉더니 속삭이듯 말했다. "당신이 그럴 거라고 대충 짐작은 했어요. 당신은 누구인가요?"

"저는 김나지움 학생입니다."

추구하려는 경향을 띠는 음악을 말한다.

"아브락사스에 대해서는 어떻게 아는 거죠?"

"우연히 알게 되었어요."

그가 탁자를 내리쳤고, 그 바람에 포도주 잔이 쏟아졌다.

"우연이라고! 그런 말 같지도 않은 소리는 집어치워요, 젊은 친구! 아브락사스에 대해서는 우연히 듣게 되는 일이란 없어요, 그 정도는 알아야 해요. 아브락사스에 대해서는 내가 좀 더 말해 주겠소. 나는 그 신에 대해 조금은 알고 있으니까."

그는 입을 다물었고, 자신의 의자를 다시 뒤로 밀었다. 내가 기대에 가득 차서 그를 바라보자, 그는 얼굴을 찌푸렸다.

"여기서 말고! 다음번에 합시다. 자, 이거나 받아요!"

이렇게 말하면서 그는 걸치고 있던 외투 주머니에 손을 집어넣더니 군밤 몇 개를 꺼내 내게 내밀었다.

나는 아무 말도 하지 않고 그것을 받아서 먹었다. 기분이 매우 좋았다.

"자!" 잠시 후 그가 속삭였다. "당신은 그 신에 대해 어디서 들은 거죠?"

나는 망설이지 않고 털어놓았다.

"저는 혼자였고 망연자실한 상태에 있었어요." 내가 이야기를 시작했다. "그때 어린 시절의 친구 하나가 떠올랐어요. 정말 아는 게 많은 친구라고 생각하거든요. 그때 나는 어떤 그림을 그리게 되었는데, 지구에서 빠져나오는 한 마리 새를 그린 그림이었어요. 그것을 그 친구에게 보냈어요. 얼마 후 더는 답장을 기대하지 않게 되었을 때쯤 쪽지 하나를 받았는데, 이렇게 적혀 있었어요.

'새는 몸부림치며 알을 깨고 나온다. 알은 세계다. 태어나려는 자는 하나의 세계를 파괴해야만 한다. 새는 신에게로 날아간다. 그 신의 이름은 아브락사스다.'

그는 아무 대답도 하지 않았고, 우리는 밤을 까서 포도주에 곁들여 먹었다.

"우리 한 잔 더 할까요?" 그가 물었다.

"아니, 괜찮습니다. 술 마시는 걸 좋아하지 않아서요."

그는 약간 실망한 듯 웃음을 터뜨렸다.

"좋을 대로! 나는 그렇지 않아요. 나는 여기 좀 더 있을 거요. 당신은 이제 가세요!"

그러고 나서 그 다음번에는 오르간 연주가 끝나고 난 후 그와 함께 걷게 되었다. 그는 별로 말이 없었다. 그는 나를 오래된 골목에 있는 고풍스럽고 웅장한 저택의 위층으로 데려갔고, 약간 어두침침하고 잘 정돈되지 않은 넓은 방으로 안내했다. 방 안에는 피아노 한 대를 제외하면 음악과 관련된 물건은 전혀 없었다. 반면 커다란 책장과 책상이 있어 어쩐지 학자다운 분위기를 자아내는 공간이었다.

"책이 정말 많네요!" 내가 감탄하며 말했다.

"일부는 아버지의 장서에서 온 것이고, 나는 여기 부친 집에 살아요. 그래요, 젊은 친구, 나는 부모님과 함께 살고 있어요. 하지만 부모님을 당신에게 소개해 줄 수는 없어요. 이 집에서는 나의 친교 관계가 그다지 존중받지 못하거든요. 보다시피 나는 타락한 자식이니까요. 내 아버지는 이 도시에서 대단히 존경받는 인물이고, 저명한 목사이자 설교자입니다. 그리고 나에 대해 곧바로 대놓고 말한다면, 재능 있고 장래가 촉망되던 자제였으나 탈선하고 약간은 미쳐 버린 아들이고요. 신학교에 다닌 학생이었으나 국가고시에 응시하기 직전에 그 훌륭한 신학교를 뛰쳐나왔어요. 하지만 개인적으로 탐구하고 있는 내용을 보면, 사실 나는 지금도 신학 공부를 하고 있어요. 시대마다 사람들이 어떤 신들을 고안해 냈는가 하는 것은 내게는 여전히 가장 중요하고 흥미로운 주제입니다. 그 밖에 지금은 음악가로 살고 있고, 조만간 작은 오르간 연주자 자리를 얻게 될 것 같아요. 그렇게 되면 나는 교회로 다시 복귀하는 거죠."

나는 책등에 보이는 글자들을 죽 훑어보았다. 책상 위에 놓인 작은 램프의 희미한 불빛 속에서 그리스어, 라틴어, 히브리어 제목들을 알아볼 수 있었다. 그사이 내가 새롭게 알게 된 집주인은 어두컴컴한 벽 근처 바닥에 엎드려 무엇인가에 몰두해 있었다.

"이리 와 봐요." 잠시 후 그가 나를 불렀다. "우리 이제 철학 연습을 좀 해 봅시다. 말하자면 입은 다물고, 바닥에 배를 깔고 누워서 생각에 잠겨 보는 거요."

그는 성냥을 켜서 앞쪽 벽난로 속에 있는 종이와 장작에다 불을 붙였다. 불꽃이 타올랐다. 그는 무척 세심하게 불씨를 쑤셔 돋우고 땔감을 보충하면서 불길을 살려 냈다. 나는 그의 옆자리로 가서 닳아서 해진 양탄자 위에 엎드렸다. 그는 불 속을 응시했고, 나 자신도 그 불에 매혹되었다. 그렇게 우리는 아무 말도 하지 않고 한 시간 정도를 나풀거리는 장작불 앞에 엎드려 있었고, 불꽃이 타오르고 타닥타닥 소리를 내는 모습, 이내 푹 내려앉으며 휘어지는 모습, 불꽃이 가물거리며 꺼지려다가 반짝이며 다시 타오르는 모습, 그러다가 결국은 조용한 불덩이로 사그라들어 바닥에 내려앉는 모습을 지켜보았다.

"불을 숭배하는 일*은 인간이 고안해 낸 것 중에서 가장 멍청한 짓은 아니었어." 한번은 그가 혼잣말로 이렇게 중얼거렸다. 이 말을 제외하고는 우리 둘은 한마디도 하지 않았다. 두 눈을 불에 고정한 채, 나는 꿈과 고요 속에 침잠했고, 연기 속에 보이는 여러 형체와 남은 재에 그려지는 형상들을 응시했다. 그러다가 한순간 소스라치게 놀랐다. 함께 불을 응시하던 친구가 송진 한 조각을 불 속에 던져 넣자 작고 가느다란 불꽃이 솟구쳐 올랐다. 그 불꽃 속에서 나는 노란 매의 머리를 지닌 새를 보았다. 서서히 소멸해 가던 벽난로 불덩이 속에서 금빛의 불씨들이 실처럼 모여 그물처럼 이어졌고, 철자들과 형상들이 나타났으며, 여러 얼굴들, 동물들, 식물들, 벌레들과 뱀들에 대한 기억이 떠올랐다. 그러다가 문득 정신을 차리고 옆의 친구에게 눈길을 돌리니, 그는 두 주먹으로 턱을 받치고서 완전히 몰입해서 열광적으로 재를 들여다보고 있었다.

---

* 불을 신성하게 여겨 숭배한 신앙, 이른바 배화교(拜火敎)로는 특히 기원전 6세기경에 페르시아의 예언자 조로아스터(니체의 책에는 '차라투스트라'로 등장)가 창시한 종교가 있다.

"이제 가 봐야겠어요." 내가 조용히 말했다.

"그래요, 그럼 가 봐요.. 또 만나요!"

그는 자리에서 일어나지 않았다. 램프가 꺼져 있어서 나는 힘겹게 더듬어 가며 어두운 방에서 빠져나왔고, 어두컴컴한 복도와 계단을 지나 그 괴이한 고택(古宅)에서 간신히 벗어날 수 있었다. 거리에 나온 후 나는 잠시 걸음을 멈추고 그 낡은 집을 올려다보았다. 어느 창문에도 불빛이 보이지 않았다. 대문에 매달린 자그마한 놋쇠 문패만이 가스등 불빛을 받아 흐릿하게 반짝였다.

'피스토리우스 주임 목사.' 문패에는 그렇게 적혀 있었다.

집에 돌아와 저녁 식사를 마치고 나서 나의 작은 방에 홀로 있게 되었을 때야 비로소 나는 피스토리우스에게서 아브락사스나 그 밖의 다른 일에 대해 들은 바가 없을 뿐 아니라, 우리가 서로 나눈 대화가 채 열 마디도 되지 않았다는 사실이 떠올랐다. 하지만 나는 그의 집을 방문한 것이 매우 만족스러웠다. 게다가 그는 다음번에는 옛날 오르간 음악 중에서도 정말 훌륭한 곡인 북스테후데의 〈파사칼리아〉[†]를 연주해 주겠다고 약속했다.

그런데 나도 모르는 사이에, 오르간 연주자 피스토리우스는 그날 그 황량한 은둔자의 방에서 내가 그와 함께 벽난로 앞 바닥에

[†] 덴마크 출신의 오르간 연주자이자 작곡가인 디트리히 북스테후데(Dietrich Buxtehu-de, 1637~1707)의 대표작 〈오르간 독주를 위한 파사칼리아〉를 말한다. 북스테후데의 오르간곡들은 바흐에게도 많은 영향을 끼쳤다.

엎드려 있었을 때, 내게 첫 강의를 해 준 셈이었다. 불을 들여다보는 것은 내게 좋은 영향을 주었다. 그것은 내가 항상 갖고 있으면서도 사실상 제대로 가꾸지 못했던 성향들을 북돋워 주고 확신시켜 주었다. 이후 나는 그 성향들을 부분적으로나마 서서히 깨닫게 되었다.

이미 어린 시절부터 나는 종종 자연의 기이한 형태를 주의 깊게 살펴보는 성향이 있었다. 단순한 관찰에 머물지 않고 자연의 고유한 마법에, 자연이 말하는 혼란스럽고도 깊이 있는 언어에 빠져들면서 그것을 바라보았다. 뻣뻣하게 굳은 기다란 나무뿌리, 돌에 새겨진 색색의 핏줄들, 물 위에 떠다니는 기름얼룩, 유리 속의 갈라진 틈 — 이와 비슷한 모든 것이 내게는 때때로 커다란 마법의 힘을 발휘했다. 무엇보다도 물과 불, 연기, 구름, 먼지가 그러했고, 특히 눈을 감았을 때 빙글빙글 돌아가는 색색의 반점들이 그러했다. 피스토리우스를 처음 방문하고 나서 며칠 동안 그런 일들이 다시 떠오르기 시작했다. 그를 방문하고 나서 어떤 활력과 기쁨을 얻게 된 것, 나 자신의 지각이 고양된 것은 순전히 활활 타오르는 불을 오랫동안 응시한 덕분임을 깨달았기 때문이다. 불을 바라보는 것은 참으로 기이하게도 기분 좋은 일이었고, 마음을 풍요롭게 해 주었다!

이제까지 나의 진정한 삶의 목표를 탐색하는 여정에서 그동안 내가 발견했던 몇 안 되는 체험에 더해 이제 이 새로운 체험이 추가되었다. 그러한 형태들을 가만히 들여다보고 있노라면, 다시 말해 자연의 비이성적이고 혼란스럽고 진기한 형태에 몰입하다보면, 우리의 내면과 바로 그 형태들을 산출하는 자연의 의지가 일치한다는 느낌이 우리 안에서 일어난다. 우리는 그러한 형태들이 우리 자신의 기분이고 우리 자신의 창조물이라고 여기고 싶은 유혹을 금방 느끼게 된다. 우리는 자연과 우리 사이의 경계가 흔들려 점점 흐릿해지는 것을 보게 되고, 우리의 망막에 비친 형상들이 외부의 인상에 의한 것인지 아니면 내면의 인상에 의한 것인지 모르겠다는 기분도 갖게 된다. 우리가 창조자라는 사실, 그리고 세계의 부단한 창조에 우리 영혼이 적극적으로 참여한다는 사실을 그토록 간단하고도 쉽게 발견하는 방법은 이러한 연습 말고는 어디에도 없다. 심지어 우리 안에서 활동하는 신성과 자연 안에서 활동하는 신성은 분리될 수 없는 같은 신성일 것이다. 따라서 만약 외부 세계가 멸망한다면, 우리 중 누군가가 그것을 다시 건설할 수도 있을 것이다. 산과 강, 나무와 이파리, 뿌리와 꽃 등 자연에서 형성된 모든 것은 우리 안에 이미 형성되어 있고 영혼으로부터 나오기 때문이다. 영혼의 본질은 영원이고, 우리는 그 본질을 제대로 알지 못해도 그것은 우리에게 대개는 사랑의 힘과 창조의 힘으로 다가온다.

몇 년이 지난 후에 어느 책 속에서 나는 이러한 관찰이 옳았다는 것을 확인했다. 그것은 레오나르도 다빈치가 한 말에서였다. 그는 많은 사람이 잔뜩 침을 뱉어 놓은 담장을 보는 것은 참으로 기분 좋고 흥분되는 일이라고 했다. 침으로 축축해진 담장의 그 얼룩들을 보면서 그는 피스토리우스와 내가 불 앞에서 느꼈던 것과 같은 감정을 느낀 것이다.

그러고 나서 우리가 또다시 만났을 때, 오르간 연주자는 내게 다음과 같은 설명을 해 주었다.

"우리는 우리 개성의 경계를 언제나 너무 좁게 설정하는 경향이 있어요! 우리는 언제나 개별적으로 남과 구별되고 차이가 있는 것만을 나의 개성으로 간주하려 합니다. 그러나 우리는 세계를 구성하는 전체 요소들로 구성된 존재입니다. 우리 각자가 말입니다. 그리고 우리의 육체가 물고기나 그보다 훨씬 이전까지 거슬러 올라가는 진화의 계보를 지닌 것처럼, 우리 영혼은 이제까지 인간의 영혼 속에 존재했던 모든 것을 품고 있습니다. 우리 안에는 그리스인이든 중국인이든, 또는 줄루 원주민이든 누가 믿었는지와는 상관없이 여태껏 존재한 적이 있는 모든 신과 악마가 있고, 그것은 하나의 가능성, 소망, 탈출구로 남아 있습니다. 만약 인류 전체가 멸망하고, 어떤 교육도 받지 못한 중간 정도의 재능을 지닌 아이 한 명만 살아남는다고 해도, 그 아이는 사물들이 거쳐 온 그 모든 과정을 다시 찾아낼 것이고, 신과 악마들, 낙원, 계명과 금기들, 구약과 신약, 그 모든 것을 다시 창출해 낼 수 있을 겁니다."

"네, 그렇다고 합시다." 내가 반박했다. "하지만 그 경우 개인의 가치는 어디에 있을까요? 만약 우리 안에 이미 모든 것이 완성된 형태로 주어져 있다면, 우리는 왜 여전히 무엇인가를 얻으려고 분투하는 거죠?"

"잠깐만!" 피스토리우스가 격하게 외쳤다. "세계를 그저 당신 자신 안에 품고 있는 것과 당신이 그 사실을 안다는 것은 큰 차이가 있어요! 어떤 미치광이가 플라톤을 떠올리게 하는 사상을 만들어 낼 수 있고, 또 헤른후트 학교*에 다니는 어떤 경건한 학동이 그노시스파†나 조로아스터교‡ 사상에서나 볼 수 있는 심오한 신화적인 연관성을 독창적으로 재구성해 볼 수도 있겠죠. 그렇다고 해도 그 사람은 자신이 무엇을 하고 있는지 실은 아무것도 모른다고요! 그것을 제대로 알지 못하는 한, 그 사람은 그저 나무나 돌과 다를 바 없고 기껏해야 동물에 지나지 않아요. 하지만 그것을 깨닫는 인식의 첫 불꽃이 빛나고 나면 그는 인간이 되는 겁니다. 당신은 설마 저기 길거리를 보행하는 두 발 달린 생물들이 단지 직립 보행을 하고, 새끼를 임신해서 아홉 달 동안 뱃속에 품고 다닌다는 이유만으로 그들 모두가 인간이라고 생각하지는 않겠죠? 그들 중 얼마나 많은 수가 물고기나 양, 벌레 또는 거머리인지, 얼마나 많은 수가 개미인지 혹은 꿀벌인지는 당신도 잘 알 거요! 그들 누구나 인간이 될 잠재력이 있지만, 각자가 그 잠재력을 예감할 때, 각자가 어느 정도 그것을 의식하는 법까지 배울 때, 비로소 그 잠재력이 그의 것이 되는 거죠."

　우리의 대화는 대략 이런 식이었다. 이러한 대화가 내게 완전

히 새로운 것, 전적으로 놀라운 무엇을 가져다주는 일은 드물었다. 하지만 가장 진부한 대화까지 포함해 모든 대화는 조용하면서도 꾸준한 망치질이 되어 내 안의 같은 지점을 계속 두드렸다. 모든 대화가 나를 형성하는 데 도움을 주었고, 모든 대화가 나의 허물을 벗고 알껍데기를 깨는 데 도움을 주었다. 그래서 대화를 나눌 때마다 나는 머리를 조금씩 더 높이, 조금씩 더 자유롭게 쳐들었고, 마침내 나의 노란 새는 부서진 세계의 껍질을 뚫고 나와 그 아름다운 맹금의 머리를 바깥으로 내밀었다.

우리는 서로가 꾼 꿈에 대해서도 종종 이야기를 나누었다. 피스토리우스는 꿈을 해석할 줄 알았다. 기이한 사례 하나가 지금 막 기억난다. 한번은 내가 날아다니는 꿈을 꾸었는데, 꿈속에서 나는 통제할 수 없는 어떤 강력한 운동력에 의해 공중으로 내던져진 상태였다. 그렇게 공중을 나는 느낌은 정말 근사했지만, 내 의지와 무관하게 위태로울 정도로 높은 곳까지 자신이 마구 솟구친 것을 보게 되자 그 느낌은 이내 두려움으로 바뀌었다. 그 순간 나는 천만다행으로 숨을 멈추었다가 길게 토해 내는 동작을 통해 나의 상승과 하강을 조절할 수 있음을 발견했다.

내가 꾼 꿈에 대해 피스토리우스는 이렇게 말했다. "당신을 날게 했던 강력한 운동력, 그것은 우리 각 사람에게 주어져 있는 인류의 위대한 자산입니다. 그것은 우리 자신이 모든 힘의 근원과 연결되어 있다는 느낌이지만, 그것을 느끼는 사람은 곧 불안해지는 거죠! 그것은 지독하게도 위험한 일이니까요! 그 때문에 사람들 대부분은 날기를 기꺼이 포기하고, 그저 정해진 법규들을 따르면서 안전한 인도 위로 걷기를 선택하죠. 하지만 당신은 그렇지 않아요. 유능한 청년이라면 마땅히 그렇듯이 당신은 날기를 계속하고 있어요. 자, 보세요, 당신은 그렇게 함으로써 놀라운 사실을 발견합니다. 당신이 점차로 그것을 조절할 수 있다는 사실, 또 당신을 공중으로 솟구치게 한 그 거대하고 보편적인 힘에 더해 섬세하고 미약한 당신 자신의 힘, 하나의 신체 기관, 하나의 조종간이 추가되고 있다는 사실입니다. 그것은 정말 멋진 일이죠. 그것이 없으면 사람은 자기 의지와 상관없이 공중으로 날아가 버리거든요. 예를 들자면 미치광이들이 그렇습니다. 그들의 경우 인도 위를 걷는 사람들보다는 더 심오한 예감을 부여받았지만, 정작 거기에 맞는 열쇠와 조종간을 갖추고 있지 않아 바닥없는 심연으로 날아가 버립니다. 하지만 싱클레어, 당신은 그 일을 해내고 있어요! 어떻게요? 당신은 혹시 아직은 전혀 깨닫지 못하겠어요? 당신은 새로운 기관, 즉 호흡 조절기를 통해 그것을 해내고 있습니다. 당신은 이제 영혼의 깊은 곳이 참으로 '개인적인' 것이 아님을 알 수 있을 겁니다. 당신의 영혼이 그 조절기를 고안한 것은 아니니까요! 그 조절기는 새로운 것이 아닙니다! 그것은 빌려온 것이고, 수천 년 전부터 존재해 온 것입니다. 물고기에 있는 평형 기관, 즉 부레가 그것입니다. 오늘날에도 실제로 과거 형태를 잘 보존하고 있는 몇몇 희귀 어종이 남아 있는데, 그 물고기들의 경우 부레가 동시에 일종의 허파 역할도 하고 있어서 상황에 따라서는 정말로 호흡에 사용될 수도 있습니다. 당신이 꿈속에서 비행용 부레로 사용하는 허파와 한치도 다르지 않고 똑같은 거죠!"

피스토리우스는 심지어 내게 동물학 서적 한 권을 가져와서, 그 원시적인 물고기들의 이름과 그림을 보여 주기까지 했다. 나는 특이한 전율과 함께 내 안에 진화 단계의 초기에 존재했던 기능 하나가 살아 있음을 느꼈다.

제6장

야곱의 씨름

내가 저 기이한 음악가 피스토리우스에게서 아브락사스에 대해 들었던 내용을 여기에 간략하게 다시 옮기기는 어렵다. 하지만 내가 그에게서 배운 가장 중요한 것은 나 자신에게 이르는 길에서 한 걸음을 더 내딛는 일이었다. 그 당시에 대략 열여덟 살이었던 나는 평범하지 않은 청소년이었다. 백여 가지 일에서는 조숙했지만, 또 다른 백여 가지 일에서는 매우 뒤처져 있었고 무력했다. 이따금 나 자신을 다른 사람들과 비교할 때면 자부심을 느끼고 우쭐할 때도 많았지만, 이에 못지않게 의기소침해지고 굴욕감을 느낄 때도 많았다. 천재라는 생각이 들 때도 자주 있었고, 반미치광이로 여겨질 때도 자주 있었다. 나는 또래 친구들이 누리는 즐거움과 그들의 활동에 동참하지 못했다. 가망 없이 그들에게서 격리된 것 같았고, 또 나 자신이 삶에서 배제된 것 같아 자책과 염려에 자주 시달렸다.

그 자신도 괴짜 어른이었던 피스토리우스는 내게 용기를 잃지 않고 자신을 계속 존중하는 법을 가르쳐 주었다. 그는 나의 말, 나의 꿈, 나의 상상과 생각 속에서 언제나 가치 있는 것을 찾아내고는 그것들을 늘 진지하게 받아들이고 진심으로 논의함으로써 내게 모범을 보여 주었다.

"당신은 이런 말을 한 적이 있어요." 그가 말했다. "당신이 음악을 사랑하는 이유는 그것이 도덕적이지 않기 때문이라고요. 좋습니다. 그런데 당신 자신도 도덕주의자가 되어서는 안 됩니다! 당신 자신을 다른 사람들과 비교해서도 안 됩니다. 자연이 당신을 박쥐로 창조한 것이라면, 당신은 자신을 타조로 만들려고 해서는 안 됩니다. 당신은 이따금 자신이 괴짜일 거라고 여기고, 자신이 대다수의 다른 사람들과는 다른 길을 가고 있다고 자책합니다. 그런 생각은 이제 말끔히 지워야 합니다. 불을 들여다보고, 구름 속을 들여다봐요. 그러다가 예감이 찾아오거나 당신의 영혼이 발언하기 시작하면, 당신 자신을 즉시 그러한 것들에 내맡기도록 하세요! 그에 앞서 그것이 혹시 선생님이나 아버지 혹은 어떤 흠모하는 신의 뜻에 맞을까, 그들의 마음에 부합할까 하는 질문은 던지지 말라는 것입니다! 그렇게 하다가는 스스로 파멸하게 됩니다. 그렇게 하다가는 당신은 평범한 행인들의 보행로에 올라서게 되고, 화석이 되어 버립니다. 친애하는 싱클레어, 우리의 신은 아브락사스입니다. 그는 신인 동시에 악마이고, 밝은 세계와 어두운 세계를 자기 안에 동시에 품고 있습니다. 아브락사스는 당신의 그 어떤 사상, 그 어떤 꿈에 대해서도 반대하지 않습니다. 이 사실을 절대 잊지 말아요. 하지만 당신이 언젠가 흠결 없고 정상적인 보통 사람이 되어 버리면, 아브락사스는 당신을 떠나갈 겁니다. 그렇게 되면 그는 당신을 버리고, 자신의 사상을 담아 요리할 수 있는 새로운 그릇을 찾아 나설 것입니다."

내가 꾸었던 모든 꿈 중에서 가장 한결같았던 꿈은 저 음울한 사랑의 꿈이었다. 나는 그 꿈을 정말 자주 꾸었다. 나는 새가 그려진 문장 아래를 지나서 오래된 우리 집에 들어선다. 나는 어머니를 끌어당겨 포옹하려 하지만, 정작 품에 껴안은 대상은 어머니가 아니라 반은 남자 같고 반은 어머니 같은 장신의 여인이었다. 나는 그 여인에 대해 두려움을 느끼면서도 동시에 가장 강렬한 욕망에 잡혀 그녀에게 이끌렸다. 그런데 이 꿈만은 내 친구에게 절대로 이야기해 줄 수 없었다. 다른 것은 전부 털어놓으면서도 이 꿈만은 발설하지 않고 남겨 두었다. 이 꿈은 나의 구석진 곳, 나의 비밀, 나의 도피처였다.

마음이 울적할 때면 나는 피스토리우스에게 옛 작곡가 북스테후데의 〈파사칼리아〉를 연주해 달라고 요청했다. 그럴 때면 나는 황혼의 어두움 속에 잠긴 교회 안에 앉아, 자기 자신 속으로 침잠하고 자기 자신의 소리에 귀 기울이는 그 기이하고도 내밀한 음악에 빠져들었다. 그 곡은 들을 때마다 연주 소리는 내게 위안을 주었을 뿐 아니라, 내 영혼의 목소리를 인정할 수 있도록 나의 마음을 더욱 잘 준비시켜 주었다.

가끔 우리는 오르간 연주의 울림이 완전히 사라진 후에도 한

동안 더 교회 안에 앉아 있었고, 고딕풍의 높다란 첨두아치형 창문을 통해 희미한 빛이 흘러들었다가 어둠 속으로 사라지는 것을 바라보았다.

"이상하게 들릴 수도 있겠어요." 피스토리우스가 말했다. "내가 한때는 신학을 공부했고, 거의 목사가 될 뻔했다는 이야기 말이오. 그런데 내가 저지른 잘못은 단지 형식상의 오류일 수 있어요. 성직자가 되는 것은 여전히 내 소명이고 목표니까요. 단지 너무 빨리 만족해 버리고, 아브락사스를 알기도 전에 너무 빨리 야훼 신에게 귀의했어요. 아, 모든 종교는 아름다운 것입니다. 모든 종교는 영혼입니다. 그리스도교의 성찬식에 참여하든 혹은 메카*로 성지 순례를 떠나든 상관없이 말이죠."

"그렇다면 당신은 목사가 될 수도 있었겠군요." 내가 말했다.

"아니, 싱클레어, 그렇지는 않아요. 그렇게 되었다면 나는 거짓을 말하지 않을 수 없었을 거요. 우리의 종교는 마치 종교가 아닌 것처럼 행해지고 있어요. 종교가 마치 완전히 합리적인 일처럼 굴고 있는 거죠. 정말 부득이한 경우 나는 어쩌면 가톨릭교도가 될 수는 있겠지만, 개신교 성직자가 되는 것은 절대 아니오! 나는 소수의 진실한 신자들을 알고 있는데, 그들은 성경 말씀의 축자적(逐字的)인 의미에 매달립니다. 그런 사람들에게 이를테면 그

---

* 선지자 무함마드가 태어난 곳(사우디아라비아 서부에 위치하며 '마카'로도 불림)으로 오늘날에는 무슬림이 순례하는 성지가 되었다.

리스도가 내게는 어떤 개인이 아니라 신과 인간 사이에 있는 영웅적인 인물이자 신화라고 말하는 것, 인류가 영원의 벽에 비친 자기 모습을 볼 수 있게 해 주는 거대한 그림자 상이라고 말하는 것이 가능하지 않겠죠. 그리고 지혜로운 말씀을 듣기 위해, 의무를 다하기 위해, 그리고 어떤 것도 소홀히 하지 않기 위해 교회에 오는 또 다른 사람들에게 나는 무슨 말을 할 수 있을까요? 당신은 내가 그들을 개종시켜야 한다고 생각하나요? 하지만 나는 전혀 그렇게 하고 싶지 않습니다. 그러니까 성직자이면서도 다른 사람들을 개종시키겠다는 의도는 없고, 그저 신자들 사이에서, 자신과 비슷한 사람들 사이에서 살고 싶을 뿐입니다. 성직자이면서도 우리가 우리의 신들을 만들어 낼 때 바탕이 되는 감정을 품고, 그것을 표현하는 사람이 되고 싶은 거죠."

그가 잠시 말을 중단했다. 그러더니 다시 말을 이어 갔다. "친구여, 우리가 지금 아브락사스라는 이름을 부여한 우리의 새로운 신앙은 아름다운 것입니다. 우리의 신앙은 우리의 소유물 중에서 최상의 것이오. 하지만 그것은 아직은 젖먹이에 불과해요! 아직 날개가 제대로 돋아나지 않았어요. 아, 하나의 고독한 종교, 그것은 아직 진정한 종교가 아니죠. 종교는 공동의 것이 되어야 하고, 공동체적 제의와 도취, 축제와 신비한 의식이 있어야 해요."

그는 깊은 생각에 빠져들었다.

"그러한 비밀 의식이 개인적으로, 혹은 소모임 형태로 거행될 수도 있을까요?" 내가 주저하면서 물었다.

"그럼요, 가능한 일입니다." 그가 고개를 끄덕였다. "나는 이미 오래전부터 그런 의식을 벌이고 있어요. 내가 거행하는 예배의 형태는 혹시라도 사람들이 알게 되면 몇 년이고 감옥에 갇히게 될 수도 있어요. 하지만 그것이 아직은 진정한 형태가 아니라는 것도 알고 있어요."

그가 갑자기 내 어깨를 치는 바람에 나는 흠칫 놀랐다. "젊은 친구여." 그가 말했다. "당신에게도 비밀 의식이 있잖아요. 나는 당신이 분명 내게는 말해 주지 않는 꿈들을 꾸고 있다는 걸 알아요. 그 꿈들에 대해 굳이 알고 싶지는 않아요. 하지만 당신에게 이 말은 해 주고 싶어요. 그 꿈들을 살아 보라는 것입니다. 그 꿈들에서 당신의 역할을 연기해 보고, 꿈들을 위한 제단을 쌓도록 하세요! 그것이 아직은 완전하지는 않겠지만, 그래도 하나의 길이니까요. 언젠가 우리가, 당신과 나 그리고 몇몇 다른 사람이 세계를 혁신할 수 있을지는 차차 알게 되겠죠. 하지만 우리 안에서는 날마다 세계를 혁신해야 합니다. 그렇게 하지 않으면 우리는 아무 것도 아닌 존재가 될 뿐이죠. 잘 생각해 봐요! 당신은 이제 열여덟 살입니다, 싱클레어. 당신은 길거리의 여자들을 찾아가지 않아요. 당신은 분명 사랑에 대한 꿈을 꾸고, 사랑에 대한 욕구를 품고 있을 텐데 말이죠. 어쩌면 당신은 그 꿈들을 두려워하는 것일지도 모르겠군요. 두려워하지 말아요! 그 꿈들은 당신이 가지고 있는 최상의 것이니까요! 내 말을 믿어도 좋아요. 나는 당신 나이 때 내 사랑의 꿈들에 폭력을 가하는 바람에 많은 것을 잃어버렸어요. 누구도 그렇게 해서는 안 됩니다. 아브락사스에 대해 알게 된 사람이라면 더욱 그래서는 안 되죠. 우리 안의 영혼이 소망하

는 것은 그것이 무엇이든 두려워해서는 안 되고, 금지된 것으로
여겨져서도 안 됩니다."

나는 깜짝 놀라 이의를 제기했다. "하지만 우리에게 어떤 생각
이 떠오른다고 해도 무엇이든 행할 수는 없잖아요! 예를 들어 어
떤 사람이 역겹다고 해서 그 사람을 죽일 수는 없어요."

그는 내 쪽으로 더 가까이 다가왔다.

"어떤 특별한 상황에서는 허용될 수도 있어요. 다만 대체로는
살인은 오류일 뿐입니다. 나 역시 자신에게 떠오른 생각들은 무
엇이든 다 실행해야 한다고 말하려는 것은 아닙니다. 하지만 사
리에 맞는 타당한 착상들은 그냥 배척하거나 도덕적 잣대를 들이
대는 방식으로 해를 가해서는 안 됩니다. 자기 자신이나 어떤 타
인을 십자가에 못 박는 대신, 장엄한 사상이 가득 담긴 잔을 들이
마시면서 희생의 신비에 대해 생각해 볼 수 있습니다. 그런 행위
를 하지 않더라도 자신 속의 충동과 이른바 악한 유혹이라는 것
을 존중과 사랑으로 대할 수 있습니다. 그렇게 하면 충동과 유혹
은 그 진정한 의미를 드러낼 것입니다. 그것은 모두 의미가 있는
것이니까요. 싱클레어, 만약 또다시 정말로 미친 생각이나 죄가
될 만한 생각이 떠오르거든, 만약 누군가를 죽이고 싶다거나 지
독하게 음란한 짓을 하고 싶은 생각이 들거든, 그때는 당신 안에
서 그런 것을 떠올리게 하는 것이 아브락사스라는 사실을 잠시
기억하도록 하세요! 당신이 죽이고 싶어 하는 대상은 결코 그냥
아무개 씨(某氏)가 아닙니다. 그 사람은 분명 위장한 존재에 불과
해요. 우리가 어떤 사람을 증오한다면, 우리가 그의 형상에서 미

워하는 것은 우리 자신 안에 있는 무엇이기도 합니다. 우리 자신 안에 존재하지 않는 것은 그 어떤 것이든 우리를 흥분시키지 않으니까요."

피스토리우스의 말이 이렇게 나의 가장 내밀한 곳까지 적중하면서 깊이 파고든 적은 여태껏 없었다. 나는 어떤 대답도 할 수 없었다. 그런데 가장 강렬하고도 기이하게 나를 감동시킨 것은, 피스토리우스의 이러한 권고가 내가 수년 전부터 내 안에 간직하고 있던 데미안의 말과 일치한다는 사실이었다. 두 사람은 서로에 대해 전혀 알지 못했지만, 내게 똑같은 이야기를 해 준 것이었다.

"우리가 눈으로 보는 것들은 우리 안에 있는 것과 같습니다." 피스토리우스가 나지막하게 말했다. "우리 내면의 현실 외에 다른 현실은 없습니다. 사람들 대부분이 그토록 비현실적인 삶을 사는 것은 그 때문인 거죠. 그들은 외부의 형상들을 현실이라고 여기고, 자기 안의 고유한 세계가 발언할 기회를 전혀 주지 않습니다. 그렇게 살면서 행복할 수도 있습니다. 하지만 다른 길이 있다는 것을 알게 된다면, 사람들 대다수가 가는 길을 더는 선택하지 않게 됩니다. 싱클레어, 사람들 대다수가 가는 길은 쉬운 일이고, 우리의 길은 힘든 길입니다. 그 길을 가 봅시다."

내가 두 번이나 그를 기다렸다가 허탕을 치고 나서 며칠이 지난 어느 날, 나는 늦은 저녁 시간에 길거리에서 그와 마주쳤다. 그는 차가운 밤바람에 나부끼듯 혼자서 모퉁이를 돌고 있었는데, 비틀거리는 걸음이었고 잔뜩 취한 상태였다. 나는 그를 부르고 싶지 않았다. 그는 나를 보지 못하고 지나쳤다. 고독한 눈빛을 이글거리며 자기 앞을 응시하고 가는 모습은 마치 미지의 세계로부터 어두운 부름을 받아 따라가는 것만 같았다. 나는 그 길이 끝나는 지점까지 그의 뒤를 따라가 보았다. 그는 보이지 않는 철삿줄에 이끌리듯 걸어가고 있었는데, 마치 유령인 것처럼 열광적이면서도 흐느적거리는 걸음걸이였다. 나는 슬픔에 잠긴 채 집으로, 실현되지 못한 나의 꿈들로 되돌아왔다.

'저 사람은 저런 방식으로 자신 안의 세계를 혁신하고 있는 걸까!' 나는 이런 생각이 들었지만, 바로 그 순간 이러한 생각이 저열하고 도덕적인 평가라고 느껴졌다. 그의 꿈들에 대해 내가 무엇을 알겠는가? 어쩌면 그는 만취 상태에서도 내가 전전긍긍하며 걷는 것보다 더 안전한 길을 걷고 있을 것이다.

수업 시간 사이 쉬는 시간에 내가 한 번도 주목하지 않던 동급생 하나가 내게 접근하려고 애쓰는 모습이 이따금 눈에 띄었다. 작은 키, 허약해 보이는 마른 체형, 붉은빛을 띠면서도 숱이 적은 금발의 소년이었는데, 그의 눈길과 행동에는 좀 특이한 구석이 있었다. 어느 날 저녁, 내가 집에 돌아가는데 그는 골목에 숨어 나를 기다렸고, 우선은 내가 지나쳐도 가만히 있더니 이내 내 뒤를 따라와서 우리 집 현관문 앞에 멈춰 섰다.

"나한테 무슨 용건이 있어?" 내가 물었다.

"그냥 너와 이야기를 좀 해 보고 싶어." 그가 수줍게 말했다. "부탁인데, 잠깐 함께 걸었으면 해."

나는 그를 따라가면서, 녀석이 굉장히 흥분한 상태이고 기대에 가득 차 있다는 것을 느꼈다. 그는 두 손을 떨고 있었다.

"너는 혹시 심령론*자야?" 그가 갑작스럽게 물었다.

"아냐, 크나우어." 내가 웃으며 말했다. "전혀 그렇지 않아. 어떻게 그런 생각을 하게 되었지?"

"그러면 혹시 신지학(神智學)† 신봉자?"

"그것도 아니야."

"아, 너무 그렇게 은밀하게 감추려고 하지 마! 나는 네가 뭔가 특별한 구석이 있다는 것을 느낄 수 있단 말야. 네 눈에 그것이 담겨 있어. 나는 네가 어떤 영적인 존재들과 교류한다고 확신하고 있어. 그저 호기심에서 묻는 게 아니야, 싱클레어, 그게 아니라고! 나 자신도 구도자란 말이야, 알겠어? 그리고 너무 고독하다고."

"계속 말해 봐!" 나는 그를 격려했다. "영들에 관해서는 나는 아무것도 알지 못해. 그런데 내 꿈속에서 살고 있고, 그것이 너의 주의를 끌었던 모양이구나. 다른 사람들 역시 꿈속에서 살지만, 그들 자신의 꿈속에 사는 것은 아니야. 그게 차이점이야."

"그래, 어쩌면 그런 거겠지." 그가 속삭였다. "중요한 것은 다만 어떤 종류의 꿈을 꾸면서 살아가는가 하는 거겠지. 너는 혹시 백

---

* 심령이 물질세계를 지배하여 기괴하고 비상식적인 현상을 일으킨다고 믿는 이론이나 학설.

† 신비로운 체험이나 특별한 계시를 토대로 신의 심오한 본질 따위를 추구하는 철학적, 종교적 사상을 통틀어 이르는 말이다.

색 마법[‡]에 대해 들어 본 적이 있어?"

나는 듣지 못했다고 답할 수밖에 없었다.

"말하자면 자기 자신을 제어하는 법을 수련하는 거야. 그러면 불사의 존재가 될 수도 있고, 마법을 부릴 수도 있어. 너는 그런 연습을 한 번도 해 본 적이 없어?"

호기심이 생겨 어떤 연습인지 물어보자, 처음에는 그것이 무슨 중요한 비밀인 양 굴다가 내가 그냥 가려고 돌아서자, 그가 겨우 이야기를 꺼냈다.

"이를테면 나는 잠들고 싶거나 정신 집중을 하고 싶을 때, 그런 연습을 시도하지. 우선 무언가를 떠올려 보는 거야. 이를테면 어떤 단어나 이름 또는 기하학 도형 같은 것을 떠올리지. 그리고 있는 힘을 다해 그것을 내 안으로 밀어 넣는 거야. 그것이 내 머릿속에 있다고 느끼게 될 때까지 내 머릿속에서 끈질기게 그것을 상상하는 거야. 그다음에는 생각을 통해 그것을 목구멍으로 밀어 넣고, 그런 식으로 내 온몸이 그것으로 가득 채워질 때까지 계속하는 거야. 그러면 나는 완전히 견고해지고, 그 어떤 것도 나를 평온한 상태에서 벗어나게 할 수가 없어."

나는 그의 말이 어느 정도 이해되었다. 하지만 그가 하고 싶은 말이 따로 있다는 느낌을 받았다. 그는 이상할 정도로 흥분한 상

---

‡ 전통적으로 사심 없는 목적을 위해 초자연적인 힘이나 마법을 사용하는 것으로 악의적인 '흑마술'의 대응물로 여겨진다.

태였고 조바심을 냈다. 나는 그가 쉽게 질문을 꺼낼 수 있도록 도왔고, 그는 이내 자신의 본래 관심사를 털어놓았다.

"혹시 너도 금욕을 연습해?" 그가 조금 겁먹은 목소리로 내게 물었다.

"무슨 말이야? 성적인 금욕 말이야?"

"그래, 맞아. 나는 그 가르침을 알고 나서 두 해 전부터 지금까지 계속 금욕을 실행하고 있거든. 그러기 전에는 악덕을 저질렀지. 그게 무슨 말인지는 너도 알겠지. 그러니까 너는 여자랑 한 번도 자 본 적이 없다는 거야?"

"없어." 내가 말했다. "내게 맞는 여자를 찾지 못했거든."

"너의 이상에 부합하는 여자를 찾게 되면 같이 잘 거야?"

"그럼, 당연하지. 그 여자가 반대하지 않는다면 말이야." 나는 약간 비꼬는 말투가 되었다.

"오, 그렇게 되면 너는 잘못된 길을 가는 거야! 만약 네가 내면의 힘을 기르려고 한다면 완전히 금욕하는 것 외에는 다른 방법이 없거든. 나는 지난 두 해 동안 그렇게 해 왔어. 두 해 하고도 한 달이 조금 넘었지! 정말 힘든 일이야! 이따금 나는 거의 참을 수 없는 지경이 되기도 해."

"이봐, 크나우어, 나는 금욕이 그 정도로 엄청나게 중요하다고는 생각하지 않아."

"나도 알아." 그가 방어적인 태도를 보였다. "다들 그렇게 말하지. 하지만 너한테서도 그런 말을 들을 줄은 몰랐어. 더 높은 정신의 길을 가려는 자라면 누구나 순결을 유지해야 하거든. 반드시 그래야 해!"

"그럼, 그렇게 하라고! 하지만 자신의 성적인 충동을 억압하는 사람이 다른 사람보다 어째서 더 '순결'하다는 것인지 나는 이해할 수가 없어. 아니면 너는 모든 생각과 꿈속에서조차 성적인 것을 배격할 수 있다는 거야?"

그는 절망적인 눈길로 나를 바라보았다.

"아니, 그게 안 된다고! 젠장, 그렇지만 순결해야 해. 밤이면 꿈을 꾸는데 나 자신한테도 말할 수 없는 그런 꿈을 꾼단 말이야! 정말 끔찍한 꿈을 꾼다고! 알겠어?"

나는 피스토리우스가 내게 해 준 말이 생각났다. 하지만 그의 말이 아무리 옳다고 해도 그 말을 여기서 그대로 전해 줄 수는 없었다. 나 자신의 경험에서 나오지 않은 것, 아직은 나 자신조차 제대로 따를 수 없는 충고를 그대로 해 줄 수는 없는 일이었다. 나는 침묵했다. 그러면서 누군가가 내게 조언을 구하고 있는데, 어떤 충고도 해 줄 수 없는 나 자신이 한심하게 여겨졌다.

"나는 모든 것을 시도해 봤어!" 크나우어가 내 옆에서 한탄을 늘어놓았다. "냉수욕, 눈[雪], 체조, 달음박질 등 사람이 할 수 있는 것은 다 시도해 봤어. 그런데 그런 것이 전부 소용없었어. 밤마다 나는 생각하기에도 망측한 꿈을 꾸다가 깨어나지. 그리고 정말 끔찍한 것은, 그것으로 인해 내가 정신적으로 배웠던 모든 것을 점차 잃어 가고 있다는 거야. 나는 이제 정신을 집중하는 일이나 잠드는 일도 거의 할 수 없게 되었어. 밤새 잠들지 못하고 깨어 있는 때가 많아. 나는 이런 상황을 결코 오래 견딜 수 없을 거야.

그런데 만약 내가 결국 이 싸움을 이겨 낼 수가 없다면, 만약 내가 굴복하고 다시 자신을 더럽히게 된다면, 결국 나는 처음부터 어떤 투쟁도 하지 않은 다른 사람들보다 더 나쁜 자가 되겠지. 무슨 말인지 이해하겠어?"

나는 고개를 끄덕이기는 했지만, 어떤 말도 해 줄 수 없었다. 나는 그가 점차 지루해지기 시작했다. 그러면서 그가 분명 위기에 처해 있고 절망하고 있는데도 더 깊은 인상을 받지 못하는 나 자신이 경악스러웠다. 내가 느낀 것은 다만 '난 너를 도와줄 수가 없어'라는 것이었다.

"그러니까 너는 어떤 조언도 해 줄 수 없다는 거지?" 마침내 그가 지치고 슬픈 목소리가 되어 말했다. "전혀 없어? 하지만 분명히 길이 있겠지! 너는 도대체 어떻게 하고 있어?"

"나는 너한테 어떤 조언도 해 줄 수 없어, 크나우어. 그것은 누가 누구를 도울 수 있는 문제가 아니야. 나 역시 그 누구의 도움도 받지 못했어. 너는 너 자신에 대해 성찰해 봐야 하고, 그러고 나서 너의 진정한 본성에서 우러나오는 것을 행해야만 해. 그것 외에 다른 방법은 없어. 만약 너 자신을 발견하지 못한다면, 너는 다른 어떤 영들도 발견할 수 없을 거야. 나는 그렇게 생각해."

그 왜소한 친구는 실망한 표정이 되어 갑자기 입을 다물고는 나를 바라보았다. 그러더니 그의 시선은 느닷없이 증오로 이글거렸고, 그는 얼굴을 찡그리면서 분노에 차서 소리쳤다. "아, 너는 참 훌륭한 성자로구나! 하지만 네게도 너만이 저지르는 악행이 있겠지, 나는 그것을 안다고! 너는 무슨 현자인 양 굴고 있지만,

나나 다른 사람들 모두가 행하는 더러운 짓거리에 남몰래 매달려 있잖아! 너는 돼지야, 나와 다를 바 없는 돼지. 우리는 모두 다 돼지라고!"

나는 그를 내버려둔 채 그곳을 떠났다. 그는 두세 걸음 내 뒤를 따라오는가 싶더니, 걸음을 멈추고 몸을 돌려 달아났다. 나는 동정과 혐오의 감정이 동시에 몰려와 역겨운 기분이 되었다. 숙소로 돌아와 나의 작은 방에서 내 주위로 몇 장의 그림을 세워 놓고 온갖 열망을 다해 나 자신의 꿈들에 빠져들고 나서야, 나는 그 거북한 감정을 떨쳐 버릴 수 있었다. 곧바로 우리 집 현관문과 문장, 어머니와 미지의 여인에 관한 나의 꿈이 다시 찾아왔다. 이번에는 그 여인의 표정이 너무나 또렷하게 보여서 그날 저녁에 나는 당장 그녀의 모습을 그리기 시작했다.

마치 꿈속에서처럼 날마다 십오 분씩 거의 무의식 상태가 되어 그려 낸 그 그림은 며칠 만에 완성되었다. 저녁 무렵에 나는 완성된 그림을 내 방의 벽에 걸어 놓고 탁상 램프를 그 앞으로 가져간 다음, 마치 결판이 날 때까지 내가 씨름을 벌여야 하는 어떤 유령을 마주하듯 그림 앞에 섰다. 그림 속 얼굴은 이전에 그렸던 얼굴과 비슷했고, 나의 친구 데미안의 얼굴과도 닮았는데, 몇 가지 윤곽을 보면 나 자신과도 닮은 얼굴이었다. 한쪽 눈이 다른 쪽 눈보다 눈에 띄게 위로 올라가 있었고, 운명으로 가득 찬 시선은 나를 넘어 어딘가 먼 곳을 응시하고 있었다.

나는 그림 앞에 서 있었고, 내적인 긴장으로 인해 가슴속까지 오싹해졌다. 나는 그림을 향해 질문을 던지고, 그것을 비난하고,

그것을 애무하고, 그것을 향해 기도했다. 나는 그 그림을 어머니라고 불렀고, 연인이라고 불렀으며, 창녀이자 매춘부라고 불렀고, 또한 아브락사스라고 불렀다. 그러는 사이에 피스토리우스가 내게 해 준 말이 떠올랐다. 아니면 데미안의 말이었던가? 그 말을 언제 들었는지 기억나지 않았지만, 그 말이 지금 다시 들리는 것 같았다. 그것은 야곱이 하나님의 천사와 벌였던 씨름에 관한 말이었다. "당신이 나를 축복하지 않으면 내가 당신을 놓아주지 않겠습니다."*

작은 램프의 불빛에 비친 그림 속의 얼굴은 내가 부를 때마다 그 모습이 계속 바뀌었다. 그 얼굴은 환하게 빛나기도 하고, 어둡고 음울해지기도 했으며, 생기를 잃은 두 눈망울 위로 창백한 눈꺼풀을 닫았다가 다시 눈을 뜨고, 이글거리는 눈빛으로 쏘아보기도 했다. 그것은 여자이기도 하고 남자이기도 했고, 소녀이기도 하고 작은 아이이기도 했으며, 또 동물이기도 한 얼굴이었다. 그것은 점점 해체되어 하나의 얼룩이 되었다가 다시 커지면서 윤곽이 뚜렷해졌다. 마침내 나는 강력한 내면의 부름에 따라 두 눈을 감았고, 그러면서 그림이 이제 내 안에서 더 강하고 더 힘 있는 형상이 되는 것을 보았다. 나는 그림 앞에 무릎을 꿇고자 했지만, 내 안에 너무 깊숙이 들어온 탓에 마치 그림이 온전히 나의 자아가 된 듯 나 자신과 그림을 분리할 수 없었다.

---

* 성경(구약)의 창세기 32장 26절에 나오는 내용이다.

그때 초봄의 폭풍 소리처럼 어둡고 묵직하게 몰아치는 소리가 들렸다. 나는 두려움과 체험이라는 형용할 수 없는 새로운 감정을 느끼며 전율했다. 별들이 내 눈앞에서 반짝 빛을 발하다가 사라져 갔다. 이미 까맣게 잊어버렸던 첫 유년 시절까지 거슬러 올라가는 기억들, 심지어 태어나기 전의 실존과 진화의 초기 단계까지 거슬러 올라가는 기억들이 되살아나 물밀듯이 나를 스쳐 지나갔다. 그런데 나의 삶 전체를 가장 은밀한 부분까지 관통하며 반복하는 듯한 그 회상들은 어제와 오늘의 시간에서 멈추지 않았다. 그 회상들은 더 나아가 미래까지 비추면서, 나를 현재로부터 떼어 내어 새로운 삶의 형식 속으로 이끌어 갔다. 그 새로운 삶의 형상들은 너무나 밝고 눈부신 것이었지만, 나중에는 그중 어느 것도 제대로 기억나지 않았다.

그러다가 밤중이 되었을 때 깊은 잠에서 깨어났다. 나는 옷을 입은 채로 침대 위에 비스듬히 누워 있었다. 등불을 밝히면서 무언가 중요한 일을 기억해 내야 한다고 느꼈지만, 지난 몇 시간 동안의 일이 전혀 생각나지 않았다. 등불을 밝히고 나자 점차 기억이 살아났다. 나는 그림을 찾아보았다. 그런데 그것은 이제 벽에 걸려 있지 않았고, 책상 위에도 보이지 않았다. 그제야 내가 그림을 불에 태운 기억이 어렴풋이 났다. 아니면 내가 그림을 손에 들고 태우고 난 후 그것의 재를 먹은 것이 혹시 꿈이었던가?

온몸에 경련을 일으키는 커다란 불안이 나를 내몰았다. 무엇에 강제로 내몰리는 듯, 나는 모자를 쓰고 집에서 나와 골목길을 지나갔고, 마치 폭풍에 떠밀려 다니듯 여러 거리와 광장을 이리저리 떠돌아다녔다. 지금은 어둠에 잠겨 있는 내 친구의 교회 앞에서 잠시 걸음을 멈추고 귀를 기울이기도 했다. 어두운 충동에 사로잡힌 채 나는 무엇을 찾는지도 모르면서 찾고 또 찾았다. 그러다가 교외의 어느 사창가를 지나치게 되었다. 그곳에는 아직 여기저기 불이 켜져 있었다. 더 멀리 도시의 외곽까지 나가니 신축 중인 건물들과 벽돌 무더기가 보였다. 공사장은 군데군데 우중충한 잿빛 눈에 덮여 있었다. 낯선 충동에 이끌려 마치 몽유병자처럼 그 황량한 곳을 헤매고 있노라니 어릴 적에 나를 괴롭히던 크로머가 처음 돈을 뜯어내려고 나를 끌고 갔던 고향 소도시의 신축 공사장이 생각났다. 그와 비슷한 건물이 이 잿빛 밤에 지금 내 눈앞에 서 있었고, 시커멓게 비어 있는 문간 부분이 나를 향해 입을 벌리고 있었다. 안쪽에서 무엇인가가 나를 끌어당기는 듯했고, 나는 그 상황을 피하려다가 모래와 쓰레기 더미에 걸려 비틀거렸다. 하지만 나를 잡아당기는 충동이 더 강했기에 나는 그 안으로 들어가지 않을 수 없었다.

널빤지와 깨진 벽돌을 넘어 비틀거리면서 그 황량한 공간에 들어섰다. 안에서는 축축한 냉기와 젖은 돌들의 음산한 냄새가 풍겼다. 그곳에는 쌓아 놓은 모래 더미 하나가 잿빛 얼룩처럼 눈에 들어올 뿐, 그 밖에는 모든 것이 어두컴컴했다.

그때 갑자기 누군가가 깜짝 놀란 목소리로 나를 불렀다. "세상에, 싱클레어, 어디서 오는 거야?"

내 옆의 어둠 속에서 한 사람이 몸을 일으켰다. 체구가 작고 깡마른 소년으로 유령 같은 모습이었다. 나는 머리카락이 쭈뼛 곤

두셨지만, 그가 내 동급생인 크나우어라는 것을 알아보았다.

"여기는 어떻게 온 거야?" 그가 흥분해서 어쩔 줄 몰라 하며 물었다. "너는 어떻게 나를 찾아낼 수 있었어?"

나는 그의 말을 이해할 수 없었다.

"나는 너를 찾아다니지 않았어." 내가 어리둥절한 표정으로 대답했다. 한마디 한마디가 내게는 힘이 들었고, 얼어붙은 듯 무감각해진 무거운 입술에서 간신히 새어 나왔다.

그가 나를 뚫어져라 응시했다.

"나를 찾지 않았다고?"

"그래, 나는 무언가에 이끌려 이곳에 온 거야. 네가 나를 불렀어? 네가 나를 부른 것이 분명하구나. 여기서 도대체 뭐 하고 있어? 지금은 한밤중이잖아!"

그는 앙상한 두 팔로 경련하듯이 나를 얼싸안았다.

"그래, 밤이 깊었어. 조금 있으면 분명 아침이 밝아오겠지. 오, 싱클레어, 너는 나를 잊지 않았구나! 나를 용서해 줄 수 있겠어?"

"도대체 무엇을 용서하라는 거야?"

"아, 내가 너무 못되게 굴었잖아!"

그제야 나는 우리가 나누었던 대화가 생각났다. 그것은 나흘 전, 아니 닷새 전의 일이었던가? 그때 이후로 한평생이 흘러간 것 같았다. 하지만 이제 갑자기 모든 것이 분명해졌다. 우리 사이에 있었던 일뿐만 아니라, 내가 왜 이곳에 왔는지, 또 크나우어는 이곳 교외에서 무엇을 하려고 했는지도.

"그러니까 너는 목숨을 끊으려 했구나, 크나우어?"

그는 추위와 두려움으로 몸을 덜덜 떨었다.

"맞아, 그러려고 했어. 그런데 내가 정말로 해낼 수 있었을지는 모르겠어. 아침이 될 때까지 기다릴 참이었거든."

나는 그를 건물 바깥으로 데리고 나왔다. 잿빛 하늘을 배경으로 멀리 지평선에서는 첫 아침 햇살이 말할 수 없이 차갑고도 무심한 빛을 발하고 있었다.

나는 크나우어의 팔을 잡고 한동안 더 걸어갔다. 내 안에서 이런 말이 흘러나왔다. "너는 이제 집으로 돌아가는 거야! 그리고 이번 일은 그 누구에게도 이야기하지 마! 너는 잘못된 길로 들어섰던 거야, 잘못된 길로! 그리고 우리는 네가 생각하듯 돼지 같은 존재가 아니야. 우리는 인간이야. 우리는 신들을 만들어 내고, 신들과 씨름하고 있고, 신들은 우리를 축복해 주고 있어!"

우리는 말없이 더 걷다가 헤어졌다. 내가 숙소에 도착했을 때는 이미 날이 환하게 밝아 있었다.

그 성 ***시에서 지내던 시절에 내게 일어났던 가장 좋은 일은 피스토리우스의 오르간 연주를 듣거나 벽난로 불 앞에서 그와 함께 보낸 시간이었다. 우리는 함께 아브락사스에 관한 그리스어 텍스트를 하나 읽었다. 그는 '베다 경전'*의 번역본 중에서 일부

---

* 힌두교의 가장 오래된 경전들을 일컫는 것으로 『리그베다』, 『야주르베다』, 『사마베다』 등 여러 권으로 구성되어 있으며, 찬송, 의식, 신화, 철학 등의 내용을 담고 있다.

구절을 내게 읽어 주었고, 신성한 음절 '옴[†]'을 발화하는 법도 가르쳐 주었다. 하지만 내 내면의 삶을 강화하는 데 도움을 준 것은 이와 같은 학식이 아니었다. 오히려 그 반대의 것이었다. 나에게 도움이 되었던 것은, 나 자신을 발견하는 일에서 진보하고 있다는 자각이었다. 그리고 나 자신의 꿈과 생각과 예감에 대한 신뢰가 점점 자라나고, 내 안에 잠재한 힘에 대한 지식이 점점 늘어난 것이었다.

피스토리우스와 나는 어떤 식으로든 잘 통했다. 정신을 강렬하게 집중하고 그를 생각하기만 하면, 그가 직접 내게로 오거나 아니면 그에게서 안부 인사가 온다는 것을 나는 확신할 수 있었다. 그가 그 자리에 없더라도 나는 데미안에게 그럴 수 있었던 것처럼 그에게 무엇인가를 물어볼 수 있었다. 나는 그저 그를 분명하게 떠올리면서 나의 질문을 응축된 생각의 형태로 그에게 보내기만 하면 되었다. 그러면 질문 속에 쏟아부은 모든 영혼의 힘이 대답이 되어 내게로 되돌아왔다. 다만 그때 내가 떠올렸던 형상은 피스토리우스라는 인물도 아니었고, 막스 데미안도 아니었다. 내가 떠올린 것은 오히려 내가 꿈꾸고 그림으로 그렸던 형상이었다. 내가 불러내야 했던 형상은 남자이기도 하고 여자이기도 한, 나의 다이몬의 꿈속 형상이었다. 그 형상은 이제 내 꿈속이나 종이 위에 그려진 상태로만 존재하지 않았고, 내 안에서 하나의 이

[†] 브라만교, 불교, 힌두교에서 모든 소리 가운데 가장 신성한 음절로 여겨지는 소리.

상이자 나 자신의 고양된 이미지로서 존재했다.

자살에 실패한 크나우어가 나하고 맺은 교우 관계는 독특하면서도 가끔은 우스꽝스러웠다. 내가 무엇인가에 이끌려 그를 찾아 나섰던 날 밤 이후로 그는 충실한 하인이나 개처럼 내게 매달렸다. 그는 자신의 삶을 어떻게든 나의 삶에 연결하려 했으며, 맹목적으로 나를 따랐다. 그는 기이하기 짝이 없는 질문들과 소망들을 품고 나를 찾아왔고, 영들을 보는 자가 되고자 했으며, '카발라*'를 배우고 싶어 했다. 내가 그 모든 것에 대해 아무것도 알지 못한다고 힘주어 말해도 내 말을 믿으려 들지 않았다. 그는 나에게 무슨 능력이든 있다고 믿었다. 그런데 정말 신기한 일은, 그가 기이하고도 바보 같은 질문들을 들고 나를 찾아올 때는 마침 나도 내 안의 어떤 매듭을 풀어야 할 상황일 때가 많았고, 그의 변덕스러운 착상과 관심사가 내게 그 매듭을 풀 수 있는 단서와 계기를 얻게 해 줄 때가 많았다는 점이다. 그가 귀찮게 느껴져서 위압적으로 그를 쫓아 버린 적도 많았지만, 그래도 나는 그 친구 역시 내게 보내진 존재라는 것, 내가 그에게 준 것은 무엇이든 두 배가 되어 내게로 돌아온다는 것, 그 역시 내게는 하나의 인도자, 하나의 길이라는 것을 느꼈다. 그가 구원을 얻기 위해 읽었다면서 내게 가져다준 기이한 책들과 문헌들은 내가 당장 통찰할 수 있는

---

* 유대교의 신비주의를 일컫는 말로 신, 인간, 세계의 속성 및 그들 사이의 관계 따위에 대해 설명하는 사상적 체계 내지는 그 가르침을 따르는 교파를 말한다.

수준 이상의 것을 내게 가르쳐 주었다.

이렇게 나와 동행하던 크나우어는 나중에 내가 알아차리지도 못하는 사이에 나의 길에서 자취를 감추었다. 그 녀석과는 어떤 단호한 대결을 벌일 필요가 없었다. 하지만 피스토리우스의 경우는 달랐다. 이 친구와 나는 성 ***시에서 학창 시절이 끝나갈 무렵에 다시 한번 독특한 일을 체험했다.

아무리 악의 없는 사람이라도 살아가면서 경건함의 미덕, 감사함이라는 미덕과 한 번 내지는 몇 번 갈등하게 되는 상황은 거의 피할 수 없다. 누구나 언젠가는 자신의 아버지, 자신의 스승과 같은 존재들로부터 분리되는 걸음을 내디뎌야 한다. 누구나 고독의 혹독함을 어느 정도 느껴 보아야 한다. 비록 대부분의 사람은 그것을 제대로 견뎌 내지 못하고 곧바로 다시 어딘가로 숨어들기 마련이지만 말이다. 나는 부모님과 그들의 세계, 내 어린 시절의 '밝은 세계'로부터 격렬한 투쟁을 벌이며 분리된 것은 아니었지만, 서서히 그리고 눈에 띄지 않게 거기서 멀어졌고, 더욱 낯선 존재가 되어 갔다. 그것은 마음 아픈 일이었고, 그 때문에 고향을 방문하는 시간이 종종 쓸쓸하기까지 했다. 하지만 그 쓰라림은 심장을 파고드는 정도는 아니었고, 그럭저럭 견딜 만했다.

그러나 우리 삶에는 습관을 따라서가 아니라 우리 자신에게서 나오는 진정한 충동에 따라 사랑과 경외를 바친 경우, 우리가 진정으로 제자이고 친구가 된 경우가 있다. 이런 경우에는 우리 안의 주도적인 흐름이 이제 그 사랑하는 사람에게서 멀어지려 한다는 사실을 갑자기 알아차리게 되면, 그것은 비통하고 두려운 순간이 된다. 그럴 때는 친구이자 스승을 배척하려는 생각 하나하나가 독침이 되어 우리의 심장을 겨누고, 방어하려고 내두르는 주먹질 하나하나가 자신의 얼굴을 때리는 타격이 된다. 그렇게 되면 자기 안에 나름의 도덕을 품고 있는 사람은 '배신'과 '배은망덕'이라는 단어를 수치스러운 외침과 낙인과 같은 것으로 떠올리게 된다. 이제 깜짝 놀란 심장은 겁에 질려 어린 시절의 사랑스러운 미덕의 골짜기로 도망치고, 어떻게든 결별이 이루어져야 하고 이러한 인연 역시 끊어져야 한다는 사실을 믿을 수 없게 된다.

시간이 흐르면서 내 안에서는 친구 피스토리우스를 무조건 나의 인도자로 받아들이는 것에 대해 저항하는 감정이 서서히 생겨났다. 내 청소년기 중 가장 중요한 몇 달 동안 내가 경험했던 것은 무엇보다 그와의 우정, 그의 충고, 그의 위안, 그와의 친밀한 관계였다. 그를 통해 신이 내게 말을 했다. 그의 입을 통해 나의 꿈들이 설명되고 해석되어 내게로 되돌아왔다. 그는 나 자신에게로 나아갈 수 있는 용기를 선사해 주었다. 아, 그런데 이제 나는 그에 대한 저항이 서서히 자라나는 것을 느꼈다. 그의 말에는 너무 많은 훈계가 담겨 있고, 그가 나의 일부분만 제대로 이해하고 있다고 느낀 것이다.

그렇다고 우리 사이에 어떤 다툼이나 불쾌한 장면이 있었던 것도 아니었고, 절교를 선언하거나 어떤 담판을 벌인 일조차 없었다. 나는 단지 그에게 오직 한마디, 사실상 악의가 없는 한마디를 했을 뿐이다. 하지만 바로 그 순간, 우리가 공유했던 환상 하나가 색색의 조각으로 부서졌다.

그 예감은 벌써 한참 전부터 나를 짓누르고 있었다. 그것이 뚜렷한 감정으로 바뀐 것은 어느 일요일 그의 낡은 서재에서였다. 우리는 벽난로 불 앞의 바닥에 엎드려 있었다. 그는 자신이 탐구하고 있던 신비한 제의들과 종교 형태들에 관한 이야기를 들려주었다. 그는 그것들을 탐구하고 숙고하면서 그것들의 미래가 어떻게 될 것인가 하는 문제에 몰두해 있었다. 그런데 내게는 그 모든 것이 생사를 결정하는 중요한 문제라기보다는 오히려 진기하고 흥미로운 일 정도로 보였다. 내게는 그 모든 것이 지식인의 현학 같은 것, 과거 세계의 잔해들을 들춰내는 피곤한 탐색 같은 것으로 여겨졌다. 그래서 그 모든 방식, 그 모든 신화적 내용의 숭배, 전승된 신앙 형태들을 이리저리 끼워 맞추는 모자이크 놀이에 대해 불현듯 나는 거부감을 느꼈다.

"피스토리우스." 내가 불쑥 입을 열었다. 나 자신이 깜짝 놀랄 만큼 악의가 담긴 말투였다. "내게 다시 한번 꿈 이야기나 해 줘야겠어요. 당신이 밤에 꾸었던 진짜 꿈 이야기 말입니다. 당신이 지금 하는 그런 이야기는 뭐랄까, 지독히 고리타분해요!"

그는 내가 이런 식으로 말하는 것을 한 번도 들어 본 적이 없었다. 그 말을 뱉는 순간 나 자신의 뇌리에서도 수치심과 당혹감이 번개처럼 내리치는 듯했다. 내가 지금 발사해 그의 심장을 명중시킨 화살은 다름 아닌 그의 무기고에서 꺼내 온 것이라는 자각이 뇌리를 스쳤기 때문이다. 나는 또한 그가 가끔 반어적인 어투로 쏟아 내던 자아 비판적인 비난을 이제 사악하게도 더 날카롭게 벼려서 내가 그에게 내던졌음을 알아차렸다.

그는 즉시 그것을 알아차리고는 곧바로 입을 다물었다. 나는 속으로 두려워하면서 그를 바라보았다. 그가 무섭도록 창백해지는 모습이 눈에 들어왔다.

한참 동안 무거운 침묵이 흐른 후, 그가 불 속에 새 장작을 던지면서 조용히 말했다. "당신 말이 전적으로 옳아요, 싱클레어. 당신은 아주 똑똑한 친구요. 이제는 그런 고리타분한 이야기로 당신을 성가시게 하지 않을 거요."

그는 아주 평온하게 말했으나, 나는 그의 목소리에서 그가 받은 상처의 고통을 분명히 느낄 수 있었다. 대체 내가 무슨 짓을 한 것인가!

나는 눈물이 날 것만 같았다. 진심으로 그에게 다가가 용서를 구하고 싶었고, 나의 사랑과 애정 어린 감사를 그에게 확인시켜 주고 싶었다. 어떤 감동적인 말들이 떠올랐다. 하지만 나는 그 말을 내뱉을 수 없었다. 나는 그저 거기 엎드린 채 불을 바라보며 침묵할 뿐이었다. 그도 역시 말이 없었다. 그렇게 우리는 엎드려 있었고, 그사이 장작불이 다 타서 무너져 내렸다. 난로 속에서 불꽃 하나하나가 타닥거리며 사그라질 때마다 다시는 돌아오지 않을 어떤 아름답고 친밀한 것이 사그라지고 사라져 버리는 느낌이 들었다.

"제 말을 오해할까 봐 걱정됩니다." 마침내 내가 아주 위축된 채 건조하고 잠긴 목소리로 말했다. 나의 어리석고 의미 없는 말은 마치 신문의 연재소설을 소리 내어 읽는 것처럼 내 입술에서 기계적으로 흘러나왔다.

"나는 당신이 한 말을 아주 잘 이해했어요." 피스토리우스가 나지막한 목소리로 말했다. "사실 당신 말이 맞아요." 그는 잠시 기다렸다가, 천천히 다시 말을 이어 갔다. "한 인간이 다른 사람에 맞서 옳다고 할 수 있는 만큼 옳다고 할 수 있어요."

'아니, 그렇지 않아요!' 내 안에서는 이러한 외침이 있었다. '내가 틀렸다고요!' 그러나 나는 아무 말도 할 수 없었다. 단 한마디로 내가 그의 본질적인 약점, 그의 고뇌와 상처를 지적했음을 알았기 때문이다. 그 자신도 분명 의심하지 않을 수 없었던 그 지점을 내가 건드린 것이다. 그의 이상은 '고리타분'했고, 그는 과거를 탐구하는 자이자 낭만주의자였다. 그러면서 내가 불현듯 깊이 깨달은 바가 있었다. 피스토리우스가 내게 해 주었던 역할, 그리고 그가 내게 주었던 바가 있으나, 그는 정작 자기 자신에게는 그렇게 해 줄 수 없었다는 것이다. 그는 나를 어떤 길로 이끌었는데, 그것은 정작 인도자인 그 자신까지도 뛰어넘고 떠나가야 했던 길이다.

어쩌다가 내가 그런 말을 내뱉게 되었는지는 정말 모를 일이었다! 절대로 나쁜 의도에서 한 말은 아니었고, 그것이 파국을 불러올 것이라고는 전혀 예감하지 못했다. 그 말을 내뱉는 순간에도 내가 무슨 말을 하는지 전혀 의식하지 못하고 내뱉은 것이었다. 나는 약간은 재치 있고 약간은 심술궂은 어떤 사소한 착상에 굴복한 것뿐인데, 그것이 운명이 되어 버렸다. 나는 사소한 부주의로 거친 언행을 보였는데, 그에게는 그것이 심판이 되어 버렸다.

아, 그 당시에 나는 그가 화를 내고, 자신을 변호하며, 내게 고함이라도 지르기를 얼마나 간절히 바랐던가! 하지만 그는 전혀 그렇게 행동하지 않았다. 그 모든 것은 내 안에서 스스로 해야만 했다. 그는 할 수만 있었다면 미소를 지어 보였을 것이다. 하지만 미소조차 짓지 못하는 그를 보면서 내가 그에게 얼마나 심한 타격을 가했는지 똑똑히 알 수 있었다.

피스토리우스는 자신이 가르치던 제자의 주제넘고 배은망덕한 공격을 그렇게 소리 없이 받아들였고, 침묵을 통해 내가 옳다고 시인했으며, 나의 말을 운명의 목소리로 인정하는 모습을 보였다. 그가 보인 모습은 결과적으로 나 스스로에 대한 혐오감을 더욱 자각하게 했고, 나의 경솔함을 천 배 더 증폭시켰다. 나는 공격에 나섰을 때 그 대상이 강하고 충분히 자신을 방어할 수 있는 인물인 줄로 여겼다. 그런데 지금 보니 그는 조용히 견디는 유형이었고, 말없이 항복하는 무방비 상태의 사람이었다.

우리는 꺼져 가는 불 앞에 오랫동안 그렇게 엎드려 있었다. 이글거리는 불꽃이 그려 내는 형상 하나하나, 재가 되어 구부러지는 장작 하나하나가 내가 보낸 행복하고 아름답고 풍요로웠던 시간을 떠올리게 했고, 피스토리우스에 대해 내가 떠안게 된 빚더미를 점점 더 크게 쌓아 올렸다. 끝내 더는 견딜 수가 없었다. 나는 자리에서 일어나 방에서 나왔다. 그가 혹시 내 뒤를 따라 나오지 않을까 기대하면서 나는 그의 방문 앞에 서 있었고, 어두운 계단에서 한참 기다렸다. 바깥으로 나온 후에도 그의 집 앞에 한참을 서 있었다. 그러다가 나는 계속 걸어가기 시작했는데, 저녁이 될 때까지 몇 시간이나 시내와 교외, 공원과 숲을 하염없이 헤매고 다녔다. 그러면서 그때 처음으로 내 이마에 카인의 표지가 새겨져 있음을 느꼈다.

나는 아주 서서히 사태를 곱씹어 보았다. 나의 모든 생각은 온통 나 자신을 비난하고 피스토리우스를 변호하겠다는 의도로 가득했었다. 하지만 모든 것이 정반대로 끝났다. 나는 천 번이라도 내가 경솔하게 내뱉은 말을 후회하고 철회할 용의가 있었다. 그러나 내가 한 말은 그 자체로 진실이기도 했다. 이제야 나는 피스토리우스를 이해하고, 그의 꿈 전체를 내 눈앞에 그려 볼 수 있었다. 그의 꿈은 성직자가 되고 새로운 종교를 선포하는 것, 새로운 형식의 종교적인 고양(高揚)과 새로운 형식의 사랑과 예배를 제시하는 것, 새로운 상징들을 세우는 것이었다. 하지만 그것은 그의 역량을 넘어서는 것이었고, 그의 직분도 아니었다. 그는 과거 속에 너무나 안온하게 머물러 있었고, 지나간 일들에 대해 너무 정확히 알고 있었다. 그는 이집트에 대해, 인도에 대해, 미트라스*에 대해, 아브락사스에 대해 너무 많은 것을 알고 있었다. 그의 사랑은 이 지구상에서 이미 한 번 모습을 드러냈던 형상들에 매여 있었다. 그러면서 동시에 내면 깊은 곳에서는 새로운 것이란 새롭고 달라야 한다는 것, 그것은 신선한 토양에서 솟아나는 것이지

---

* 고대 페르시아의 태양신이자 전쟁의 신. 비밀스럽게 지하 동굴에서 황소 희생 제물을 드리는 형태의 미트라스 숭배는 2~3세기 절정을 이루었으나, 4세기 기독교의 확산으로 막을 내렸다.

수집품이나 도서관에서 끌어내서는 안 된다는 것을 그 자신도 잘 알고 있었다. 그의 직분은 아마도 그가 내게 행한 것처럼 사람들이 자기 자신에게 이르도록 도와주는 데 있었을 것이다. 사람들에게 여태껏 들어 보지 못한 것, 새로운 신들을 제시하는 일은 그의 직분이 아니었다.

생각이 이 대목에 이르렀을 때 갑자기 강렬한 불꽃 같은 어떤 깨달음이 내 안에서 피어났다. 각 사람에게는 하나의 '직분'이 있지만, 어떤 사람도 그것을 직접 선택하고, 그것을 마음대로 규정하며, 임의로 수행해서는 안 된다는 깨달음이었다. 새로운 신들을 원하는 것은 잘못된 일이고, 세상에 무엇인가를 제시하겠다고 하는 것은 완전히 잘못된 일이다! 각성한 인간에게는 단 하나의 의무만 있을 뿐, 그것 외에 어떤 다른 의무는 결단코 없었다. 단 하나의 의무는 바로 자기 자신을 찾는 것, 자기 안에서 견고해지는 것, 그리고 어디로 이끌든지 상관없이 자기 자신의 길을 더듬으며 앞으로 나아가는 것이었다. 이러한 깨달음은 내게 깊은 감동을 주었다. 그것은 내가 당시의 체험에서 얻은 결실이기도 했다. 나는 종종 미래의 모습을 이리저리 떠올려 보았고, 어쩌면 시인이나 예언자, 혹은 화가, 혹은 그 어떤 존재로서 내게 부여되었을 법한 역할을 꿈꾸기도 했었다. 그 모든 것은 아무것도 아니었다. 나는 시를 쓰거나 설교하는 일을 위해, 또는 그림을 그리기 위해 존재하지 않았다. 나뿐만 아니라 다른 어떤 사람도 그런 것을 위해 존재하지 않았다. 그 모든 것은 다만 부수적으로 생겨나는 것이었다. 각 사람에게 부여된 진정한 소명은 단 하나, 바로 자기 자신에게 이르는 것이었다. 한 개인의 삶은 시인이나 광인, 예언자 또는 범죄자로 끝날 수도 있다. 하지만 그런 것이 본질적인 사안이 아니다. 정말이지 그런 것은 결국 중요하지 않다. 각자가 해내야 할 본질적인 일은 어떤 임의의 운명이 아니라 자기 자신의 고유한 운명을 발견하는 것, 그리고 그 운명을 자기 안에서 온전하게, 불굴의 투지를 갖고 제대로 살아 내는 것이다. 그 외의 다른 모든 것은 다 어설픈 짓이고, 도망치려는 시도이며, 퇴행적으로 대중의 이상 속으로 다시 도피하는 것이다. 그것은 일종의 순응이고, 그 자신의 내면을 두려워하는 것일 뿐이다. 새로운 형상이 무시무시하고도 성스러운 모습으로 내 앞에 떠올랐다. 이미 수백 번 예감하고 어쩌면 자주 이야기했을 수도 있지만, 이제야 비로소 오롯이 체험하게 된 형상이었다. 나는 자연이 내던진 존재, 불확실한 것 속에 던져 놓은 존재였다. 어쩌면 새로운 것이 될 수 있고, 어쩌면 아무것도 되지 못할 수도 있는 존재였다. 깊은 근원으로부터 이렇게 내던져진 존재가 제대로 결실을 맺도록 하는 것, 그것의 의지를 내 안에서 느끼고 그것을 온전히 나의 것으로 만드는 것, 오직 그것만이 나의 소명이었다. 오직 그것만이!

나는 이미 많은 고독을 맛보았다. 나는 이제 더 깊은 고독을 맞을 것이고, 그 고독에서 벗어날 수 없다는 것을 예감했다.

나는 피스토리우스와 화해하려고 시도하지 않았다. 우리는 여전히 친구로 남았지만, 우리의 관계는 변해 있었다. 우리는 단 한 번 그것을 두고 이야기한 적이 있는데, 사실 그 이야기를 꺼낸 사람은 그였다. 그가 말했다. "성직자가 되고 싶다는 내 소망에 대해서는 당신도 알고 있죠. 나는 우리가 여러모로 예감하고 있는 새로운 종교의 성직자가 되기를 가장 소망했어요. 나는 절대로 그런 성직자가 될 수 없을 것이고, 그 정도는 나도 알고 있어요. 나 자신에게 그것을 완전히 고백하지는 못했지만, 이미 오래전부터 알고 있었어요. 나는 어쩌면 오르간을 연주하는 것 같은, 보통 성직자와는 다른 방식으로 성직자 직분을 수행하게 될 거요. 하지만 그것이 무엇이든 나는 언제나 아름답고 성스럽다고 느끼는 것에 둘러싸여 있어야 해요. 오르간 음악과 비밀 제의, 상징과 신화 같은 것 말입니다. 나는 그런 것이 필요하고, 그것을 포기하고 싶지 않아요. 그것이 나의 약점이기도 합니다. 사실 나도 때때로 깨달았어요, 싱클레어. 내가 그런 소망들을 품어서는 안 된다는 것, 그런 소망들은 호사이자 약점이라는 것을 깨달은 거죠. 만약 내가 어떤 요구도 내세우지 않고 전적으로 운명에 자신을 내맡긴다면, 그것이 훨씬 위대하고 올바른 일이겠죠. 그러나 나는 그렇게 할 수 없어요. 그것은 내가 할 수 없는 유일한 일입니다. 어쩌면 당신은 언젠가 해낼 수 있을 겁니다. 그것은 어려운 일, 이 세상에서 정말로 유일하게 어려운 일이죠, 젊은 친구. 나도 그렇게 할 수 있기를 자주 꿈꾸었지만, 나는 할 수 없어요. 두려워서 소름이 끼친답니다. 나는 그렇게 완전히 벌거숭이 상태로 고독하게 서 있을 수 없습니다. 나 역시 약간의 온기와 먹이가 필요하고, 가끔은 자신과 같은 부류가 가까이 있음을 느끼고 싶어 하는 한 마리의 가련하고 연약한 개에 불과합니다. 참으로 자신의 운명 외에 아무것도 원하지 않는 사람에게는 그와 같은 부류가 더는 없습니다. 그는 완전히 혼자이고, 차가운 우주 공간만이 그를 둘러싸고 있습니다. 당신도 알다시피 겟세마네 동산의 예수가 그렇습니다. 물론 십자가에 기꺼이 못 박혔던 순교자들도 있지만, 그들 역시 영웅은 아니었고, 완전히 자유로워진 것도 아니었어요. 그들 역시 자기들에게 친숙하고 고향 집처럼 편안한 무엇을 원했고, 그들에게는 모범도 있고 이상도 있었어요. 오로지 운명만을 원하는 사람에게는 어떤 모범도 어떤 이상도 더는 있지 않아요. 그런 사람에게는 사랑스러운 것, 위안을 주는 것이 더는 없습니다! 그렇지만 사람은 본래 그런 길을 걸어가야 합니다. 물론 당신이나 나 같은 사람은 참으로 고독한 존재겠죠. 그래도 우리에게는 아직 서로가 있고, 그래도 우리에게는 남들과 다른 삶을 살고 있고, 저항을 시도하고 있을 뿐 아니라, 비범한 것을 추구한다는 은밀한 만족감도 있어요. 하지만 어떤 사람이든 그 길을 끝까지 가고자 한다면, 그러한 것까지 단념해야 합니다. 혁명가가 되려 해서도 안 되고, 어떤 본보기가 되려 해서도 안 되며, 순교자가 되려 해서도 안 됩니다. 그런 것은 도저히 상상할 수 없는 일입니다."

그렇다, 그것은 상상할 수 없는 일이었다. 하지만 그것은 꿈꿀 수 있고, 미리 느껴 볼 수 있고, 예감할 수도 있는 일이었다. 아주 고요한 시간을 갖게 되었을 때, 나는 그것을 희미하게 예감한 적이 몇 번 있었다. 그럴 때면 나는 내 안을 들여다보았고, 내 운명의 형상이 두 눈을 부릅뜨고 있는 것을 보았다. 그 두 눈은 지혜로 가득 찬 것일 수도 있고, 광기로 가득 찬 것일 수도 있었다. 사랑을 내뿜거나 깊은 악의를 발산하는 것일 수도 있었다. 하지만 어느 쪽이든 마찬가지였다. 그중 어떤 것도 우리가 마음대로 선택할 수 있는 것이 아니었고, 어떤 것도 임의로 원할 수 있는 것이 아니었다. 우리에게는 오직 자기 자신만, 오직 자신의 운명을 원하는 것만 허용되었다. 피스토리우스는 거기까지 나아가는 데 있어 한동안 나의 인도자 역할을 했었다.

그 시절 나는 여러 날 동안 눈먼 사람처럼 이리저리 헤매고 다녔다. 내 안에서는 폭풍이 휘몰아쳤고, 한 걸음 한 걸음이 위태로웠다. 내 앞에는 심연의 어둠밖에는 아무것도 보이지 않았는데, 지금까지 내가 걸어왔던 모든 길이 어둠을 향해 뻗어 있었고, 어둠 속으로 가라앉아 있었다. 그리고 내 내면에서는 인도자의 형상이 보였다. 인도자는 데미안과 닮아 있었고, 그의 두 눈에는 내 운명이 담겨 있었다.

나는 종이에 이렇게 적었다. "한 인도자가 나를 떠나갔어. 나는 완전한 어둠 속에 서 있어. 혼자서는 한 걸음도 뗄 수가 없어. 도와줘!"

나는 이 쪽지를 데미안에게 보내려고 했다. 그러나 그렇게 하지 않았다. 내가 쪽지를 보내려고 할 때마다 그것이 어리석고 무의미한 일처럼 느껴졌기 때문이다. 하지만 나는 그 짤막한 기도문을 속으로 암기했고, 종종 그것을 나 자신에게 들려주었다. 그 기도문은 매 순간 나를 따라다녔다. 나는 기도가 무엇인지를 어렴풋이 예감하기 시작했다.

나의 김나지움 학창 시절이 끝났다. 나는 여름 방학 동안 여행을 하기로 되어 있었는데, 그것은 아버지가 구상한 일이었다. 그러고 나서 나는 대학에 다니기로 되어 있었다. 어떤 전공의 학부에서 수학하게 될지는 나도 몰랐다. 우선 한 학기 동안 철학부 강의를 수강하는 것이 승인되었다. 다른 전공이었다고 해도 나는 똑같이 만족했을 것이다.

제7장

에바 부인

  방학 중에 나는 막스 데미안이 몇 년 전에 어머니와 함께 살았던 집에 한번 가 보았다. 나이 든 부인 하나가 정원을 산책하고 있었다. 나는 부인에게 말을 걸었고, 그녀가 그 집의 주인이라는 것을 알게 되었다. 나는 데미안 가족의 행방을 물어보았다. 그녀는 그들을 잘 기억하고 있었다. 하지만 지금 그들이 어디 사는지는 알지 못했다. 그녀는 내가 그들에게 관심이 있음을 알아채고는 나를 집 안으로 들어오게 한 후, 가죽 표지의 앨범을 하나 찾아내더니 내게 데미안 어머니의 사진을 보여 주었다. 당시 나는 그녀가 어떤 모습이었는지 거의 기억하지 못하고 있었다. 그런데 그 작은 사진을 보는 순간, 심장이 멎는 듯했다. 그것은 내 꿈속 형상이었다! 바로 그 여인이었다. 키가 크고, 거의 남성스러운 여성의 모습, 자기 아들과 닮았고, 어머니 같은 특징이 있으면서도 강인

함과 깊은 열정이 엿보이고, 아름다우면서 유혹적이고, 아름다우면서 근접하기 어려운 모습의 다이몬이자 어머니, 운명이자 연인이었다. 바로 그녀였다!

내 꿈속의 형상이 이렇게 지상에 살고 있다는 것을 알게 되자, 엄청나게 경이로운 감정이 나를 사로잡았다! 정말로 그런 모습의 여인, 내 운명의 특징을 지닌 여인이 존재하고 있었다! 그녀는 어디에 있는 걸까? 어디에? 그런데 그 여인은 다름 아닌 데미안의 어머니였다.

그 일이 있고 난 후 나는 곧 여행에 나섰다. 참으로 기이한 여행이었다! 나는 그때그때 떠오르는 착상에 따라 이곳저곳을 부단히 돌아다녔는데, 언제나 그 여인을 찾고 있었다. 어떤 날은 온통 그녀를 생각나게 하는 인물들, 그녀와 비슷한 느낌의 인물들, 그녀하고 용모가 비슷한 인물들만 마주치기도 했다. 마치 얽히고설킨 꿈속에서처럼 그들은 나를 낯선 도시의 골목길로, 기차역으로, 열차 안으로 유인했다. 어떤 날은 그렇게 찾아다니는 일이 얼마나 부질없는지를 깨닫기도 했다. 그럴 때는 공원이나 호텔 정원, 대합실 같은 곳에 아무것도 하지 않은 채로 앉아 있기도 했고, 나의 내면을 들여다보면서 내 안에서 그 형상을 생생하게 떠올리려고 애썼다. 하지만 그 형상은 이제 수줍어하고 흐릿해져 더욱 포착하기 어려웠다. 나는 제대로 잠을 잘 수가 없었다. 다만 열차를 타고 낯선 풍경 속을 달리면서 십오 분 정도 꾸벅꾸벅 졸았을 뿐이다. 한 번은 취리히에서 어떤 여인이 나를 따라왔다. 예쁘장하고 약간 대담한 여자였다. 나는 그녀를 공기 취급하며 눈길도 거의 주지 않고 계속 걸어갔다. 다른 여자에게 단 한 시간이라도 관심을 주느니 그 자리에서 죽어 버리는 것이 나았다.

나는 내 운명이 나를 끌어당기고 있음을 느꼈고, 운명이 실현될 날이 가까웠음을 느꼈다. 그런데 그것을 위해 정작 나 자신은 아무것도 할 수 없다는 사실 때문에 조바심이 나서 미칠 것 같았다. 한 번은 인스브루크로 여겨지는 어느 기차역에서, 막 출발하는 열차의 창가에서 그녀를 연상케 하는 인물을 하나 보았다. 그러고 나서 며칠 동안은 비참한 기분으로 지냈다. 그런데 갑자기 밤에 꿈속에서 그 형상이 다시 나타났다. 나는 내 추적이 무의미할 뿐이라는 수치스럽고 공허한 감정과 더불어 잠에서 깨어났고, 곧장 기차에 올라 집으로 향했다.

몇 주 후에 나는 H 대학에 입학했다. 모든 것이 실망스러웠다. 내가 수강한 철학사 과목은 젊은 대학생들의 행태처럼 알맹이가 없고 천편일률적이었다. 모든 것이 틀에 박힌 듯했고, 모두가 특색 없이 똑같이 행동했다. 아직 청소년티가 남아 있는 얼굴들에서 보이는 들뜬 유쾌함은 우울할 정도로 공허하고, 대량 제작된 기성품의 인상을 주었다! 하지만 나는 자유로웠다. 하루 시간을 온전히 나를 위해 쓸 수 있었다. 나는 교외의 낡은 집에서 한적하고 쾌적하게 지냈고, 책상 위에는 니체의 저작 몇 권을 놓아두었다. 나는 니체와 함께 살았고, 그의 영혼의 고독을 느꼈고, 불가항력으로 그를 몰아갔던 운명을 감지했다. 나는 그와 함께 고통을 받았고, 그토록 굴하지 않고 자신의 길을 간 사람이 있었음을 알고는 행복감을 느꼈다.

어느 날 늦은 저녁에 가을바람을 맞으며 시내를 어슬렁거리는데, 몇몇 술집에서 대학생 동아리들에서 부르는 노랫소리가 들려왔다. 열려 있는 창문들에서는 담배 연기가 자욱하게 뿜어져 나왔다. 대학생들의 노랫소리는 거센 파도처럼 크고 우렁차게 울렸지만, 어떤 감흥이나 생동감은 찾아볼 수 없고 단조로웠다.

나는 어느 길모퉁이에 서서 귀를 기울였다. 술집 두 군데에서 의례적으로 발산되는 청춘의 쾌활함이 어두운 밤공기 속에 울려 퍼졌다. 어디를 가든 무리를 이루고 있었고, 어디를 가든 함께 웅크리고 앉아 있었다. 어디를 가든 운명은 내팽개치고 무리의 온기 속으로 도피하려는 모습뿐이었다!

내 뒤쪽에서 두 남자가 천천히 지나갔다. 그들이 나누는 대화 중 일부가 내 귀에 들려왔다.

"마치 흑인 원주민 마을에서나 볼 수 있는 청년 집단 숙소* 같지 않아요?" 한 남자가 말했다. "모든 것이 똑같군요. 심지어 칼자국 문신†까지 여전히 유행하고 있어요. 보다시피 이것이 최근 유럽의 모습입니다."

그 목소리는 기이하게도 내게 무엇인가를 경고하는 듯 친숙하

---

* 어떤 원주민의 경우, 성년식이 있기 전에 청소년들이 이성과 분리된 상태로 지정된 숙소에 집단으로 거주하는 풍습이 있다.
† 당시 대학생들 사이에는 펜싱 칼을 갖고 벌이는 결투가 유행했는데, 여기서는 결투 후에 생겨난 얼굴의 칼자국을 말한다.

게 들렸다. 나는 그 두 사람의 뒤를 따라 어두운 골목길을 걸어갔다. 한 사람은 키가 작고 세련된 모습의 일본인 남자였다. 어느 가로등 불빛 밑에서 그의 미소 띤 황색 얼굴이 환하게 빛나는 것이 보였다.

그때 다른 남자가 말을 이어 갔다.

"물론 당신네 일본에서도 상황이 별로 낫다고는 할 수 없겠죠. 무리를 따르지 않는 사람은 정말 어디서든 희귀하거든요. 이곳에도 그런 사람은 얼마 되지 않습니다."

남자가 내뱉는 한마디 한마디가 기쁘고도 놀랍게 내 마음에 파고들었다. 지금 말하는 사람은 내가 아는 인물이었다. 바로 데미안이었다.

바람이 부는 밤에 나는 데미안과 일본인의 뒤를 따라 어두운 골목으로 들어섰고, 그들의 대화에 귀를 기울이면서 데미안의 목소리를 음미했다. 그의 목소리는 옛날 음색 그대로였고, 예전 그대로 아름다운 안정감과 평온함을 지니고 있었다. 그리고 그 목소리는 여전히 나를 지배하는 힘이 있었다. 이제 모든 것이 잘 되었다. 나는 그를 찾아낸 것이다.

교외의 거리가 끝나는 지점에 이르렀을 때, 일본인은 작별 인사를 하고는 집의 현관문을 열었다. 데미안은 길을 되돌아왔고, 나는 길 한복판에 멈추어 선 채 그를 기다렸다. 갈색 레인코트를 입고 팔에는 가느다란 지팡이를 걸친 채로 반듯하고 경쾌한 발걸음으로 나를 향해 다가오는 모습을 보면서, 나는 심장이 두근거렸다. 그는 반듯한 걸음걸이를 유지한 채, 내 바로 앞까지 오더니 모자를 벗고 예전의 그 환한 얼굴을 보여 주었다. 입매는 여전히 단호했고, 넓은 이마에는 독특한 광채가 서려 있었다.

"데미안!" 내가 그의 이름을 외쳤다.

그가 나를 향해 손을 내밀었다.

"그래, 너구나, 싱클레어! 너를 만날 수 있기를 기대했어."

"내가 이 도시에 있다는 걸 알았다는 거야?"

"확실하게 알고 있었던 건 아니지만, 그럴 거라는 기대는 분명 갖고 있었어. 물론 너를 보는 건 오늘 저녁이 처음이야. 너는 저녁 내내 우리 뒤를 따라왔잖아."

"그럼, 나를 곧바로 알아본 거야?"

"물론이지. 네 모습이 변하기는 했어. 하지만 너는 표지를 지니고 있잖아."

"표지라고? 무슨 표지를 말이야?"

"네가 여전히 기억할지는 모르겠지만, 우리는 예전에 그것을 카인의 표지라고 불렀지. 그게 우리의 표지야. 너는 언제나 그 표지를 지니고 있었고, 그래서 내가 너의 친구가 되었던 거야. 그런데 지금은 그 표지가 더 뚜렷해졌구나."

"나는 몰랐어. 아니, 어쩌면 알고 있었는지도 모르겠어. 언젠가 너의 초상을 그렸던 적이 있는데, 데미안, 나를 닮은 모습이어서 내심 놀랐거든. 그것이 표지였을까?"

"그래, 바로 그거야. 네가 이제 이곳에 와 있다니 좋구나! 어머니도 기뻐하실 거야."

나는 깜짝 놀랐다. "어머니라고? 너의 어머니가 이곳에 계셔?

그런데 그분은 나를 전혀 모르실 텐데."

"오, 너에 대해서 잘 알고 계셔. 네가 누군지 내가 말씀드리지 않아도 어머니는 너를 알아볼 거야. 그런데 너는 오랫동안 어떤 소식도 보내지 않았구나."

"오, 몇 번이나 편지를 쓰려고 했지만, 그러지 못했어. 얼마 전부터는 분명 너와 재회할 거라는 확신이 들었고, 날마다 그 순간을 기다렸어."

데미안은 나와 팔짱을 끼고 계속 함께 걸었다. 그에게서 평온함이 흘러나와 내 안으로 스며들었다. 우리는 곧 예전처럼 이런저런 수다를 떨었다. 같이 학교에 다니던 시절과 입교식 수업, 그리고 방학 때 있었던 그 불편한 만남도 떠올렸다. 다만 이번에도 우리 두 사람을 연결해 준 최초의 긴밀한 인연, 즉 프란츠 크로머와의 일에 대해서는 한마디도 하지 않았다.

부지불식간에 우리는 기이하고 예감 가득한 내용의 대화 속으로 빠져들었다. 데미안이 일본인과 나누었던 대화를 상기하면서, 우리는 대학 생활을 화제로 삼아 이야기를 나누었고, 이어 그것과는 많이 동떨어져 보이는 다른 주제로 화제를 옮겨 갔다. 하지만 데미안이 하는 이야기에서는 이 다른 주제조차 앞선 주제와 긴밀하게 연결되었다.

그는 유럽의 정신과 이 시대의 징표에 대해 말했다. 그는 곳곳에서 연합을 결성하고 패거리를 짓는 일이 만연해 있지만, 자유와 사랑은 그 어디서도 찾아볼 수 없다고 했다. 대학생 연맹과 합창단에서부터 국가에 이르기까지 그 모든 공동체는 강박적으로 생겨난 것이고, 그 밑바닥에는 두려움과 공포, 당혹감이 자리 잡고 있으며, 그 내부는 썩고 낡아 빠져서 붕괴 직전에 있다는 것이었다.

데미안이 말했다. "공동체라는 건 좋은 것이지. 하지만 지금 사방에서 번성하고 있는 것이 진정한 공동체라고는 할 수 없어. 진정한 공동체는 개개인이 서로를 알게 될 때 새롭게 태어날 것이고, 한동안 세계를 바꿔 놓을 거야. 지금 우리가 보고 있는 공동체 유형은 그저 패거리 짓기에 지나지 않아. 사람들은 서로에 대한 두려움 때문에 서로에게로 도피하고 있어. 자본가들은 자본가끼리 뭉치고, 노동자들은 노동자끼리 뭉치며, 학자들은 학자끼리 뭉치고 있다고! 그렇다면 그들은 왜 두려워하는 걸까? 사람은 자기 자신과 하나가 되지 못할 때만 두려워하는 법이지. 정작 자기 자신에 대해서는 한 번도 제대로 된 고백을 하지 않았기 때문에 그들은 두려워하는 거야. 그러니까 저들의 공동체는 자기 자신 안에 있는 미지의 것을 두려워하는 그런 인간들로만 구성된 공동체야! 그들은 모두가 자신들의 삶의 법칙이 더는 유효하지 않다는 것, 자신들이 낡은 규범에 따라 살아가고 있다는 것을 느끼고 있어. 그들의 종교나 도덕, 그 어떤 것도 지금 우리가 필요로 하는 것과는 어울리지 않아. 지난 백 년 이상 유럽은 그저 연구나 하고 공장을 짓는 데만 몰두해 왔을 뿐이야! 사람을 한 명 죽이는 데 화약 몇 그램이 필요한지는 정확히 알고 있지만, 신에게 어떻게 기도해야 하는지는 몰라. 정작 한 시간을 어떻게 즐겁게 보낼 수 있는 줄도 몰라. 대학생들이 드나드는 술집을 한번 보라고! 아니면 부유한 사람들이 찾는 유흥장을 한번 보라고! 어떤 희망도 없어! 친애하는 싱클레어, 그런 곳들 어디서나 어떤 유쾌함도 생겨날 수가 없어. 그렇게 겁에 질려 서로 뭉치는 사람들은 두려움과 악의로 가득 차 있고, 그 누구도 다른 사람을 신뢰하지 못하는 법이지. 그런 사람들은 더는 유효하지 않은 이상(理想)들에 매달리고 있고, 새로운 이상을 제시하는 사람은 누구든 돌로 쳐 죽이려고 해. 나는 곧 여러 충돌이 일어날 거라는 예감이 들어. 내가 장담하는데, 곧 충돌이 일어날 거야! 물론 그런 충돌들이 세계를 '개선'하지는 못할 거야. 노동자가 그들의 공장주를 때려죽이든, 아니면 러시아와 독일이 서로 총질하든, 결국 소유자만 바뀌는 것이지. 그렇다고 아무런 소득도 없다고는 할 수 없어. 오늘날 고수하고 있는 이상들이 아무 가치가 없다는 것이 드러날 것이고, 석기 시대의 신들은 말끔히 제거될 테니까. 지금의 이 세계는 죽음을 바라고 멸망을 원하고 있어. 실제로 그렇게 되겠지."

"그러면 우리는 어떻게 되는 거야?" 내가 물었다.

"우리? 오, 우리도 아마 함께 몰락하겠지. 사람들은 우리 같은 부류도 때려죽일 수 있으니까. 하지만 그렇게 된다고 해도 우리가 끝장나는 건 아니야. 우리가 남기는 것 또는 우리 중에서 살아남는 사람들 주위로 미래의 의지가 결집하게 될 거야. 우리 유럽이 한동안 기술과 학문의 장터를 펼쳐 놓고 소리를 질러 대는 바람에 제대로 들리지 않았던 인류의 의지가 드러나게 될 거야. 그러고 나면 인류의 의지는 오늘날의 공동체, 국가와 민족, 단체나 교회의 의지와는 결코 같은 것이 아니라는 점이 밝혀지겠지. 오히려 자연이 인간에게 원하는 것은 각 개인의 내면에, 너와 나 안에 새겨져 있어. 그것은 예수 안에 새겨져 있었고, 니체 안에도 새겨져 있었지. 물론 그 흐름은 날마다 다른 모습을 띨 수도 있겠지만 유일하게 중요한 것이고, 오늘날의 공동체들이 붕괴하고 나면 이 중요한 흐름을 위한 공간이 생겨날 거야."

우리는 늦은 시간에 강가에 있는 어느 정원 앞에 멈춰 섰다.

"여기가 우리 집이야." 데미안이 말했다. "곧 한 번 찾아와! 우리는 네가 오기를 몹시 기다리고 있어."

기쁨에 들뜬 나는 서늘해진 밤공기를 뚫고 멀리 떨어진 숙소를 향해 발걸음을 옮겼다. 시내 곳곳에서 귀가하는 대학생들이 요란하게 떠들어 대며 비틀거렸다. 그들의 우스꽝스러운 즐거움과 나의 고독한 삶이 대조를 이룬다는 것은 이미 자주 실감한 바였다. 그러면서 나는 결핍감을 느낄 때도 많았고, 그들을 비웃을 때도 많았다. 하지만 그런 것이 나와는 얼마나 상관없는 일인지, 그러한 세계가 내게는 얼마나 멀고 실종된 세계인가를 이날처럼 평온하게, 은밀한 힘과 더불어 느낀 적은 여태껏 한 번도 없었다. 나는 고향 도시의 공무원들을 떠올려 보았다. 늙고 품위 있는 그 양반들은 술집에서 흥청망청 허비한 대학 시절의 추억이 마치 복된 낙원에 대한 기억이라도 되는 듯 그 추억에 집착했다. 이를테면 그들은 시인이나 다른 낭만주의자들이 어린 시절을 예찬할 때처럼 자신들의 사라져 버린 대학 시절의 '자유'를 한껏 찬미했다. 어디서나 똑같은 풍경이다! 그들은 지나간 시절 어딘가에서 '자유'와 '행복'을 찾고 있었다. 그들이 그렇게 하는 것은 오로지 자신이 져야 할 책임이 생각나고, 자신이 걸었어야 할 본래의 길을 가라는 경고를 받을 수 있다는 두려움 때문이었다. 몇 년 동안 술을 퍼마시고 흥겹게 소리 지르다가, 이제 어딘가에 기어들어 공직을 수행하는 근엄한 신사가 된 것이다. 그렇다, 썩어 있다. 우리가 사는 이곳은 썩어 있다. 그리고 대학생들의 이러한 어리석음 못지않게 어리석고 나쁜 것들이 널려 있었다.

하지만 멀리 있는 나의 숙소에 도착해 잠자리에 들었을 때, 이 모든 생각들은 싹 사라졌고, 나의 온 감각은 이날 내가 받은 엄청난 약속에 잔뜩 기대를 품고 매달렸다. 원한다면 바로 내일이라도 데미안의 어머니를 만나 볼 수 있을 것이다. 대학생들이 술집에 드나들고, 그들의 얼굴에 칼자국 문신이 생기든 말든, 세계가 썩어 빠져 그 몰락을 기다리고 있든 말든 — 그것이 나와 무슨 상관인가! 나는 오로지 나의 운명이 새로운 모습으로 나와 마주하게 되는 순간만을 고대했다.

나는 다음 날 아침 늦게까지 푹 잠을 잤다. 환하게 밝아오는 새 날은 장엄한 축제일처럼 다가왔다. 어린 시절에 맞았던 성탄절 축제 이후 오랫동안 그런 날을 경험해 보지 못했다. 나는 내면 깊은 곳에서 심하게 동요했으나, 두려움은 전혀 없었다. 나는 내게 중요한 하루가 밝아 왔다고 느꼈고, 나를 둘러싼 세계가 변했음을 감지했다. 그 세계는 기대를 담고 있고, 암시로 충만했으며, 장엄했다. 나직하게 내리는 가을비조차 아름답고 고요했으며, 축제일답게 엄숙하면서도 즐거운 음악으로 가득 차 있었다. 난생처음으로 바깥 세계가 나의 내면세계와 어울려 온전한 화음을 냈다.

이런 날은 영혼의 축제일이고, 우리의 삶은 살만한 가치가 있다. 골목길에 있는 어떤 집도, 어떤 진열창도, 어떤 얼굴도 내 마음에 거슬리지 않았다. 모든 것이 마땅히 있어야 할 상태 그대로였다. 그렇지만 그 모든 것은 일상적이고 익숙하며 공허한 얼굴을 지닌 것이 아니라, 오히려 기대에 가득 차 기다리는 자연이었다. 모든 것은 경외심을 품고 운명을 맞을 준비가 되어 있었다. 내가 어린아이였을 때는 성탄절이나 부활절처럼 큰 축제일 아침이면 세계를 그런 식으로 경험했었다. 나는 이 세계가 여전히 그토록 아름다울 수 있다는 것을 그동안 알지 못했다. 나 자신의 내면에 몰두하는 삶을 살면서 나는 외부 세계에 대한 감각이 내게서 사라졌다고 여기는 데 익숙해져 있었다. 아울러 빛나는 색채의 상실은 유년 시절의 상실과 불가피하게 연결되어 있고, 영혼의 자유와 성숙함을 얻으려면 이런 아름다운 광채는 어느 정도 포기하는 대가를 치러야 한다고 여겨 왔었다. 그런데 이제 나는 그 모든 것이 단지 감춰져 있고, 어두운 가운데 던져져 있었을 뿐이라는 것, 자유를 얻은 사람이나 유년의 행복을 포기한 사람이라고 해도 세계가 빛을 발하는 모습을 바라볼 수 있고, 어린아이의 시선으로 볼 때 느끼는 내밀한 전율을 맛볼 수 있다는 것을 깨닫고 황홀해졌다.

전날 밤 막스 데미안과 작별했던 교외의 그 정원을 내가 다시 찾아가는 시간이 왔다. 키가 크고 비에 젖은 잿빛 나무들 뒤로 작은 집 한 채가 숨어 있었다. 환하고 아늑해 보이는 집이었다. 커다란 유리 벽 뒤에는 꽃이 핀 높이 자란 관목들이 서 있었고, 투명한 유리창 너머에 있는 거실 어두운 벽들에는 그림들이 걸려 있었으며, 책들이 꽂혀 있는 서가도 보였다. 현관문은 따뜻하게 난방 중인 작은 홀로 곧장 이어져 있었다. 검은 옷에 흰 앞치마를 두른 나이 든 가정부가 말없이 나를 안으로 안내하고는 외투를 받아 주었다.

가정부는 나를 홀에 혼자 남겨 두었다. 나는 주위를 둘러보았다. 그 순간 나는 내 꿈의 한가운데에 있었다. 문 위쪽 짙은 색조의 나무 벽에는 검은색 테두리의 유리 액자 속에 내가 잘 아는 그림 하나가 걸려 있었다. 지구의 껍질에서 솟구쳐 나오는, 금빛 매의 머리를 한 나의 새였다. 나는 깊이 감동하여 그 자리에 꼼짝도 하지 않고 서 있었다. 마음이 무척 기쁘기도 하고, 아프기도 했다. 그 순간 내가 이제까지 실행했고 체험했던 모든 것이 대답과 성취의 형태로 내게 되돌아오는 듯했다. 수많은 형상이 번개처럼 내 영혼을 스쳐 갔다. 현관문 아치 위에 오래된 석재 문장이 있는 부모님 집, 그 문장을 스케치하던 소년 데미안, 나의 적 크로머의 사악한 마수에 걸려들어 두려움에 떨던 나라는 소년, 작은 하숙집 방 안의 조용한 책상에서 동경하던 새를 그리던 청소년 시절의 나, 그 자신의 실로 짠 그물 속에 얽혀 들어갔던 영혼이 보였다. 그리고 그 모든 것, 그 순간까지 있었던 모든 것이 내 안에서 메아리쳤고, 내 안에서 긍정되고 대답을 얻고 인정을 받았다.

나는 촉촉해진 눈길로 내 그림을 응시했고, 내 안의 자신을 읽었다. 그러다가 나의 시선이 아래쪽을 향했다. 새 그림 아래 문이 열려 있었고, 거기에는 어두운 색조의 옷을 걸친 키가 큰 여인이

서 있었다. 그녀였다.

나는 한마디도 할 수 없었다. 자기 아들과 마찬가지로 시간과 나이를 초월한, 열정적인 의지가 가득한 얼굴의 그 아름답고 기품 있는 부인은 나를 향해 다정하게 미소를 지었다. 그녀의 눈빛은 성취를 말해 주는 것이었고, 그녀의 인사는 귀향을 의미했다. 말없이 나는 그녀에게 두 손을 내밀었다. 그녀가 단단하고 따뜻한 두 손으로 나의 두 손을 잡아 주었다.

"당신이 싱클레어군요. 바로 알아봤어요. 반가워요!"

그녀의 목소리는 깊고 온화했다. 나는 달콤한 포도주를 마시듯 그 목소리를 들이마셨다. 그리고 이제 눈을 들어 그녀의 고요한 얼굴, 깊이를 알 수 없는 검은 두 눈, 생기 있고 성숙한 입술, 표지를 지닌 흰하고 기품 있는 이마를 바라보았다.

"참으로 기쁩니다!" 나는 그녀에게 이렇게 말하면서, 그녀의 두 손에 입을 맞추었다. "저는 평생을 길에서 떠돌다가 이제야 집에 돌아온 느낌입니다."

그녀는 어머니 같은 미소를 지었다.

"그 누구도 참으로 집으로 돌아가지는 못해요." 그녀가 다정하게 말했다. "하지만 친구 관계의 길들이 서로 만나게 되면, 온 세계가 한동안은 고향처럼 보이는 법이죠."

그녀는 내가 이곳으로 오는 길에 느낀 그 감정을 말하고 있었다. 그녀는 목소리와 말하는 것까지 아들과 매우 닮았는데, 그러면서도 분명히 달랐다. 모든 것이 더 성숙하고, 더 따뜻하고, 더 자명했다. 하지만 예전에 막스가 그 누구에게도 소년의 인상을 주지 않았던 것처럼, 그의 어머니 역시 장성한 아들이 있는 어머니로 보이지 않았다. 그녀의 얼굴과 머릿결 위로 감도는 기운은 너무나 젊고 달콤했고, 금빛을 띤 살결은 매우 팽팽하고 주름 하나 없었으며, 입술은 꽃이 피어나듯 화사했다. 그녀는 내 꿈속에서보다 더 당당한 모습으로 내 앞에 서 있었다. 그녀 가까이 있는 것은 사랑의 행복이었고, 그녀의 시선은 성취를 의미했다.

나의 운명은 이제 이 새로운 형상으로 내 앞에 모습을 드러냈다. 나의 운명은 더는 엄격한 모습이 아니었고, 나를 외롭게 하지도 않았다. 아니, 오히려 성숙함과 유쾌함으로 가득했다! 내가 어떤 결단을 내린 것도 아니고, 어떤 서약을 한 것도 아니었다. 나는 하나의 목표, 내 여정의 높은 곳에 자리한 한 지점에 도착해 있었다. 그곳으로부터 약속의 땅으로 이어지는 넓은 길이 장엄하게 펼쳐져 있었다. 가까운 곳에 있는 행복의 나무우듬지들이 그 위로 그림자를 드리웠고, 인접해 있는 온갖 즐거움의 정원들이 그 길을 시원하게 해 주었다. 나 자신은 어떻게 되든 상관없었다. 이제 세상에 이 부인이 존재한다는 것을 알게 된 것만으로, 그녀의 목소리를 들이마시고 그녀 곁에서 숨을 쉴 수 있는 것만으로 나는 참으로 행복했다. 그저 그녀가 그곳에 있기만 하다면! 그저 나의 길이 그녀의 길에서 가깝기만 하다면! — 그렇다면 그녀가 나의 어머니든, 연인이든, 여신이든 상관없었다.

그녀는 나의 매 그림을 가리켰다.

"당신이 이 그림을 보냈을 때만큼 우리 막스가 기뻐한 적이 없어요." 그녀가 생각에 잠겨 말했다. "나도 마찬가지였어요. 우리는 당신을 기다리고 있었어요. 그리고 이 그림이 왔을 때, 우리는 당신이 우리에게 오고 있다는 걸 알았고요. 당신이 어린 소년이었을 때였어요, 싱클레어. 하루는 내 아들이 학교에서 돌아와서 말하더군요. '이마에 표지를 지닌 소년이 있어요. 그 아이는 내 친구가 되어야 해요.' 그 소년이 바로 당신이었어요. 당신은 그동안 순탄치 않은 시간을 보냈지만, 우리는 당신을 신뢰했어요. 한 번은 당신이 방학이 되어 고향 집에 머물렀을 때 막스를 다시 만난 적이 있죠. 그때 당신은 열여섯 살쯤이었어요. 막스가 내게 그 얘기를 해 주었는데…."

나는 그녀의 말을 끊었다. "오, 그 얘기를 했다고요! 그때가 제게는 가장 비참한 시절이었는걸요!"

"그래요, 막스가 이렇게 말하더군요. '지금 싱클레어는 가장 힘든 시기를 지나고 있어요. 그는 또다시 공동체 속으로 도피하려고 하고, 심지어 술집을 뻔질나게 드나들고 있어요. 하지만 그는 도피에 성공하지 못할 거예요. 그의 표지는 감춰져 있지만, 은밀하게 그를 불태우고 있거든요.' 그렇지 않았나요?"

"네, 맞아요. 정말 그랬어요. 그러고 나서 베아트리체를 발견했고, 그리고 마침내 다른 인도자가 내게로 왔었어요. 피스토리우스였어요. 그때야 비로소 나의 소년 시절이 왜 그토록 긴밀하게 막스와 연결되어 있었는지, 내가 왜 그렇게 그에게서 벗어날 수 없었는지를 분명하게 깨닫게 되었죠. 친애하는 부인, 사랑하는 어머니, 그때는 자살해야겠다는 생각도 자주 했답니다. 각자에게 주어진 그 길은 정말 그렇게 힘든 길인가요?"

그녀는 손으로 내 머리를 쓰다듬었다. 공기처럼 가벼운 손길이었다.

"태어난다는 것은 언제나 힘든 일이죠. 당신도 알겠지만, 새는 알을 깨고 나오려고 애쓰잖아요. 돌이켜 생각해 보고 자신에게 물어봐요. 그 길이 그토록 힘들었나요? 단지 힘들기만 했나요? 아름답기도 하지 않았나요? 당신은 혹시 그 길보다 더 아름답고, 더 쉬운 길을 생각해 볼 수 있었을까요?"

나는 고개를 가로저었다.

"힘들었어요." 나는 잠결에서처럼 말했다. "그 꿈이 찾아올 때까지는 힘들었어요."

그녀는 고개를 끄덕이고는 뚫어질 듯이 나를 바라보았다.

"그래요, 사람은 자신의 꿈을 찾아내야만 해요. 그러면 그 길이 쉬워지죠. 하지만 언제까지나 지속되는 꿈은 없어요. 어떤 꿈이든 새로운 꿈에 의해 대체되는 법이죠. 그러니 어떤 꿈도 붙잡아 두려고 해서는 안 됩니다."

나는 소스라치게 놀랐다. 이것은 벌써 경고에 해당하는 것일까? 이것은 벌써 거부일까? 하지만 그 무엇이든 상관없었다. 나는 그녀가 이끄는 대로 따르고, 목적지에 대해서는 묻지 않을 각오가 되어 있었다.

"내 꿈이 얼마나 오래 지속될지는 모르겠어요." 내가 말했다. "저는 그것이 영원하면 좋겠습니다. 새 그림 아래에서 나의 운명은 마치 어머니처럼, 마치 연인처럼 나를 맞아 주었어요. 저는 제게 주어진 운명에 속할 뿐, 다른 누구에게도 속하지 않습니다."

"그 꿈이 당신의 운명인 한, 당신은 그 꿈에 충실해야 합니다."
그녀가 내 말에 진지하게 동의하며 말했다.

한 가닥 슬픔이 밀려왔다. 동시에 이토록 매혹적인 순간에 죽고 싶다는 열망이 나를 사로잡았다. 나는 내 안에서 끊임없이, 주체할 수 없을 정도로 눈물이 솟아나 나를 압도하는 것을 느꼈다. 얼마나 오랫동안 나는 눈물을 잊고 살았던가! 나는 황급히 그녀에게서 몸을 돌리고 창가로 가서, 눈물로 흐릿해진 눈으로 화분들 너머를 바라보았다.

뒤편에서 그녀의 목소리가 들렸다. 차분하면서도 가장자리까지 가득 찬 포도주 술잔처럼 애정이 듬뿍 담긴 목소리였다.

"싱클레어, 당신은 아직 어린아이군요! 당신도 알다시피, 당신의 운명은 당신을 정말 사랑하고 있어요. 당신이 그 운명에 계속 충실하면, 언젠가 그 운명은 당신이 꿈꾸었던 대로 당신에게 완전히 속하게 될 거예요."

나는 자신을 억누르면서 그녀를 향해 다시 얼굴을 돌렸다. 그녀는 내게 손을 내밀었다.

"내게는 친구가 몇 명 있어요." 그녀가 미소를 지으며 말했다. "정말 소수지만 아주 가까운 친구들인데, 그들은 나를 에바 부인이라고 불러요. 원한다면 당신도 나를 그렇게 부르도록 해요."

그녀는 나를 문 쪽으로 데려가더니, 문을 열고는 정원을 가리켰다. "저기 바깥에 막스가 있을 거예요."

나는 망연자실하고 동요된 상태로 키가 큰 나무들 아래 서 있었다. 여느 때보다 더 깨어 있는 상태인지, 더 몽롱한 상태인지 알 수 없었다. 나뭇가지들에서 빗방울이 부드럽게 떨어졌다. 나는 강기슭을 따라 길게 이어진 정원으로 천천히 걸어갔다. 그리고 마침내 데미안을 발견했다. 그는 내부가 개방된 정자 안에서 웃통을 벗은 채 서서 거기 매달린 샌드백을 치며 권투 연습을 하고 있었다.

나는 놀라서 걸음을 멈추었다. 넓은 가슴, 단단하고 남자다운 머리의 데미안은 근사한 모습이었다. 들어 올린 두 팔은 근육이 팽팽하게 불거져 있고, 강하고 튼실해 보였다. 그리고 허리와 어깨, 팔의 관절에서 마치 샘물이 솟아나듯 동작이 유연하게 흘러나왔다.

"데미안!" 내가 소리쳐 불렀다. "도대체 거기서 뭐 하는 거야?"

그는 유쾌하게 웃었다.

"연습하는 중이야. 그 작은 일본인하고 격투 시합을 벌이기로 약속했거든. 그는 고양이처럼 날쌔고, 또 술수에도 능한 녀석이지. 하지만 나를 당해 내지는 못할 거야. 그 친구에게는 내가 갚아 줘야 할 아주 작은 굴욕을 당한 적이 있거든."

그는 셔츠와 겉옷을 입었다.

"어머니는 벌써 만난 거야?" 그가 물었다.

"그래. 데미안, 너의 어머니는 정말 멋진 분이야! 에바 부인! 어머니에게 완벽하게 어울리는 이름이야. 네 어머니는 모든 존재의 어머니 같아."

그러자 데미안은 한순간 생각에 잠겨 내 얼굴을 물끄러미 들여다보았다.

"너는 벌써 그 이름을 알고 있어? 자부심을 느껴도 좋겠어, 친구! 어머니가 첫 만남에서 그 이름을 알려 준 사람은 네가 처음이야."

그날부터 나는 마치 아들이자 형제인 것처럼, 하지만 또한 연인인 것처럼 그 집에 자주 드나들었다. 등 뒤로 현관문을 닫고 집 안에 들어설 때면, 아니 멀리서부터 정원의 키 큰 나무들이 시야에 들어오기만 해도 나는 마음이 풍요롭고 행복했다. 저 바깥에는 이른바 '현실'이 있었다. 바깥에는 거리와 집, 사람들과 여러 가지 시설, 도서관과 강의실이 있었다. 그러나 여기 안쪽에는 사랑과 영혼이 있었고, 동화와 꿈이 살아 있었다. 그렇다고 우리가 세상과 단절되어 살았던 것은 아니다. 우리가 생각을 나누고 대화를 나눌 때는 세상 한가운데 살고 있을 때가 많았다. 다만 다른 영역에서 살 뿐이었다. 우리는 세상의 다수로부터 어떤 경계선들에 의해 분리된 것이 아니라, 단지 바라보는 방식의 차이로 인해 분리되어 있었다. 우리의 과제는 세상에서 하나의 섬을 내어 보이는 것, 어쩌면 하나의 모범을 제시하는 것이고, 하여튼 세상을 살아가는 다른 삶의 가능성을 예고하는 것이었다. 오랫동안 고독한 존재로 지냈던 내가 완전한 고독을 맛본 사람들 사이에서만 가능한 공동체를 알게 된 것이다. 이제 다시는 행복한 자들의 식탁으로, 흥겨워하는 자들의 축제로 돌아가고 싶은 마음이 없었다. 이제 다시는 다른 사람들이 무리를 지은 것을 보더라도 그것을 선망하거나 향수병에 잠기지는 않았다. 그리고 서서히 나는 '표지'를 가진 자들의 비밀에 입문하게 되었다.

표지를 지닌 자들인 우리는 이 세상의 눈에는 당연히 기이한 존재들, 심지어는 미쳐 있고 위험한 사람들로 보일 수도 있었다. 우리는 각성한 자들 내지는 깨어나고 있는 자들이었다. 그리고 우리는 더욱 완전한 각성 상태에 이르고자 노력을 기울였다. 반면에 다른 사람들은 자신들의 의견, 자신들의 이상과 의무, 자신들의 삶과 행복을 점점 더 무리의 그것과 일치시키려고 노력했고, 거기서 행복을 찾았다. 그곳에도 노력이 있었고, 힘과 위대함이 있었다. 하지만 우리가 파악한 바로는, 표지를 지닌 우리는 새로운 것, 개별적인 것, 미래적인 것을 얻으려는 자연의 의지를 대변하는 데 반해, 다른 사람들은 기존의 것을 고수하려는 의지 속에서 살았다. 그들 역시 인류를 사랑했지만, 그들에게 인류는 이미 완성된 것, 유지하고 보존해야 할 것이었다. 반면에 우리에게 인류는 하나의 먼 미래였다. 우리는 모두 그곳을 향해 나아가는 중이었고, 그 누구도 그것이 어떤 형상인지 알지 못했으며, 그곳의 법칙은 어디에도 적혀 있지 않았다.

우리 모임에는 에바 부인과 막스 그리고 나 말고도, 좀 더 가깝기도 하고 멀기는 했지만 아주 다양한 종류의 구도자가 다수 있었다. 그들 중 몇몇은 특별한 오솔길을 걸어갔고, 자신들에게 비범한 목표들을 설정했으며, 특이한 견해나 의무에 매달렸다. 점성술사와 카발라 신봉자도 있었고, 톨스토이* 백작의 추종자도

---

* 레프 톨스토이(1828~1910)는 러시아 문학의 대문호로서 기독교의 산상수훈을 사회

있었다. 아울러 온갖 종류의 예민하고 소심하며 상처받기 쉬운 사람들, 새로운 종파의 추종자, 요가 수행에 매진하는 자, 채식주의자 등이 있었다. 이 모든 사람과 우리는 사실상 각자 다른 사람의 비밀스러운 삶의 꿈을 존중해 준다는 점 말고는 정신적으로 공유하는 부분도 없었다. 그런가 하면 우리에게 좀 더 가까운 사람들도 있었다. 과거에 인류가 신들과 새로운 이상을 탐색해 온 과정을 추적하는 자들이었다. 그들의 탐구는 이따금 나의 친구 피스토리우스의 탐구를 떠올리게 했다. 그들은 서적들을 갖고 와서 우리에게 고대 언어로 쓰인 문헌을 해석해 주고, 옛 상징과 의식들을 묘사한 그림들을 보여 주었다. 그들은 지금까지 인류가 품어 왔던 모든 이상이 무의식적인 영혼의 꿈들로 이루어져 있다는 것을 가르쳐 주었다. 그 꿈속에서 인류가 미래의 가능성에 대한 예감을 더듬더듬 좇아갔다는 것이다. 그렇게 우리는 기독교로의 방향 전환이 시작되기 이전까지 있었던 고대 세계의 놀랍고도 다종다양한 신들을 섭렵했다. 우리는 고독하고 경건한 사람들의 신앙 고백에 대해 알게 되었고, 종교들이 민족에서 민족으로 옮겨 가면서 겪은 변화들도 파악했다. 우리는 이렇게 수집한 모든 것에서 우리 시대와 오늘날의 유럽에 대한 비판을 도출해 냈다.

에 그대로 실천할 것을 제시했다. 그는 실제로 사법 제도, 군대, 세금과 개인 소유까지 폐지할 것을 주장했고, 자기 백작 영지에서 초대 교회를 모범으로 하는 교회를 설립하기까지 했다.

지금의 유럽은 엄청난 노력을 기울인 결과 인류에게 새롭고 막강한 무기들을 만들어 냈지만, 결국에는 아비규환과도 같은 정신의 황폐함 속으로 깊이 추락했다. 유럽은 온 세계를 얻은 대신 그 과정에서 자신의 영혼을 잃어버린 것이다.

이곳에도 확고한 희망과 구원의 가르침을 믿고 고백하는 자들이 있었다. 유럽을 개종시키려는 불교도들이 있었고, 톨스토이 추종자들과 다른 종파들도 있었다. 좀 더 가까운 소모임을 형성한 우리는 이러한 가르침들에 귀를 기울였지만, 그 가르침들을 상징 이상의 의미를 지닌 것으로 받아들이지는 않았다. 우리 표지를 지닌 자들은 어떤 미래가 형성될 것인가에 대해서는 전혀 염려하지 않았다. 우리에게는 모든 종파와 모든 구원의 가르침은 애초부터 죽어 있는 사산아 같았고, 아무 쓸모가 없어 보였다. 우리가 의무이자 운명이라고 느꼈던 것은 단 한 가지였다. 그것은 우리 각자가 온전히 자기 자신이 되는 것, 자기 안에 활동하는 자연의 싹에 온전히 부응하여 그 뜻에 따라 살아야 한다는 것, 이로써 불확실한 미래가 무엇을 가져오든 우리가 그 모든 것을 맞을 준비가 되어 있어야 한다는 것이었다.

말을 하든 하지 않든 우리 모두가 마음에 분명히 느끼는 바가 있었기 때문이다. 그것은 새로운 탄생 그리고 현존하는 것들의 붕괴가 임박했고, 그것을 이미 감지할 수 있다는 감정이었다. 데미안은 이따금 내게 이렇게 말했다. "앞으로 무슨 일이 닥칠지는 우리가 짐작할 수도 없어. 유럽의 영혼은 한없이 오랫동안 사슬에 묶여 있는 동물이라고 할 수 있어. 그 동물이 풀려나면, 그 첫 번째 움직임은 별로 사랑스러운 것이 아닐 거야. 사람들은 영혼의 곤경 상태를 그토록 오랫동안 거짓을 동원해 부인하고 감지하지 못하도록 했는데, 이제 영혼의 진정한 곤경 상태가 드러나게 되면 그것이 어떤 길 또는 어떤 우회로를 취할 것인가는 중요한 문제가 아닐 거야. 그때는 우리의 날이 될 거야. 그때 사람들은 우리를 필요로 할 거야. 물론 지도자나 새로운 입법자로서는 아니야. 새로운 법은 우리가 살아서 경험하지는 못할 테니까. 그보다 사람들은 의지가 있는 자, 운명이 부르는 곳으로 함께 가고, 운명이 부르는 곳에 서 있을 준비가 된 사람으로 우리를 필요로 할 거야. 보라고, 모든 사람은 자신의 이상이 위협을 받으면 믿을 수 없는 일까지 저지를 각오가 되어 있지. 하지만 새로운 이상, 어쩌면 위험하면서도 매우 낯선 성장의 움직임이 두드리는 신호를 보낼 때는 그곳에는 아무도 없어. 우리는 그때 거기에 서 있을 것이고, 함께 가는 소수의 사람이 될 거야. 우리에게 표지가 새겨진 것은 그 일을 위해서야. 두려움과 증오를 불러일으키고, 당시 인류를 편협한 목가적인 삶에서 끌어내어 위험하고 드넓은 세상으로 몰아내도록 카인에게 표지가 새겨졌던 것처럼 말이야. 인류의 행로에 영향을 끼쳤던 사람들은 예외 없이 모두 자신에게 닥친 운명을 맞이할 준비가 되어 있었기 때문에 그런 영향력이 있었고, 효과적으로 그 능력을 발휘할 수 있었어. 모세와 부처가 그랬고, 나폴레옹과 비스마르크가 그랬어. 어떤 흐름에 봉사할 것인지, 어떤 극점의 지배를 받을 것인지는 그 사람이 선택할 수 있는 사안이 아니야. 만약 비스마르크가 사회민주주의자들을 이해하고 그들의 정책에 동조했더라면, 그는 현명한 신사였을지는 몰라도 운명의 인간은 아니었을 거야. 나폴레옹도 그랬고, 카이사르도 그랬으며, 로욜라도 그랬고, 다들 그랬어! 이러한 문제는 언제나 생물학적으로, 또 진화론적으로 생각해야 해! 지구 표면에 엄청난 지각 변동이 일어나 물에 사는 동물들이 땅 위로 내던져지고, 육상 동물들이 물속에 내던져졌을 때, 이제까지 들어 본 적 없는 새로운 일을 해내고, 환경에 새롭게 적응하면서 자신의 종(種)을 구할 수 있었던 것은 자신의 운명을 맞이할 준비가 되어 있던 개체들이었지. 그 개체들이 자신들의 종 안에서 두드러진 보수주의자이자 기존의 것을 유지한 자들인지, 아니면 별종이고 혁명적 기질을 가진 자들인지는 우리가 알 수 없어. 그 개체들은 준비가 되어 있었고, 그래서 자신들의 종을 보존하여 새로운 진화 단계로 나아갈 수 있게 한 거야. 우리는 그 사실을 알고 있어. 그래서 우리 자신 또한 준비되어 있으려는 거야.”

우리가 이런 대화를 나눌 때 에바 부인도 종종 함께 있었으나 대화에 직접 끼어들지는 않았다. 우리 중 누가 자기 생각을 말하든지 그녀는 언제나 깊은 신뢰, 충만한 이해심을 보이면서 경청하고 그 생각에 공감해 주었다. 마치 우리의 모든 생각이 그녀에게서 나와서 그녀에게로 돌아가는 듯했다. 그녀 가까이에 있는 것, 때때로 그녀의 목소리를 듣는 것, 그녀를 에워싼 성숙함과 영혼의 분위기를 누리는 것은 내게는 행복이었다.

내 안에서 어떤 변화가 일어나면, 내 마음이 우울해지거나 혹은 새롭게 되면, 그녀는 곧바로 그것을 알아차렸다. 내가 밤에 꾸는 꿈들은 그녀가 내게 불어넣어 준 계시 같았다. 나는 그녀에게 자주 내 꿈들을 들려주었는데, 그녀는 그것들을 이해할 수 있고 자연스러운 꿈들로 받아들였고, 또한 그녀의 명료한 감각으로 따라올 수 없는 이상한 구석은 없었다. 한동안 나는 우리가 낮에 나누었던 대화를 그대로 재현한 듯한 꿈을 꾸었다. 온 세상이 혼란에 빠져 있고, 나 혼자서 혹은 데미안과 함께 긴장된 채로 위대한 운명을 기다리는 꿈을 꾸었다. 운명은 여전히 그 모습이 가려져 있었지만, 어쩐지 에바 부인 같은 용모를 지니고 있었다. 그녀에게 선택되거나 그녀에게 배척되는 것, 그것이 운명이었다.

가끔 그녀는 미소를 지으며 말했다. "당신의 꿈은 그게 전부가 아니에요, 싱클레어. 당신은 가장 좋은 부분을 잊었네요." 그럴 때마다 나는 잊고 있던 부분을 기억해 내고는 어떻게 내가 그 부분을 잊어버릴 수 있었는지 이해할 수 없는 때도 있었다.

이따금 나는 오롯이 만족하지 못하고 욕망에 시달릴 때도 있었다. 내 옆에 있는 그녀를 두 팔에 안지 못하고 바라보기만 하는 것이 더는 참을 수 없다는 생각이 들었다. 그녀는 그런 생각도 곧바로 알아챘다. 한 번은 며칠 동안 모습을 보이지 않다가 오랜만에 심란한 마음으로 방문했을 때, 그녀는 나를 따로 불러서 이렇게 말했다. "당신은 당신 스스로 믿지 않는 소망들에 굴복해서는 안 됩니다. 당신이 무엇을 욕망하는지 압니다. 당신은 그러한 소망들을 포기할 수 있어야만 합니다. 아니면 온전하게 제대로 소망해야 합니다. 언젠가 당신이 그것의 실현을 완전히 확신할 정도로 간절하게 요청할 수 있게 되면, 그때는 그 소망 또한 이루어질 것입니다. 하지만 당신은 소망하면서도 다시 후회하고, 그러면서 두려워하고 있어요. 그 모든 것을 극복할 수 있어야 합니다. 당신에게 동화를 하나 들려줄게요."

그러면서 그녀는 별을 사랑하게 된 어떤 소년의 이야기를 들려주었다. 소년은 바닷가에 서서 두 손을 펼치고 별을 숭배했다. 소년은 별에 대한 꿈을 꾸었고, 그의 생각은 온통 별을 향해 있었다. 하지만 그는 인간이 별을 품에 안을 수 없다는 사실도 알고 있었다. 혹은 그 사실을 안다고 믿었다. 그는 이루어지리라는 희망도 없이 별을 사랑하는 것이 자신의 운명이라고 여겼고, 이러한 생각을 토대로 체념이 담긴, 또 자신을 개선하고 정화해 줄 신실한 침묵의 고통이 담긴 온전한 인생 시를 썼다. 하지만 그의 모든 꿈은 별을 향해 있었다. 어느 날 밤 그는 다시 바닷가의 높은 절벽 위에 서서, 별을 바라보며 그 별에 대한 사랑으로 불타올랐다. 그리고 그리움이 최고조에 달한 순간, 그는 별을 향해 뛰어올라 허공에 몸을 던졌다. 그런데 뛰어오르는 순간에 번개처럼 그의 뇌리를 스치는 생각이 있었다. '이건 불가능한 일이야!' 그리하여 그는 온몸이 부서진 채 아래쪽 해안가에 나부라졌다. 소년은 사랑하는 법을 알지 못한 것이다. 만약 소년이 뛰어오르는 순간에 사랑의 성취를 확고하고 분명하게 믿는 영혼의 힘을 지녔더라면, 그는 위로 날아올라 별과 하나가 되었을 것이다.

"사랑은 간청해서는 안 돼요." 그녀가 말했다. "요구해서도 안 되고요. 사랑은 그 자신 속에 확신에 이르는 힘을 지니고 있어야 해요. 그렇게 되면 사랑은 더는 굴복하며 끌려다니지 않고 끌어당기게 됩니다. 싱클레어, 당신의 사랑은 내게 끌려다니고 있어요. 언젠가 당신의 사랑이 나를 끌어당기게 되면, 그때는 내가 갈 거예요. 나는 나 자신을 선물로 내어 주고 싶지는 않아요. 나는 쟁취의 대상이 되고 싶어요."

그다음 번에는 다른 동화를 들려주었다. 가망 없는 사랑에 빠진 남자가 있었다. 그는 자신의 영혼 속으로 완전히 기어들었고, 자신이 사랑 때문에 타죽는다고 생각했다. 그에게 세상은 완전히 사라져 버렸다. 그는 이제 파란 하늘도 초록 숲도 보지 못했고, 시냇물의 졸졸거리는 소리도 듣지 못했으며, 하프의 울림도 귀에 들어오지 않았다. 모든 것이 가라앉아 버렸다. 그는 가련하고 비참해졌다. 하지만 그의 사랑은 점점 더 자라났고, 그는 사랑하는 아름다운 여인을 얻지 못한다면 차라리 죽어 사라지는 것이 훨씬 더 낫다고 생각하게 되었다. 그는 자신의 사랑이 자기 안에 있는 다른 모든 것을 태워 버렸음을 느꼈다. 이제 그의 사랑은 강력해져 끌어당기고 또 끌어당겼다. 그러자 그 아름다운 여인은 따라올 수밖에 없었다. 그녀가 그에게 왔고, 그는 그녀를 끌어안고자 두 팔을 활짝 펴고 서 있었다. 그런데 그녀가 막상 그의 앞에 섰을 때, 그녀는 완전히 변한 모습이었다. 남자는 그 자신이 잃어버렸던 모든 세계를 자기 자신에게 끌어당겼음을 깨닫고는 전율을 느꼈다. 세계가 그의 앞에 서 있었고, 그에게 굴복했다. 하늘과 숲과 시냇물, 그 모든 것이 새롭게 채색되어 신선하고 찬란한 모습으로 그에게 다가왔다. 모든 것이 그의 것이 되어 있었고, 그의 언어로 말했다. 그는 단지 여자 하나를 얻은 것이 아니라, 온 세상을 가슴에 품게 된 것이다. 밤하늘의 모든 별이 그 안에서 하나하나 빛을 발했고, 그의 영혼을 관통하며 즐거움으로 반짝였다. 그는 사랑했고, 그러면서 자기 자신을 발견한 것이다. 하지만 사람들 대부분은 사랑하면서 자신을 잃어버린다.

에바 부인을 향한 나의 사랑은 이제 내 삶의 유일한 내용처럼 보였다. 그런데 그 사랑은 날마다 달리 보였다. 때때로 나는 나의 본성이 매혹당해 도달하려고 애쓰는 대상이 에바 부인이라는 사람이 아니고, 그녀는 다만 내 내면의 상징일 뿐이며, 나를 나 자신 속으로 더 깊이 이끌려고 할 뿐이라는 것을 분명하게 느끼기도 했다. 내게는 그녀가 말하는 것들이 실은 나를 사로잡는 다급한 질문들에 대한 나의 무의식이 들려주는 대답처럼 들릴 때가 많았다. 그러다가 그녀 곁에 있으면 또다시 감각적인 욕망이 타오르고, 그녀가 만졌던 물건들에 입맞춤하는 순간들이 찾아왔다. 그러면서 점차 감각적인 사랑과 정신적인 사랑, 현실과 상징이 서로 겹치기도 했다. 그런 경우 나는 나의 숙소 방 안에서 조용히 온 마음으로 그녀를 생각하면서, 그녀의 손이 내 손안에 있고, 그녀의 입술이 내 입술 위에 있다는 느낌을 받았다. 혹은 그녀 곁에서 그녀의 얼굴을 바라보고, 그녀와 이야기를 나누며, 그녀의 음성을 듣고 있으면서도 그녀가 실제로 그곳에 있는 것인지, 혹시 꿈은 아닌지 분별하기 어려웠다. 나는 사람이 어떻게 하면 사랑을 지속적인 것 내지는 영원한 것으로 소유할 수 있는지를 어렴풋이 예감하기 시작했다. 그러다가 어떤 책을 읽고 새로운 깨달음을 얻은 적이 있는데, 그때의 느낌은 에바 부인의 입맞춤과 같았다.

그녀가 내 머리를 쓰다듬고 나를 향해 미소 지으며 성숙하고 향기로운 온기를 발산할 때면, 나는 마치 나 자신 속에서 어떤 진보를 이루어 냈다는 느낌을 받았다. 내게 중요하고 나의 운명에 해당하는 모든 것이 그 여인의 모습으로 나타날 수 있었다. 그녀가 내 생각 하나하나로 변할 수 있었고, 내 생각 하나하나가 그녀로 변할 수 있었다.

나는 부모님 곁에서 함께 보내야 하는 성탄절 연휴가 두렵게 느껴졌다. 두 주 동안이나 에바 부인과 떨어져 지내는 일은 틀림없이 일종의 고문이 될 것이라는 생각이 들었기 때문이다. 하지만 그것은 고문은 아니었다. 오히려 집에 있으면서 그녀를 생각하는 것도 멋진 일이었다. H 시로 돌아온 뒤에도 나는 이러한 안정감과 그녀의 육체적인 현존에서 벗어난 자유를 만끽하기 위해 이틀 동안이나 그녀의 집을 찾지 않았다. 그러면서 나는 새롭고 비유적인 방식으로 그녀와 합일을 이루는 꿈도 꾸었다. 그녀는 바다였고, 나는 강물이 되어 그 안으로 흘러 들어갔다. 그녀는 별이었고, 나 자신도 하나의 별이 되어 그녀를 향해 나아갔다. 결국에 우리는 서로 만났고, 서로에게 이끌림을 느꼈고, 계속 함께 머물렀고, 작고 울림이 있는 원을 그리며 서로의 주위를 영원토록 행복하게 맴돌았다.

그녀를 다시 방문하게 되었을 때, 나는 먼저 이 꿈 이야기를 들려주었다.

"아름다운 꿈이네요." 그녀가 조용히 말했다. "그 꿈을 실현하세요!"

이른 봄, 나로서는 결코 잊을 수 없는 날이 찾아왔다. 나는 홀 안으로 들어섰다. 창문 하나가 열려 있었고, 온화한 미풍이 짙은 히아신스 향기를 온 실내에 퍼뜨리고 있었다. 아무도 보이지 않기에 계단을 올라가 막스 데미안의 서재로 향했다. 평소 하던 대로 서재 문을 가볍게 두드리고 나서 대답을 기다리지 않고 안으로 들어섰다.

서재는 커튼이 모두 드리워져 있어 어두웠다. 막스가 화학 실험실로 꾸며 둔 작은 곁방으로 통하는 문이 열려 있었고, 그곳으로부터 비구름 사이를 뚫고 환하고 새하얀 봄의 햇살이 비쳐 들었다. 나는 서재 안에 아무도 없다고 생각하고 한쪽 커튼을 열어젖혔다.

그러자 커튼이 드리워진 창문 가까이에서 막스 데미안이 기이하게 변한 모습으로 등받이 없는 걸상에 웅크리고 있는 것이 눈에 들어왔다. 그때 어떤 감정이 번개처럼 뇌리를 스쳤다. '너는 언젠가 저 모습을 본 적이 있어!' 그의 두 팔은 미동도 없이 축 늘어져 있었고, 두 손은 무릎 위에 놓여 있었다. 약간 앞으로 숙인 그의 얼굴은 두 눈을 뜨고 있었지만, 멍하고 생기가 없었다. 동공에서는 작고 현란한 반사광이 유리 조각인 것처럼 활기 없이 번득였다. 창백한 얼굴은 자기 내면으로 깊이 침잠해 있었는데, 심하게 경직된 것 말고는 아무런 표정이 없었다. 마치 신전 입구에 놓여 있는 태곳적 동물의 가면처럼 보였다. 그는 숨을 쉬지 않는 듯했다.

나는 지난 기억 하나가 떠올라 전율을 느꼈다. 여러 해 전에, 내가 아직 소년이었을 때 정확히 저 모습, 정확히 저런 자세를 취했던 그를 한 번 본 적이 있다. 그때도 두 눈은 저렇게 내면을 응시하며 굳어 있었고, 두 손은 저렇게 생기 없이 가지런히 놓여 있었으며, 그의 얼굴 위로 파리 한 마리가 돌아다녔었다. 여섯 해 전쯤 되는 당시에도 그는 저만큼 나이 들어 보였고, 저만큼 시간을 초월한 듯이 보였다. 지금도 얼굴의 주름 하나 달라지지 않았다.

나는 두려움에 사로잡힌 채 가만히 서재에서 나와 계단을 내려갔다. 홀에서 에바 부인을 만났다. 부인은 창백하고 지쳐 보였는데, 이전에 본 적이 없는 모습이었다. 그림자 하나가 창문을 스쳐갔다. 눈부신 새하얀 햇살도 갑자기 자취를 감추었다.

"막스한테 갔었어요." 내가 재빨리 속삭였다. "무슨 일이 있나요? 그는 잠든 것 같기도 하고, 깊이 침잠해 있는 것 같기도 한데, 잘 모르겠어요. 전에도 저런 모습을 본 적이 한 번 있거든요."

"그를 깨운 건 아니겠죠?" 그녀가 다급히 물었다.

"아뇨. 그는 내가 방문한 소리를 듣지 못했어요. 나는 얼른 다시 나왔고요. 에바 부인, 말씀해 주세요. 막스한테 무슨 일이 있는 건가요?"

부인은 손등으로 자신의 이마를 훔쳤다.

"안심해요, 싱클레어. 막스에게는 아무 일도 없어요. 그는 자기 안으로 침잠해 있는 중이에요. 오래 걸리지 않을 거예요."

그녀는 자리에서 일어났고, 막 비가 내리기 시작하는데도 바깥 정원으로 나갔다. 나는 따라가서는 안 된다고 느꼈다. 그래서 홀 안을 서성거리면서 정신을 혼미하게 하는 히아신스 향기를 맡았다. 또한 문 위에 걸린 나의 새 그림을 쳐다보기도 하면서 이날 아침에 이 집 안을 가득 채운 이상한 그림자를 마음 졸이며 호흡했다. 이게 무슨 일일까? 무슨 일이 일어난 걸까?

에바 부인은 곧 돌아왔다. 그녀의 짙은 색 머리카락에는 빗방울이 맺혀 있었다. 그녀는 자신이 늘 앉던 안락의자에 앉았다. 그녀 위에는 피로가 드리워져 있었다. 나는 그녀 곁으로 다가가 그녀 위로 몸을 숙이고 그녀의 머리카락에 맺힌 빗방울에 입을 맞추었다. 그녀의 두 눈은 환하고 고요했으나, 빗방울에서는 눈물 같은 맛이 났다.

"그의 상태를 한 번 살펴봐야 할까요?" 내가 속삭이듯 물었다.

그녀가 옅은 미소를 지었다.

"어린아이처럼 굴지 말아요, 싱클레어!" 마치 자신 안에 있는 어떤 마법을 깨뜨리려는 듯 그녀가 목소리를 높여 충고했다. "지금은 돌아갔다가 나중에 다시 와요. 지금은 내가 당신하고 이야기를 나눌 수 없군요."

나는 그 집에서 도망쳐 나왔고, 도시를 벗어나 산을 향해 달렸다. 비스듬히 흩뿌리는 가랑비가 나를 향해 날아들었고, 구름은 마치 불안에 잡힌 듯 무겁게 짓눌려 낮게 흘러갔다. 산 아래쪽은 바람이 거의 불지 않았으나, 높은 곳은 폭풍이 일어나는 듯했다. 몇 번은 강철 같은 잿빛 구름을 뚫고 햇살이 한순간 창백하고 눈부시게 비치기도 했다.

그때 하늘 저편에서 노란색을 띤 옅은 구름이 몰려왔다. 노란색 구름은 잿빛 구름의 벽에 막혀 짙은 덩어리 형태가 되었고, 마침 바람이 불어오자 몇 초 만에 노란색과 파란색이 어울려 형상 하나를 만들어 냈다. 거대한 새의 형상이었다. 그 형상은 파란색의 혼돈을 떨쳐 내고 커다란 날갯짓과 함께 하늘로 날아올라 시야에서 사라졌다. 이어 폭풍이 몰아치는 소리가 들려왔고, 비와 우박이 뒤섞여 세차게 쏟아져 내렸다. 빗줄기가 마구 내리치는 풍경 위로 믿을 수 없을 정도로 무시무시한 천둥소리가 짧게 울렸다. 그러고는 곧바로 다시 햇살이 비쳤고, 갈색 숲 너머 가까운 산봉우리들에서는 창백한 눈이 희미하고도 비현실적으로 빛나고 있었다.

몇 시간 후 비바람에 흠뻑 젖어 창백한 모습으로 다시 돌아왔을 때, 데미안이 직접 현관문을 열어 주었다.

그는 나를 데리고 자기 방으로 올라갔다. 실험실에는 가스 불꽃이 타고 있었고, 종이들이 여기저기 흩어져 있었다. 그는 무엇인가 작업을 하고 있었던 모양이었다.

"앉아." 그가 자리를 권했다. "피곤하겠구나. 끔찍한 날씨였잖아. 보아하니 제대로 바깥을 돌아다닌 모양이네. 금방 차를 내올 거야."

"오늘 무슨 일이 일어나고 있어." 내가 주저하면서 말을 꺼냈다. "그저 약간의 악천후에 불과한 것이 아닌 거 같아."

그는 탐색하듯 나를 바라보았다.

"무엇을 보기라도 했어?"

"그래. 구름 속에서 한순간 하나의 형상을 또렷하게 보았어."

"어떤 형상이야?"

"새의 형상이었어."

"매를 말하는 거야? 그 매였던 거야? 네 꿈에 나타났던 새?"

"그래, 그것은 나의 매였어. 노란색의 거대한 새였는데, 검푸른 하늘 속으로 날아갔어."

데미안은 깊은 한숨을 내쉬었다.

방문을 두드리는 소리가 났다. 나이 많은 가정부가 차를 가져왔다.

"좀 마시도록 해, 싱클레어. 내 생각에는 네가 그 새를 본 것은 우연이 아닌 거 같은데?"

"우연? 그런 것을 우연히 보기도 한다는 거야?"

"물론 아니지. 그 새는 뭔가를 의미하는 거야. 너는 그게 무엇인지 알아?"

"아니. 나는 단지 그것이 엄청난 격동을 뜻하고, 운명 속의 한 걸음을 의미한다고 느낄 뿐이야. 내 생각에는 우리 모두와 관련이 있는 거 같아."

그는 흥분한 모습으로 방안을 오갔다.

"운명 속의 한 걸음이라고!" 그가 크게 외쳤다. "지난밤에 나도 똑같은 꿈을 꾸었어. 어머니도 어제 어떤 예감을 느꼈는데, 같은 내용의 것이었어. 꿈속에서 나는 어떤 나뭇가지 혹은 어떤 탑에 걸쳐진 사다리를 타고 위로 올라갔어. 꼭대기에 올라 보니, 도시들과 마을들이 들어선 광활한 평지 전체가 불타고 있는 광경이 보였어. 아직은 네게 모든 것을 말해 줄 수는 없어. 아직은 내게도 모든 것이 분명하지는 않거든."

"너는 그 꿈을 너 자신과 관련된 것으로 해석해?" 내가 물었다.

"나와 관련된 거냐고? 물론이지. 어떤 사람도 자기 자신과 무관한 꿈을 꾸지는 않아. 하지만 그것은 나 혼자한테만 해당하는 꿈이 아니야. 너의 지적이 옳아. 나는 꿈들을 상당히 정확하게 구분하거든. 나 자신의 영혼에서 일어나는 움직임을 알려 주는 꿈들이 있는가 하면, 매우 드물기는 하지만 인류 전체의 운명을 암시해 주는 꿈들이 있어. 그런 유형의 꿈을 꾼 적은 정말 드물어. 게다가 그것이 예언이었고, 나중에 실현되었다고 말할 수 있는 꿈은 단 한 번도 꾼 적이 없어. 해석이라는 것이 너무 불분명하니까. 그러나 내가 확실히 아는 것은, 내가 꾼 꿈이 나 혼자만 관련된 꿈은 아니라는 거야. 이번 꿈은 내가 전에 꾸었던 꿈들과 같은 부류이고, 그 꿈들의 후속편이라고 할 수 있어. 싱클레어, 내가 전에 네게 들려준 예감들은 이전에 꾸었던 그 꿈들에서 얻었다고 할 수 있어. 우리가 사는 세계가 심하게 썩었다는 사실은 우리가 이미 알고 있어. 그렇다고 해도 그것이 곧 세계의 몰락이나 그 비슷한 것을 예언할 근거까지는 될 수 없겠지. 하지만 나는 몇 년 전부터 꿈들을 꾸어 왔는데, 그 꿈들에서 내가 내린 결론이라고 할까, 아니면 느낀 거라고 할까, 그것을 뭐라고 하든 그 꿈들에서 나는 낡은 세계의 붕괴가 가까워지고 있음을 느끼고 있어. 처음에는 그것이 아주 희미하고 불분명한 예감이었지만, 점점 더 뚜렷해지고 강력해졌어. 여태껏 내가 알게 된 것은, 거대하고 무시무시한 어떤 것, 나와도 관련이 있는 그 어떤 것이 닥쳐오고 있다는 것뿐이야. 싱클레어, 우리는 이제 우리가 이따금 이야기했던 것을 직접 겪게 될 거야! 세계는 그 자신을 혁신하려 하고 있어. 그것은 죽음의 냄새를 풍기고 있어. 죽음이 없이는 그 어떤 새로운 것도 오지 않거든. 내가 생각했던 것보다 더 끔찍해."

나는 깜짝 놀라 그를 뚫어지게 바라보았다.

"네 꿈의 나머지 부분에 대해 내게 들려줄 수 있어?" 내가 소심하게 부탁했다.

그는 고개를 가로저었다.

"그럴 수 없어."

그때 문이 열리고 에바 부인이 들어왔다.

"여기 함께 앉아 있었구나! 얘들아, 너희들 설마 슬퍼하고 있는 것은 아니겠지?"

그녀는 활기가 넘치는 모습이었고, 더는 피곤해 보이지 않았다. 데미안은 그녀를 향해 미소를 지어 보였고, 그녀는 마치 어머니가 겁먹은 자녀들에게 다가오듯 우리에게 다가왔다.

"슬프지는 않아요, 어머니. 우리는 다만 이 새로운 징조들에 대해 이런저런 추측을 해 보고 있었어요. 그런데 그것은 별로 중요하지 않아요. 일어나게 될 일은 갑자기 들이닥칠 것이고, 그렇게 되면 우리는 알아야 할 것을 바로 경험하게 될 테니까요."

하지만 나는 기분이 언짢았다. 작별 인사를 하고 혼자서 홀을 가로질러 가는데, 히아신스의 향기가 시들고 맥 빠지고 송장 같은 느낌이었다. 우리 위로 그림자 하나가 드리워져 있었다.

제8장

종말의 시작

나는 내 뜻을 관철하면서 여름 학기도 H 시에서 보낼 수 있게 되었다. 우리는 이제 집 안에 머무는 대신 거의 언제나 강가의 정원에 나가 있었다. 일본인은 데미안과의 격투 시합에서 제대로 패배를 맛보고는 도시를 떠나갔고, 톨스토이 추종자도 사라졌다. 데미안은 말을 한 마리 갖고 있었고, 매일 끈기 있게 말을 탔다. 나는 그의 어머니와 단둘이 있을 때가 많았다.

때때로 나는 내 삶이 평화롭게 흘러가는 것이 놀라웠다. 너무나 오랫동안 혼자서 지내면서 단념하는 법을 배우고, 나 자신의 고통과 힘겹게 씨름하는 데 익숙했던 터라 H 시에서 보낸 그 몇 달이 내게는 꿈속의 섬처럼 느껴졌다. 그 섬에서 나는 온통 유쾌한 일들과 유쾌한 감정에 둘러싸여 편안하고 매혹적인 삶을 살 수 있었다. 나는 그것이 우리가 생각했던 저 새롭고도 차원 높은 공동체를 미리 맛보는 것이라는 예감이 들었다. 그럴수록 행복한 감정만큼이나 깊은 슬픔이 때때로 나를 덮치기도 했다. 이 행복이 오래 지속되지 못할 것임을 잘 알았기 때문이다. 충만함과 안락함 속에서 숨 쉬는 일은 내게 주어진 몫이 아니었다. 내게는 고통과 박해가 필요했다. 나는 벌써 느끼고 있었다. 어느 날 나는 이 아름다운 사랑의 장면들에서 깨어날 것이고, 다시 혼자가 될 것이다. 고독이나 투쟁만 있을 뿐 어떤 평화, 어떤 더불어 사는 삶도 없는 차가운 타인들의 세계에서 다시 완전히 혼자가 될 것이다.

그래서 나는 갑절의 다정함을 보이며 에바 부인 곁에 바싹 달라붙었고, 나의 운명이 아직은 이렇게 아름답고 고요한 모습을 띠는 것이 기뻤다.

그 여름의 몇 주는 빠르고 순탄하게 흘러갔다. 학기도 벌써 끝나 가고 있었다. 이제 작별해야 할 때가 가까워졌다. 나로서는 그 순간을 생각하기 힘들었고, 또 생각하지도 않았다. 그 대신 나는 마치 나비가 꿀을 머금은 꽃에 매달리듯 아름다운 날들에 매달렸다. 내게는 참으로 행복한 시절이었다. 처음으로 내 삶의 성취를 경험했고, 결사체의 일원으로 받아들여졌다. 이제 무엇이 찾아올 것인가? 나는 또다시 힘겨운 싸움을 벌이며 나의 길을 갈 것이고, 그리움에 시달릴 것이고, 또다시 꿈을 꿀 것이고, 혼자 있게 될 것이다.

그 무렵에 하루는 이런 예감이 너무나 강렬하게 엄습해서 에바 부인에 대한 나의 사랑이 느닷없이 고통스럽게 타올랐다. 하나님 맙소사, 얼마 후면 나는 그녀를 영영 보지 못할 것이다! 집 안을 돌아다니는 안정적이고 기분 좋은 그녀의 발걸음 소리를 듣지 못할 것이고, 내 책상 위에서는 그녀의 꽃들도 더는 보지 못할 것이다! 그런데 나는 무엇을 이루었는가? 그녀를 쟁취하는 대신, 그녀를 얻기 위해 싸우고 그녀를 영원히 내게로 끌어당기는 대신, 나는 그저 꿈만 꾸고 편안함 속에 잠겨 있었다! 그동안 그녀가 진정한 사랑에 대해 내게 해 준 모든 말이 생각났다. 수많은 섬세한 권고들, 수많은 부드러운 유혹들과 약속들이 생각났다. 나는 그것들로 무엇을 성취했는가? 아무것도 없다! 아무것도!

나는 내 방의 한가운데 서서 나의 온 의식을 집중해서 에바 부인을 생각했다. 그녀가 나의 사랑을 느낄 수 있도록, 그녀를 내게로 끌어오기 위해 내 영혼의 힘들을 끌어모으려고 했다. 그녀가 와야 하고, 그녀가 나의 포옹을 열망해야만 했다. 나는 내 입맞춤으로 그녀의 사랑스럽고 성숙한 입술에 만족할 줄 모르고 파고들어야 했다.

나는 서서 온몸을 팽팽하게 긴장시켰다. 손가락과 발끝에서부터 냉기가 서서히 올라오기 시작했다. 내게서 힘이 빠져나가는 것이 느껴졌다. 잠시 내 안에서 무엇인가 단단한 것, 무엇인가 환하고 차가운 것이 단단하고 조밀하게 응축되었다. 한순간 내 심장 속에 수정을 품은 것 같은 느낌을 받았고, 그것이 바로 나의 자아임을 알았다. 냉기는 나의 가슴까지 차올랐다.

그 끔찍한 긴장 상태에서 깨어났을 때, 나는 무엇인가가 다가오고 있다는 예감이 들었다. 나는 죽을 정도로 탈진한 상태였지만, 에바 부인이 방 안에 들어서는 광경을 불타오르고 황홀한 기분으로 감히 바라볼 준비가 되어 있었다.

그때 긴 거리를 따라 달가닥거리며 달려오는 말발굽 소리가 들렸다. 그 소리는 점차 가까워지고 거세지더니 갑자기 멈추었다. 나는 창가로 뛰어갔다. 저 아래쪽에서 데미안이 말에서 내리고 있었다. 나는 아래로 달려갔다.

"무슨 일이야, 데미안? 혹시 어머니한테 무슨 일이 생긴 것은 아니지?"

그는 내 말을 귀담아듣지 않았다. 그는 안색이 매우 창백했고, 이마에서부터 양쪽 뺨으로 땀이 흘러내렸다. 열기를 내뿜는 말의 고삐를 정원 울타리에 묶고 나서 그는 나의 팔을 잡고서 함께 거리를 따라 걸어 내려갔다.

"혹시 벌써 알고 있어?"

나는 아무것도 알지 못했다.

데미안은 내 팔을 잡은 손에 힘을 주면서 내게로 얼굴을 돌렸다. 그는 어둡고도 연민이 담긴 이상한 눈길로 나를 바라보았다.

"그렇구나, 친구야. 드디어 일이 벌어지고 있어. 러시아와의 긴장이 고조되었다는 소식 정도는 너도 들었겠지."

"뭐라고? 전쟁이 일어나는 거야? 정말로 일어날 거라고는 생각지 못했어."

주위에는 아무도 없었지만, 그는 목소리를 낮추어 나지막하게 말했다.

"전쟁이 아직 선포되지는 않았어. 그러나 전쟁은 일어날 거야. 그것은 믿어도 돼. 그날 이후 그 문제로 너를 더는 성가시게 하지는 않았지만, 그 후에도 나는 세 번이나 새로운 징조를 보았거든. 그것은 세계의 몰락도 아니고, 지진도 아니고, 혁명도 아니야. 전쟁이 일어날 거야. 너는 사람들이 전쟁에 대거 호응하는 모습을 보게 될 거야. 사람들은 기쁨의 광란에 빠질 거야. 벌써 모두가 싸움판이 벌어지기를 고대하고 있거든. 그들에게는 삶이 그토록 무미건조해졌다는 것이지. 하지만 싱클레어, 너는 그것이 단지 시작일 뿐임을 보게 될 거야. 어쩌면 대규모의 전쟁, 엄청난 규모의 전쟁이 될 수도 있어. 하지만 그것 역시 시작일 뿐이야. 새로운 것이 시작될 것이고, 낡은 것들에 매달린 자들에게는 그 새로운 것이 끔찍한 일이 될 거야. 너는 무엇을 할 거야?"

나는 당황스러웠다. 그가 해 준 모든 이야기가 내게는 여전히 낯설고 비현실적으로 들렸다.

"모르겠어. 너는 어떻게 할 거야?"

그는 어깨를 으쓱했다.

"곧 동원령이 내릴 것이고, 곧바로 입대할 거야. 나는 중위 신분이거든."

"네가? 전혀 몰랐어."

"그래, 그건 내가 세상에 적응하는 방식의 하나였어. 너도 알겠지만, 난 다른 사람들의 이목을 끄는 일은 원치 않을 뿐만 아니라, 무슨 일이든지 제대로 해내려고 과도해지는 편이지. 아마 일주일 뒤에는 벌써 전장에 나가 있을 거야."

"맙소사."

"이봐 친구, 너는 이러한 사태를 감상적으로 받아들이면 안 돼.

살아 있는 사람들을 향해 발포 명령을 내리는 것은 나에게도 근본적으로 즐겁지 않은 일이야. 하지만 그것은 부차적인 일이 될 거야. 이제 우리는 누구든 거대한 바퀴 속으로 휩쓸려 들어가게 될 거야. 너도 마찬가지야. 너도 분명 징집될 거야."

"그럼 너의 어머니는 어떻게 되지, 데미안?"

바로 그때야 나는 불과 십오 분 전에 있었던 일이 기억났다. 그 사이 세상이 얼마나 달라졌는가! 나는 온 힘을 끌어모아 가장 감미로운 형상을 불러내려고 했었다. 그런데 지금은 운명이 갑자기 위협적일 정도로 섬뜩한 가면을 쓰고서 새롭게 나를 노려보고 있었다.

"우리 어머니? 아, 어머니 걱정은 할 필요 없어. 어머니는 안전해. 오늘날 이 세상 그 누구보다도 안전하다고 할 수 있어. 그런데 너는 어머니를 그 정도로 사랑하는 거야?"

"너도 알고 있었던 거야, 데미안?"

그러자 그가 환하게, 아주 홀가분한 웃음을 터뜨렸다. "이 꼬맹이 친구야! 당연히 알고 있었지. 어머니를 사랑하지도 않으면서 어머니한테 에바 부인이라고 부른 사람은 여태껏 한 명도 없었거든. 그건 그렇고, 어떻게 된 거야? 네가 오늘 어머니 혹은 나를 부른 게 맞지?"

"그래, 불렀어. 내가 에바 부인을 불렀어."

"어머니가 그것을 감지했어. 그래서 곧바로 나를 너한테 보낸 거야. 나는 그때 마침 어머니한테 러시아에 대한 소식을 전하려던 참이었거든."

우리는 가던 길을 돌이켜 걸으면서 몇 마디 이야기를 더 나누었다. 데미안은 말고삐를 풀고 다시 말 위에 올랐다.

위층에 있는 내 방에 올라오고 나서 비로소 나는 몹시 기진맥진한 상태라는 것을 알아차렸다. 그것은 데미안이 전해 준 소식 때문이기도 했지만, 무엇보다 앞서 온몸을 긴장시켰던 탓이기도 했다. 그런데 내가 부르는 소리를 에바 부인이 들었다니! 내가 마음속 생각만으로 그녀에게 도달한 것이다. 별다른 일이 일어나지 않았더라면, 그녀가 직접 내게 왔을 수도 있을 것이다! 이 모든 일은 얼마나 기이하고, 또 근본적으로 얼마나 아름다운가! 우리에게 이제 전쟁이 닥칠 것이다. 우리가 그토록 자주 이야기했던 일이 이제 벌어질 것이다. 그리고 데미안은 그 일에 대해 그렇게 많은 것을 미리 알고 있었다. 이 얼마나 기이한 일인가! 세계의 흐름이 더는 우리 곁을 그냥 스쳐 지나가지 않는다! 세계의 흐름은 돌연 우리 심장 한복판을 관통하고, 모험과 거친 운명이 우리를 부르고 있다! 지금 당장 혹은 조만간 세계가 우리를 필요로 하는 순간, 세계가 스스로 변하고자 하는 순간이 온다! 데미안의 말이 옳았다. 이것은 감상적으로 받아들일 일이 아니었다. 다만 특이한 점은, 그토록 고독한 사건인 '운명'을 내가 이제는 그토록 많은 사람들과 함께, 온 세계와 함께 체험하게 되리라는 것이었다. 그래, 좋다!

나는 각오가 되어 있었다. 저녁 무렵에 시내를 걸어가는데 거리 구석구석이 엄청난 흥분의 도가니에 빠져 있었다. 곳곳에서 '전쟁'이라는 단어가 들려왔다!

나는 에바 부인의 집으로 갔다. 우리는 정원의 정자에서 저녁을 먹었다. 내가 유일한 손님이었다. 누구도 전쟁 이야기는 한마디도 꺼내지 않았다. 다만 나중에 내가 그 집에서 나오기 직전에 에바 부인이 이렇게 말했다. "친애하는 싱클레어, 당신은 오늘 나를 불렀어요. 어째서 내가 직접 가지 않았는지는 알 거예요. 하지만 잊지 말아야 할 것이 있어요. 당신은 이제 부르는 법을 알게 되었어요. 표지를 지닌 누군가가 필요할 때는 언제든지 다시 부르도록 해요!"

그녀는 자리에서 일어나 정원에 내려앉은 어스름 사이를 뚫고 앞장서 갔다. 신비로 가득한 여인은 말 없는 나무들 사이로 성큼성큼 품위 있게 발걸음을 옮겼다. 그녀의 머리 위에서는 수많은 별이 작고 사랑스럽게 반짝였다.

나의 이야기는 끝나 간다. 사태는 빠르게 전개되었다. 이내 전쟁이 일어났고, 데미안은 군복 위에 은회색 외투를 걸친, 기이하도록 낯선 모습을 하고 떠나갔다. 나는 그의 어머니를 집까지 바래다주었다. 얼마 후 나도 그녀와 작별했다. 그녀는 내 입술에 입을 맞추고, 잠시 나를 가슴에 끌어안았다. 그녀의 이글거리는 두 눈은 나의 두 눈을 가까이에서 열정적으로 들여다보았다.

그리고 모든 사람이 형제가 된 듯했다. 그들은 조국과 명예를 염두에 두었다. 하지만 그것은 운명이었고, 그들 모두는 한순간 그 운명의 민낯을 들여다본 것이었다. 젊은 남자들은 병영에서 나와 열차에 올랐다. 나는 많은 얼굴에서 표지를 보았다. 그것은 우리의 표지와는 달랐지만, 사랑과 죽음을 뜻하는 아름답고 품위 있는 표지였다. 나 역시 전에 한 번도 본 적이 없는 사람들의 포옹을 받았다. 나는 그 몸짓을 이해했기에 흔쾌히 응해 주었다. 물론 그들은 일종의 도취 상태에서 그렇게 행동한 것이었고, 운명의 의지 속에서 행동한 것은 아니었다. 그래도 그 도취 상태는 성스러운 것이었고, 그들 모두가 잠시나마 깨우치는 눈길로 운명의 눈을 들여다본 데서 비롯된 것이었다.

내가 전장에 나갔을 때는 벌써 겨울이 가까워져 있었다.

총격전이 일으키는 흥분에도 불구하고 처음에는 모든 것이 실망스러웠다. 예전에 나는 한 인간이 이상을 위해 사는 것이 어째서 그토록 드문 일인지에 대해 많은 생각을 했었다. 이제 나는 많은 사람, 아니 모든 사람이 이상을 위해 죽을 수 있음을 알게 되었다. 다만 그것은 개인적인 이상, 임의로 선택한 자유로운 이상이어서는 안 되었다. 그것은 공동의 것이자 타인들에 의해 부여된 이상이어야 했다.

그러나 시간이 지날수록 내가 사람들을 과소평가했다는 점을 깨달았다. 그들은 분명 군대 복무와 공동의 위험으로 인해 매우 획일화된 사람들이었다. 하지만 그 모든 것에도 불구하고 살아 있는 사람이든 죽어 가는 사람이든 수많은 이들이 운명의 의지에 장렬하게 접근하는 것을 나는 보았다. 아주 많은 이들이 공격할 때뿐만이 아니라 어느 순간이든 확고한 눈빛, 먼 곳을 향하고 조금은 홀린 듯한 눈빛을 하고 있었다. 그것은 목표에 대해서는 아무것도 알지 못한 채 무엇인가 엄청난 일에 자신을 완전히 내

맡기는 눈빛이었다. 무엇을 믿고 무엇을 생각하는 것과는 상관없이, 그들은 각오가 되어 있고, 쓸모 있는 존재들이고, 이들로부터 미래가 형성될 수도 있을 것이다. 그리고 세계가 전쟁과 영웅주의, 명예와 다른 고루한 이상들을 향해 더욱 경직되게 아우성치고 있다고 해도, 또한 외견상 인간성을 외치는 목소리 하나하나가 더욱 멀고도 비현실적으로 들린다고 해도, 그 모든 것은 피상적인 것에 불과했다. 전쟁의 외적이고 정치적인 목적에 관한 질문들이 피상적인 것과 마찬가지다. 깊은 곳에서는 사실 무엇인가가 형성되고 있었다. 새로운 인간성 같은 것이었다. 내 옆에서 죽어 간 여러 사람을 포함해 내가 보았던 수많은 이들에게서 내가 보았던 것이 있다. 그것은 증오와 분노, 살육과 파괴가 정작 그 대상과는 무관하다는 것을 그들이 감정적으로 통찰했다는 것이다. 아니, 그 대상은 그 목적만큼이나 완전히 우연한 것이었다. 근원적인 감정들은 가장 거친 경우라고 해도 적을 향한 것이 아니었다. 그들의 피비린내 나는 행위도 단지 내면의 발산, 다시 말해 새로 태어나기 위해 미쳐 날뛰고 죽이고 파괴하고 죽고 싶어 하는, 내적으로 분열된 영혼의 발산일 뿐이었다. 거대한 새가 몸부림치면서 알에서 빠져나오고 있었다. 그 알은 세계였고, 세계는 부서져야만 했다.

어느 이른 봄날 밤에 나는 우리가 점령한 농가 앞에서 보초를 서고 있었다. 무기력한 바람이 이따금 변덕스러운 돌풍이 되어 불었고, 플랑드르 지방의 높다란 하늘에는 구름 떼가 몰려다녔다. 구름 뒤 어딘가에는 달이 떠올라 있는 듯했다. 그날 나는 온종

일 벌써 불안한 심정이 되어 있었다. 정체를 알 수 없는 근심 때문에 마음이 불편했다. 이제 나는 어두운 초소에 서서, 지금까지 살아온 내 인생의 장면들, 에바 부인, 데미안을 간절한 마음으로 떠올렸다. 그러면서 한 그루 미루나무에 기대어 서서 불안정한 하늘을 바라보았다. 밝은 영역들이 은밀하게 이리저리 움직이면서 곧 거대하게 부풀어 오르는 일련의 형상이 되었다. 나는 맥박이 이상하게 희미해지고, 나의 살갗이 바람과 비에 무감각해진 것을 보고, 또 나의 내면이 번득이며 각성하는 것을 보면서, 가까운 곳에 나의 인도자가 있음을 느꼈다.

구름 속에서 거대한 도시 하나가 보였다. 그곳에서 수백만 명의 사람들이 쏟아져 나와 넓게 펼쳐진 풍경 속으로 무리를 지어 퍼져 나갔다. 그들 한가운데로 강력한 신의 형상이 나타났다. 머리카락에서는 별들이 반짝였고, 산맥처럼 웅장한 그 형상은 에바 부인의 모습을 하고 있었다. 마치 거대한 동굴 속으로 빨려 들어가듯 사람들의 행렬이 그 여신의 형상 안으로 들어가 사라졌다. 여신은 바닥에 웅크리고 앉았는데, 여신의 이마 위에서 표지가 환하게 빛났다. 어떤 꿈이 그녀를 지배하고 있는 듯했다. 여신은 두 눈을 감았고, 거대한 얼굴이 고통으로 일그러졌다. 그러다가 여신은 갑자기 날카로운 비명을 질렀고, 그 이마에서 별이 튀어나왔다. 수천 개의 빛나는 별들이 근사한 아치와 반원을 그리며 검은 하늘 위로 날아올랐다.

그 별들 가운데 하나가 명랑한 소리를 내며 나를 향해 곧장 돌진해 왔다. 별은 나를 찾는 듯했다. 그러더니 그것은 엄청난 굉음과 함께 수천 개의 불꽃으로 산산조각이 났고, 나를 공중으로 끌어 올렸다가 다시 바닥으로 내동댕이쳤다. 세계가 천둥소리를 내며 내 위에서 무너져 내렸다.

사람들은 미루나무 근처에서 흙에 뒤덮이고 상처투성이가 된 나를 발견했다.

나는 어느 지하실에 누워 있었다. 머리 위에서는 포성이 요란했다. 나는 차량에 실려 텅 빈 벌판을 덜커덩거리며 지나갔다. 이동하는 동안 나는 대부분 잠들어 있거나 의식이 없었다. 하지만 깊이 잠들수록 무엇인가가 나를 끌어당긴다는 것을, 내가 나를 지배하는 어떤 힘을 따라가고 있음을 더욱 강렬하게 느꼈다.

나는 어느 축사의 짚 더미 위에 누워 있었다. 주위는 어두컴컴했다. 누군가가 내 손을 밟았다. 하지만 나의 내면은 계속 이동하기를 원했고, 나는 그곳을 벗어나야 한다는 더욱 강력한 느낌을 받았다. 나는 다시 차량에 누워 있었고, 나중에는 들것 아니면 사다리 같은 것에 누워 있었다. 나는 어딘가로 오라는 명령을 받았다는 느낌이 더욱 강하게 들었고, 마침내 그곳에 도달하고야 말겠다는 열망 외에는 아무것도 느끼지 못했다.

그러고 나서 나는 목적지에 도착했다. 때는 밤이었다. 나는 의식이 완전히 깨어났는데, 내 안에서 또다시 끌어당김과 열망을 강력하게 느꼈던 참이었다. 이제 나는 넓은 홀 바닥에 깔아 둔 자리에 누워 있었는데, 마침내 내가 부름을 받은 곳에 이르렀다는 느낌이 들었다. 주위를 둘러보았다. 내 매트리스 바로 옆에 다른 매트리스 하나가 놓여 있었고, 그 위에 누군가가 누워 있었다. 그는 몸을 기울여 나를 보았다. 그는 이마에 표지를 지니고 있었다. 막스 데미안이었다.

나는 말을 할 수 없는 상태였다. 그도 말을 할 수 없거나 말할 생각이 없는 듯했다. 그는 그저 나를 바라볼 뿐이었다. 위쪽 벽에 걸린 램프의 불빛이 그의 얼굴을 비추고 있었다. 그는 나를 향해 미소를 지어 보였다.

그는 무한히 오랫동안 줄곧 내 눈을 들여다보았다. 그러다가 서서히 얼굴을 내 쪽으로 내미는 바람에, 우리는 거의 맞닿을 지경이 되었다.

"싱클레어." 그가 속삭이듯 말했다.

나는 눈으로 그의 말을 알아듣고 있다는 신호를 보냈다.

그가 다시 미소를 지었는데, 그 표정은 거의 연민에 차 있었다.

"꼬맹이 녀석!" 그가 미소를 띤 채 말했다.

그의 입은 이제 내 입 가까이에 와 있었다. 그가 나지막한 목소리로 말을 이었다.

"프란츠 크로머를 아직도 기억해?" 그가 물었다.

나는 그에게 눈을 깜박여 보였고, 간신히 미소도 지어 보일 수 있었다.

"꼬마 싱클레어, 잘 들어! 이제 나는 곧 떠나야만 해. 너는 어쩌면 크로머나 또 다른 일로 나를 다시 한번 필요로 할 수도 있을 거야. 그럴 때 네가 나를 불러도, 나는 이제 그렇게 거칠게 말을 타고 오거나 기차를 타고 달려올 수 없어. 그런 경우 너는 네 안의 소리에 귀를 기울여야 해. 그러면 내가 네 안에 있음을 알게 될 거야. 내 말을 이해하겠어? 그리고 한 가지가 더 있어! 에바 부인은 언젠가 너한테 안 좋은 일이 생기면 그녀가 내게 해 주었던 입맞춤을 너한테 그대로 전해 달라고 했어… 자, 눈을 감아, 싱클레어!"

나는 순순히 두 눈을 감았다. 피가 줄어들 기미 없이 조금씩 흘러나오고 있는 내 입술 위로 가벼운 입맞춤이 느껴졌다. 그리고 나는 잠이 들었다.

아침에 사람들이 나를 깨웠다. 붕대를 감아야 한다고 했다. 마침내 완전히 잠에서 깨어났을 때, 나는 재빨리 옆 매트리스 쪽으로 몸을 돌렸다. 거기에는 내가 한 번도 본 적이 없는 낯선 사람이 누워 있었다.

붕대를 감을 때는 통증이 있었다. 그때 이후 나는 내게 일어난 모든 일에서 아픔을 느꼈다. 그러나 내가 가끔 열쇠를 찾아내어 내 안으로 내려가면, 어두운 거울 속에 운명의 형상들이 잠들어 있는 그곳으로 내려가면, 나는 검은빛 거울 위로 몸을 숙이기만 하면 된다. 그러면 나 자신의 형상이 보인다. 그 형상은 이제는 바로 그 사람, 내 친구이자 인도자인 그 사람과 완전히 닮아 있었다.

차례

도슨트 서영채와 함께 읽는
『데미안』

『데미안』은 과연 성장소설일까요. 한 개인이 성숙을 거쳐 세계로 나아가는 이야기가 성장소설이라면, 왜 이 소설의 끝에서 우리를 기다리는 것은 화해나 통합이 아니라 참호전의 진흙과 절대적 고독일까요. 이 글은 『데미안』을 '성장의 서사'가 아니라, 반-성장의 윤리와 절대적 자아주의가 교차하는 근대 문학의 문제적 장면으로 다시 읽고자 합니다. 이 역설적 서사가 남기는 균열이야말로, 『데미안』이 세대를 넘어 읽혀 온 이유일지도 모릅니다.

참호전의 사상, 반-성장의 윤리

1. 탁월한 성장소설, 『데미안』

『데미안』은 20세기가 산출해 낸 탁월한 성장소설입니다. 성장소설이란 말 그대로 사람의 성장을 다루는 소설을 말하죠. 한 아이가 어른이 되어 가는 과정이 성장서사의 기본 형식입니다. 그런데 『데미안』은 성장소설의 기본 문법에 바탕해 있으면서도 이로부터 특이한 방식으로 어긋나 있습니다. 그것은 『데미안』의 증상이자 매력의 요체로서, 바탕의 결여를 보충하여 갱신하는 예외적 어긋남에 해당합니다.

삶과 죽음, 성장과 반-성장이 뒤엉켜 있는 『데미안』의 독특함은 헤세의 세대가 겪은 제1차 세계대전과 그로 인해 만들어진 참호전의 사상으로부터 나옵니다. 불패의 근대성이 구겨지고 접히는 곳에서 생겨난 참호전의 사상은 근대성의 가장 현저한 증상에 해당하는데, 그 위에 얹혀 있는 『데미안』이라는 소설은 근대적 사유

의 비틀린 핵심으로 가는 통로 역할을 하죠.

　참호전의 사상이라 했지만, 포탄이 떨어지는 참호 속에서 전율하고 있는 병사의 모습 같은 것은 새의 시선(곧 역사이자 신의 시선)의 산물이어서 헤세의 세계와는 거리가 멉니다. 참호 안에서 포착되는 조각난 하늘, 그리고 그 하늘을 가르는 새의 모습 같은 것이 헤세의 세계에 가깝죠. 신비주의의 신을 향해 날아가는 『데미안』의 새는, 그의 세계 한복판에서 작동하는 죽음충동의 환각과 연결되어 있습니다. 그럼에도 『데미안』의 독자들에게 중요한 것은 그 새의 이미지가 여전히, 의기양양한 근대성의 정확한 반면들에 해당한다는 사실일 겁니다. 백 년이 지난 지금에도 아직 우리 안에서 작동하고 있는, 서사와 문학의 윤리가 그로부터 발원하고 있다는 점도 문제적이죠. 여기에 도달하기 위해 먼저, 『데미안』을 탁월한 성장소설로 만드는 특유의 어긋남을 살피는 일로부터 출발해 봅시다. 성장은 왜 반-성장을 향해 갈 수밖에 없는 걸까.

2. 성장과 반-성장

인간에게 성장이란 몸이 실해지고 마음이 알차져서 자립적인 존재가 되는 것을 뜻합니다. 성장 과정을 통과하기 위해 한 개체는 몸도 마음도 다단한 진통을 겪습니다. 성장통이란 누구나 겪어야 하는 것이니 대단치 않은 것이라 말할 수도 있을 겁니다. 하지만 성장이라는 변화를 일인칭 시선으로 바라볼 때는 전혀 다른 문제가 됩니다. 그 변화를 감당해야 하는 개체에게는 변화의 진폭과

낙차, 회복 불가능성이 과중한 것이 되고, 때로는 견디기 어려울 만큼 부담이 되기도 합니다.

성장의 진통이 진정 단계에 접어들게 됨으로써 청춘기의 격정이 사라진 상태를 우리는 대개 성숙함이라 칭합니다. 그렇다고 해서 문제가 해결되는 것은 물론 아니며, 한 인간 개체의 입장에서 보자면 바로 그곳에서부터 본격적인 삶의 드라마가 펼쳐집니다. 어른들이 만들어 내는 삶의 드라마는 저마다 다른 사연과 사건의 형식들로 이루어져서 한 마디로 규정하기는 힘들죠. 자립적인 성인 개체들은 저마다 서로 다른 방식으로 기쁨과 슬픔, 즐거움과 괴로움을 누리고 겪습니다. 여기에 비하면, 어른 됨의 출발선에 이르는 과정으로서의 성장 및 그에 동반되는 진통이란 어느 정도까지는 공통되는 내용과 형식을 지닙니다. 그래서 성장서사는 사춘기의 연애 이야기가 그렇듯, 크게는 같은 틀을 지닌 것으로서 디테일만이 서로 다를 뿐이라 해도 큰 무리가 아닐 겁니다.

헤세의 『데미안』은 1919년 독일 출간 이후로 독일과 한국을 포함한 여러 나라 독자들로부터 사랑을 받아 왔습니다. 지난 백여 년 동안 전 세계 50여 개 이상의 언어로 번역되었고,[*] 한국에서는 1960년대 이후로 지금까지, 누구나 제목 정도는 알고 있는 베

---

[*] UNESCO Index Translation과 Goodreads의 목록에 따르면, 『데미안』을 번역한 언어는 모든 대륙의 50여 개를 상회한다.

스트셀러 고전의 자리를 차지하고 있습니다.[*]『데미안』이 이런 평가를 받게 된 까닭은 기본적으로 소설 자체의 수월성 때문이라고 해야 할 것입니다. 하지만 여기에 더해, 성장서사라는 인간 보편의 문화적 지반이 그 바탕에 있기 때문이기도 함도 지적되어야 하겠습니다. 뒤집어 말하면,『데미안』이라는 탁월한 작품은 성장서사가 지니는 공통 요소들을 여러 나라 사람들에게 환기시켜 주는 역할을 해 왔다고 할 수도 있겠습니다(한국에서『데미안』이 누린 인기는 좀 더 특별해 보이긴 합니다. 이에 관해서도 뒤에서 다룰 예정입니다).

아이가 어떻게 어른이 되는가.『데미안』의 서사는 이렇게 말합니다. 어른이 된다는 것은 다른 무엇보다 보호자와 양육자로부터 스스로를 분리시키는 것, 자기만의 고유한 세계를 확보하여 자립적인 존재가 되는 것을 뜻한다고. 방문을 닫고 서랍에 잠금장치를 하는 것, 부모와 가족에게 털어놓기 힘든 비밀이 생기는 것이 그 첫걸음입니다. 대개 그런 비밀이란 모종의 위반 경험과 연

---

[*] 『데미안』번역본은 UeDeKo에 수록된 목록에 따르면, 김요섭 번역본[『젊은 날의 고뇌: 에밀 싱클레어의 젊은 날의 수기』(영웅출판사, 1955)라는 제목으로 출간되었다. 이 번역본은 1967년『데미안』이라는 이름으로 문예출판사에서 재간행된다]과 전혜린 번역본[『데미안』(신구문화사, 1964)]을 위시하여, 2019년까지 246종이 나와 있다(UeDeKo의 목록에서 확인 가능하다. 이는 편역과 재역이 포함된 종수이다). 특히 1960년대에는 책의 번역자이자 당대의 문화적 아이콘이었던 전혜린의 이름과 함께 회자되어『데미안』은 베스트셀러의 반열에 오르고, 그 이후로 현재에 이르기까지 성장소설의 대명사가 되어 있다.

관되죠. 심각한 범죄 행위 같은 것이 아닐지라도 스스로의 판단에, 해서는 안 될 짓을 해 버린 것, 거짓말이나 도둑질이나 무엇이건 간에 자기 마음에 무거운 죄책감을 유발시킬 만한 행동을 해 버린 것이 바로 그에 속합니다. 그렇게 생겨난 말 못 할 사정은 자기 자신만의 장소를 만들어 냅니다. 그곳에서 사람은 때로 절망에 빠지고 슬퍼하고 고독해집니다. 그러는 사이에 친구를 얻고, 연모하거나 동경하는 존재를 만나게 되고, 때로는 그리워하고 애타하고 가슴 졸이는 순간을 맛보죠. 누구나 정도의 차이는 있을지언정, 마음이 덤덤해지는 순간이 오기까지 그런 과정을 거칩니다. 아이는 그렇게 어른이 됩니다.

헤세가 『데미안』에서 펼쳐 내는 성장서사는 기본적으로 이와 같은 과정을 따릅니다. 외관만으로 보자면, 규칙을 잘 지키는 학생처럼 성장 단계를 차근차근 밟아 나가는 것이 『데미안』의 서사적 외양입니다. 일탈을 해야 할 때 일탈을 하고, 방황을 해야 할 때 방황을 하는 거죠. 그렇게 한 아이가 성년이 됩니다. 성장소설이라는 장르로 말하자면, 장르적 문법의 모범적 실천자라 해야 할 특성이 『데미안』을 20세기 성장소설의 대표자로 만들었던 셈입니다.

그럼에도 불구하고 여기에서 주목되어야 할 것은, 성장소설로서 『데미안』이 어떤 독특한 모습의 역설을 지니고 있다는 사실입니다. 앞에서, 바탕으로부터 어긋남이라고 표현했던 것이 곧 이를 지적하는 것인데, 그것이야말로 『데미안』이라는 소설의 고유성의 원천이자 『데미안』의 서사가 지닌 증상적 성격에 해당합니

다. 구체적으로 말하자면,『데미안』의 서사가 개체의 사회적 통합과는 반대되는 지점을 향해 나아가고 있다는 점이 곧 그것입니다. 그런데 그게 왜 역설적일까.

성장소설이 어른 되기의 과정을 다루는 것이라면, 서사의 종결점에 있는 것은 방황하던 미성년이 불안을 극복하고 안정감 있는 어른들의 세계로 통합되는 것입니다. 괴테의『빌헬름 마이스터의 수업 시대』(1795)가 그 대표적인 예죠. 자기가 속해야 할 공동체를 발견하고 자기에게 주어진 역할을 찾아 그것을 수행하는 것, 그럼으로써 공동체의 일원으로 존중을 받는 것이 곧 어른 됨의 요체이기 때문입니다. 그런데『데미안』은 어떨까. 사회적 통합과 공동체적 연대가 있어야 할 자리에, '카인의 표지'(標識)를 가진 매우 소수의 사람이 만들어 낸 사적인 유대가 있습니다. 전체 사회로부터 등을 돌려 매우 특별한 소수의 사람 속으로 들어가고자 하는 힘의 발현이라는 점에서,『데미안』의 서사는 넓은 범위의 연대가 아니라 좁고 특별한 형태의 고립을 지향합니다(실제로 소설 속에 등장하는 '카인의 표지'를 지닌 인물들은 단 한 사람이라고 해도 지나친 말이 아닙니다. 위상으로 보자면 이들 셋은 모두 동일 인물에 해당하기 때문입니다. 이에 관해서는 뒤에서 다시 다루도록 하겠습니다).

그렇다면 다음과 같은 질문들이 제기될 수밖에 없을 겁니다. 『데미안』을 이끌어 가는 서사의 힘이 통합과 연대가 아니라 고립과 격절을 향해 가는 것이라면, 그 힘의 결과로 나온 소설은 성장소설이 아니라 오히려 퇴영소설이나 반-성장소설이라 함이 더 적

실하지 않을까. 그런데도 어떻게 『데미안』은 20세기 성장소설의
탁월한 대표자가 된 것일까. 반-성장을 추구하는 성장소설이라는
역설을 어떻게 이해해야 할까. 싱클레어의 성장서사를 추적해 가
면서 이 질문들에 대해 답해 보도록 하죠.

3. 성장의 첫 단계로서의 분리

성장소설로서의 『데미안』의 서사가 어떻게 반-성장의 속성을 지
닐 수 있는지에 대해 말하기 위해서는 약간의 우회로가 필요합니
다. 반-성장의 성장이라는 것 자체가, 20세기 문학성의 문화사적
위상을 표현하고 있기 때문입니다.

소설의 서사가 지닌 이념적 지향성은 이야기가 종결된 후에 하
나의 전체상으로 부각됩니다. 복합적인 요소를 지닌 텍스트라면
반추되는 해석들 속에서 새로운 전체상이 생겨나기도 하죠. 『데
미안』에서 이를 따져 보기 위해서는 무엇보다 먼저, 서사의 저변
을 흐르고 있는 신비주의적 성격에 대해, 나르시시즘과 죽음충동
의 그림자에 대해, 죽음의 그림자가 지니는 부드럽고 온화한 느
낌에 대해 주목해야 합니다. 나아가, 소설의 배경을 이루는 제1차
세계대전 전후의 유럽의 정신적 상황에 대해, 『데미안』의 헤세가
선취하고 있는 하이데거식 실존주의의 양상에 대해, 그리고 이
모두를 아우르는 『데미안』의 전후소설적인 속성에 대해서도 살
펴야 하죠.

서사가 지닌 이념적 지향성은 객관적 세계관의 산물이어서, 여
기에 대한 독자들의 반응은 지적인 형태의 동의나 부동의일 수밖

에 없습니다. 이에 비해, 독자들의 마음을 사로잡고 움직이게 하는 것은 서사에 등장하는 디테일의 정치함입니다. 『데미안』이 성장소설로서 지난 백 년 동안 많은 사람의 공감과 애호를 받아 온 까닭을 살피자면, 전자의 영향력은 당연하다고 해야 할 것이나 좀 더 큰 힘을 발휘한 것은 후자의 힘이라 해야 할 것입니다. 서사의 이념적 지향성에 동의할 수 없는 사람에게라면 작품 자체가 거부의 대상이 됩니다. 하지만 그런 지향성에 동의한다고 해서 누구나 기꺼이 소설 속으로 들어가게 되는 것은 아니죠. 사람들을 소설 속으로 인도하는 데 큰 역할을 하는 것은 독자들의 마음을 감응시킬 수 있는 섬세한 디테일입니다. 그런 정교함이 모여 인물과 사건의 핍진성을 이루고, 독자들에게 공감의 포인트를 제공합니다. 헤세의 『데미안』이 지닌 서사적 특징 역시 바로 그런 점에서 찾아볼 수 있습니다.

'에밀 싱클레어의 청춘 이야기'라는 부제가 붙은 『데미안』은 주인공 에밀 싱클레어의 일인칭 시점으로 서술됩니다. 열 살의 어린아이였던 싱클레어가 20대 초반의 청년으로 성장하는 이야기이기도 하죠. 성장한다는 것은 좀 더 나은 상태로 나아가는 것이고, 그래서 그것은 자신의 현재 세계에 대한 부정에 입각해 있습니다. 『데미안』의 비유를 쓰자면 알을 깨고 나와야 새가 되는 것이죠. 싱클레어는 실제로 두 단계에 걸쳐 도약을 감행합니다. 그 과정에 개입하는 것이 막스 데미안이라는 친구죠. 언제나 싱클레어보다 한발 앞서 있는, 어른스럽고 신비스러운 존재가 데미안입니다. 그와 함께 등장하는 것이 아브락사스라는 신의 이름입니

다. 선악의 피안을 넘어서 있는, 기성의 종교와는 다른 차원에 존재하는 성스러운 존재의 이름입니다.

그러나 싱클레어가 진정한 자기 자신에 이르기 위해서는 아브락사스라는 신의 이름도 사라져야 합니다. 성장의 완성을 향해 가는 길은, 모든 허깨비가 사라지고 모든 우상이 깨져야 열릴 수 있기 때문입니다. 『데미안』의 책장을 열면 가장 먼저 사람들을 맞이하는 표어가 있습니다. "모든 사람의 삶은 저마다 자기 자신에게로 이르는 길이다."(11쪽) 청년이 된 싱클레어가 자기 삶을 돌아보며 사용한 이 문장은, 중간중간 다시 등장하며 끝까지 반복됩니다. 전칭 판단의 문장에는 어떤 양보도 예외도 통용되지 않는 단호함이 있습니다. 게다가 이 문장의 주어는 모든 사람의 삶입니다. 삶이라는 단어는 평범한 일반 명사일 뿐이지만, 주관적 시점으로 보자면 종종 매우 버겁고 힘든 것일 수 있습니다. 성장기의 소년에게라면 더욱 그럴 수밖에 없죠.

삶은 어쩌다 내게로 와서, 내가 원하지도 않았는데 내 것으로 주어져서 나를 이토록 힘들게 하는가. 그것은 왜 이토록 아름다운 순간을 만들어 내어 나를 설레게 하는가. 삶은 생명이지만 동시에 생존이자 생활이고 생계이기도 합니다. 게다가 모든 삶은 죽음에서 태어나서 죽음으로 이어집니다. 그런데 그 삶이라는 것이 자기 자신에게 이르는 길이라고? 그렇다면 내가 곧 죽음이라는 말인가? 나 자신에게 가는 길이라 함은, 누구도 삶의 현재 상태 속에서는 자기 자신과 함께하지 않는다는 것을 뜻하는가? 그러니까 생각하고 판단하고 움직이는 현재의 나는 진짜 내가 아니

라는 것인가?

여기서부터 현기증 나는 방황의 역정이 시작됩니다. 사춘기를 통과한 싱클레어가 탄식하듯 말합니다. "나는 오로지 내 안에서 우러나오는 것을 살아 보려고 했을 뿐이다. 그것이 어째서 그토록 어려웠을까?"(145쪽) 자기 자신에게로 가는 길, 성장을 한다는 것은 과거의 자신만이 아니라 현재의 자기 자신과 결별함으로써 시작됩니다. 한 사람의 성장이 지니는 이 같은 구조와 매우 흡사한 것들이 있습니다. 17세기에 시작된 근대성과 자본주의의 행로가 바로 그것이죠. 현재의 자신을 부정하고 미래를 향해 나아가는 것, 진보와 상승과 축적을 향해 나아가는 것.

소년의 성장담 일반이 그렇듯이, 싱클레어의 성장담도 부모와의 결별을 통해 시작됩니다. 에덴에서 쫓겨나는 아담의 이야기가 그 원형이죠. 자유 시장이 그렇듯, 낙원은 금기의 해자로 둘러싸여 있습니다. 금기를 위반하지 않으면 그냥 그대로 낙원의 삶이 유지되죠. 소년 싱클레어에게 그것은, 신앙심 깊은 부모의 정돈된 삶으로 표상되는 깨끗하고 정결한 세계입니다. 그러나 그 세계에서 아담은 인형이자 자동 기계일 뿐입니다. 낙원의 삶이란 자기 의지와 상관없이 주어진 것이지 스스로가 선택한 것이 아니기 때문입니다. 아담이 진정한 낙원의 삶을 누리기 위해서는 주어진 낙원으로부터 탈출해야 합니다. 다시 들어갈 수 없게 된다고 해도 벗어나는 것은 필수죠. 그래야 아담은 아담-인형이 아니라 인간-주체가 됩니다. 낙원 바깥으로 나가기 위해 아담은 금기를 어깁니다. 위반에 따르는 비밀과 거짓말, 죄책감이 동반되죠.

게다가 내면에서 울려오는 소리를 들어야 합니다. 아담아 너는 어디에 있느냐.

성장하는 소년들에게 실낙원의 경험은 필수적입니다. 싱클레어에게 그것은 아주 작은 공명심에서 출발합니다. 뻐기고 싶었던 마음이 거짓말을 낳았고, 가짜 거짓말이 진짜 거짓말로 이어지죠. 소년 싱클레어를 협박해 곤경에 빠트린 또래 악당 프란츠 크로머는 에덴동산의 뱀에 해당합니다. 뱀의 존재가 아니더라도, 싱클레어는 평화롭고 안락한 부모님의 집에서 나올 수밖에 없습니다. 성장을 거부하지 않는 한, 일탈의 유혹에 몸을 맡기는 것은 모든 소년의 운명이기 때문입니다. 『데미안』은 그 위반의 순간에 벌어지는 매우 특별한 심리적 전도의 드라마를 잡아냅니다. 다음 인용문을 보죠.

내가 안으로 들어갔을 때 아버지는 내 젖은 신발만 탓했고, 그것이 내게는 다행스러운 일이었다. 그것에 주의를 뺏기느라 아버지는 더 나쁜 일은 알아차리지 못했고, 나는 아버지의 꾸지람을 속으로는 은밀히 다른 것과 연관시키면서 참아 낼 수 있었다. 그러면서 내 안에서 기이하고 새로운 감정, 신랄함이 가득한 사악하고 예리한 감정이 일어났다. 나 자신이 아버지보다 우월하다고 느낀 것이다! 짧은 순간 동안 나는 아버지의 무지에 대해 일종의 경멸감까지 느꼈고, 신발이 젖었다고 꾸짖는 아버지의 행위가 아주 하찮게 여겨졌다. '당신은 제대로 알지도 못하잖아!' 이런 생각을 하면서, 나는 마치 살인 사건을 고백해야 할 판국에 빵 하나를 훔친

혐의로 심문을 받는 범죄자 정도가 된 기분이었다. 그것은 추악하고 역겨운 감정이었지만, 그만큼 강렬하고 깊은 매력이 있었다. 그것은 다른 어떤 생각보다도 나 자신을 더 단단하게 나의 비밀과 나의 죄책감에 묶어 주는 감정이었다. 어쩌면 크로머는 지금쯤 경찰서에 가서 나를 신고했을 것이다. 이 집에서는 내가 여전히 어린아이 취급을 받고 있는데, 정작 내 머리 위로는 폭풍우가 몰려오고 있었다! (30~31쪽)

이 대목은 싱클레어가 뼈저린 후회를 느낀 이후에 펼쳐지는 장면의 일부입니다. 열 살 소년 싱클레어는 동네 친구들 앞에서 도둑질을 했다는 거짓말을 자랑스레 늘어놓았고, 그 말을 들은 또래 깡패 크로머는 돈을 가져오지 않으면 신고하겠다고 협박하죠. 구하기 힘든 액수의 돈이라 싱클레어는 절망합니다. 범죄자가 되는 상상에 두려움과 절망과 후회가 밀려들죠. 물론 아버지에게 털어놓고 용서를 빌면 아무 일도 아닐지 모릅니다. 그러나 그럴 수는 없다고, 자기 잘못을 스스로 감당하겠다고 생각하는 것이 성장을 예비하는 아담의 일입니다.

돌이킬 수 없는 위반이 감행된 이후로 아담의 눈앞에서 개진되는 것은 전혀 다른 삶입니다. 집 안 풍경은 보통 때와 다를 바 없지만, 범죄를 저지른 사람에게는 흡사 죽음을 목전에 둔 사람처럼 전혀 다른 느낌으로 다가옵니다. 그런데도 사정을 모르는 아버지는 소년의 젖은 신발을 탓합니다. 싱클레어에게 아버지는 더 이상 야훼 같은 절대적 존재가 아님을 일깨워 주는 순간입니다.

이제 아버지는 더 이상 집안을 지키는 '신성한 기둥'이 아니라 그저 물정 모르는 사람의 자리로 쪼그라듭니다. 비밀을 가진 위반자 싱클레어가 오히려 아버지보다 세상을 많이 아는 사람이 되는 겁니다. 이런 전도가 만들어 내는 그림이 싱클레어에게는 매력적일 수밖에 없습니다. 그 매력이 비밀과 거짓말을 만들어 내고 실낙원의 경험을 영속화합니다.

아버지의 세계로부터 떨어져 나온 싱클레어에게 구원자로 등장하는 인물이 데미안이었습니다. 데미안은 크로머가 만들어 놓은 절망적인 함정으로부터 싱클레어를 구해 주죠. 악당 크로머와 구원자 데미안은 싱클레어에게 동일한 위상을 갖습니다. 아버지의 세계로부터 분리를 경험한 싱클레어에게 필요한 두 번째 아버지가 그들인 셈이죠. 데미안은 소년 싱클레어보다 몇 살 많은 수준이지만, 싱클레어의 눈에는 이미 어른의 모습을 지니고 있습니다. 싱클레어가 대학생이 되어 청년의 모습이 되어도 데미안은 나이 들지 않은 모습으로, 그저 싱클레어보다 조금 나이가 많은 선배 정도의 모습으로 존재하죠.

그것은 당연한 일입니다. 싱클레어에게 데미안은 실제 인물이 아니라, 나이를 먹지 않는 서사시적 인물에 가깝기 때문입니다. 성장을 바라는 싱클레어 앞에 놓인 자아 이상(ego ideal), 좀 더 높은 곳으로 나아가고자 하는 주체에게는 언제나 한두 걸음 앞에 존재하는 초격차의 인물, 때로는 자기의 간절한 부름에 응답하고, 때로는 우연처럼 등장하여 자기를 새로운 세계로 인도하는 존재가 곧 데미안이라는 인물의 위상입니다. 싱클레어의 꿈속을

찾아오는 뜨거운 동경과 연모의 대상인 여성, 데미안의 모친 에 바 부인 역시 위상으로 보자면 데미안과 다르지 않습니다. 소설 속에서 이들은 물론 걸어 다니고 말을 하는 현실의 인물들이지 만, 위상으로 보자면 싱클레어의 내면이 투사되어 만들어진 살아 있는 환영들이라고 해야 합니다.

게다가 데미안과 에바 부인은 싱클레어의 이마에서 카인의 표 지를 발견해 낸 사람들이면서 동시에 그들 자신이 카인의 표지를 지닌 인물들입니다. 싱클레어가 그린 그림 속에서 이들 세 인물 은 서로 겹칩니다. 에바 부인의 얼굴에는 데미안이 있고, 이 둘의 얼굴이 겹치는 곳에서는 싱클레어 자신의 얼굴이 솟아오르죠. 이 런 점에서, 소설 속 세 인물은 물론 별개의 인물들이지만, 소설 전 체의 서사적 위상으로 보자면 동일인에 해당합니다. 따라서 데미 안을 향한 싱클레어의 동경은 자아 이상에 대한 동경에 다름 아 니고, 에바 부인을 향한 싱클레어의 사랑은 전형적인 나르시시즘 에 해당합니다. 『데미안』에서 죽음충동의 작동을 발견하게 되는 것은 바로 이 같은 점 때문입니다.

4. 데미안, 데몬, 다이몬

『데미안』이라는 소설 속에서 데미안이라는 인물이 지니는 위상 은 압도적입니다. 소설의 표제로 오른 인물이니 당연한 것이겠 죠. 주인공 싱클레어의 시선으로 보자면 이런 점이 특히 두드러 집니다. 그에게 데미안은 현실 속의 구원자였고, 상식의 교란자 였으며, 새로운 영적 세계를 향한 인도자였습니다. 친구이자 선

배였고 선생이었던 셈이죠.

　싱클레어에게 끼친 데미안의 영향력은 일단 그가 현실적 곤경에서 싱클레어를 구출해 냈다는 점에서 두드러집니다. 또래 악당 크로머는 그가 원했던 돈을 모두 갖다 바쳤는데도 싱클레어의 약점을 잡아서 조리돌림을 하고, 심지어 누이까지 요구하는 악행을 저지르고 있었죠. 데미안은 이 문제를 어떻게 해결했을까. 궁금해하는 싱클레어에게 그저 대화를 좀 나누었을 뿐이라는 것이 데미안이 건넨 대답이었습니다. 데미안은 싱클레어보다 약간 많은 나이로 나오지만, 아직 소년이었던 싱클레어의 눈에 데미안은 성인 같은 체구와 풍모로 다가옵니다. 악당 크로머 역시 싱클레어보다 세 살 많은 인물이니 체구나 육체적 힘으로는 데미안 못지않았을 겁니다. 하지만 소설은 더 이상의 자세한 이야기를 들려주지 않습니다. 데미안의 특별한 완력에 대한 동화 수준의 이야기가 있다는 것, 결과적으로 크로머가 데미안에게 철저하게 복종했으며, 더 이상은 싱클레어를 괴롭히지 못하는 상태가 되었다는 정도가 이야기의 전부입니다.

　싱클레어에게 데미안은 이런 정도만으로도 영웅일 수밖에 없는데, 여기서 더 나아가 그는 싱클레어에게 새로운 지적 세계를 열어 줍니다. 독실한 기독교 집안에서 자라난 싱클레어를 니체적인 적그리스도의 세계로 인도해 주는 거죠. 이는 두 차례의 과정을 거칩니다. 데미안은 먼저 신심의 교란자로 등장하고, 그다음은 새로운 세계로 안내하는 영적 안내자의 역할을 합니다. 여기서 등장하는 것이 매우 특별한 징표로서의 카인의 표지입니다.

  데미안이 싱클레어에게 들려주는 카인의 이야기는 전복적입니다. 구약 세계에서 최초의 살인자 카인을 옹호하는 이야기이기 때문이죠. 기독교 성서의 기록에 따르면, 양치기 아벨은 인류 최초의 희생자이고, 그의 형이자 농부인 카인은 최초의 살인자입니다. 그런데도 하나님은 카인을 저주해 추방하면서도 다른 사람들로부터 스스를 보호할 수 있는 표지를 달아 주었습니다. 목숨을 부지하게 해 달라는 카인의 간청 때문이라는 겁니다.

  하지만 데미안이 만든 버전은 이와 다릅니다. 카인이 형제 살해자라는 것은 중요하지 않습니다. 연원을 따지자면 어차피 인류는 모두 형제들이니까 누군가를 죽였다면 형제 살해일 수밖에 없습니다. 신으로부터 부여받은 카인의 표지는 주홍 글자 같은 살인자의 낙인이 아니라는 것, 오히려 보통 사람들을 두렵게 만드는 것, 보통 사람들에게는 없는 담대함과 용기의 표상이라는 것입니다. 그래서 사람들은 카인의 표지를 두려워했고, 그래서 형제 살해와 그로 인해 신에게 저주받은 존재라는 이야기를 지어 붙였다는 것이었죠. 그러니까 데미안의 이야기에 따르면, 카인은 신으로부터 특별한 표지를 받은 영웅적이고 출중한 인물입니다.

  데미안의 이런 변설은 싱클레어가 받아들이기 힘든 것이었습니다. 그가 아직 소년이었고 새로운 세계에 대한 두려움이 컸기 때문입니다. 그러나 데미안의 말은 그의 정신세계를 교란시키기에 충분했습니다. 무엇보다도 그 말을 들려준 데미안이 용기와 힘에서 탁월한 존재였기 때문입니다. 그럼에도 그가 데미안의 세계를 받아들이기 위해서는 몇 년을 더 기다려야 했습니다. 몸과

마음이 새로운 변화에 적응할 수 있는 상태가 되어야 했죠. 성에 대한 감각이 생기면서 청년의 몸으로 변화를 겪는 것, 문제의 원천이 크로머나 데미안처럼 자기 외부가 아니라 바로 자기 자신 안에 있음을 깨닫기 시작하는 것과 함께 그 순간은 시작됩니다.

소년기를 벗어난 싱클레어가 기독교 입교식을 치르는 시기에 데미안은 다시 그의 세계로 틈입해 옵니다. 그들은 같은 교실에서 교리 공부를 해야 했고, 싱클레어는 데미안을 통해 새로운 영적 세계로 나아가게 되죠. 그에게 데미안은 이제 더 이상 외부의 교란자일 수가 없습니다. 교란의 원점은 바깥이 아니라 싱클레어의 육체 내부에 있기 때문입니다.

데미안은 예전처럼 성서 속 사건들의 이면을 바라보게 합니다. 골고다의 십자가에 매달린 두 강도 중에, 마지막에 회개한 자와 그렇지 않은 자 중 한 명을 친구로 삼아야 한다면 어느 쪽이어야 할까. 자기를 도와주었던 악마와의 관계를 마지막에 가서야 끊어내는 것은 비겁한 짓이 아닌가. 목숨이 끊어지는 순간에도 악마와의 의리를 지키는 자가 카인의 후예가 아닌가.

데미안의 이런 이야기가 싱클레어에게는 이제 외부로부터의 교란이 아닙니다. 교란은 이미 자기 내부에서 시작되었기 때문이죠. 몸의 변화를 경험하고 있는 개체는 성욕의 존재를 어떻게 받아들여야 하는가. 성욕이란 육신을 사로잡는 악마적인 것, 모든 죄악의 씨앗이니 근절해야 한다는 식의 논리를 어떻게 받아들여야 하나.

싱클레어에게 카인의 표지는 이제 전혀 다른 의미로 다가옵니

다. 그것은 단순히 반항의 상징이 아니라, 자기 앞의 삶에 맨몸으로 맞설 수 있는 용기의 표지가 됩니다. 몇 년 전 그가 이것을 받아들일 수 없었던 것은, 그가 어린 탓도 있었지만 결국 운명애를 향한 용기의 부족 때문이었음을 스스로 깨닫게 됩니다. 편안하고 쾌적한 안일의 세계로부터 벗어나는 것은 누구에게나 두려운 일입니다. 당시의 그 모습을 회고하며, 청년이 된 싱클레어는 이렇게 덧붙입니다.

아, 지금은 알고 있다. 이 세상에는 자기 자신에 이르는 길을 가는 것보다 인간에게 더 내키지 않는 일은 없다는 것을!(72쪽)

이제 싱클레어에게 데미안은 더 이상 교란자가 아니며 오히려 새로운 세계로 나아가는 안내자가 됩니다. 선의 세계만이 아니라 악의 세계도 동시에 우리가 챙겨야 할 것이라는 데미안의 주장은 이제 싱클레어에게 마음으로 받아들일 수 있는 생각이 됩니다. 다음은 데미안이 기독교 교리에 대해 비판하는 대목입니다.

이 종교의 결함이 아주 또렷하게 드러나는 지점 중 하나가 바로 여기에 있다는 거야. 성서의 옛 언약과 새 언약 전체에 걸쳐 등장하는 그 신은 아주 뛰어난 인물이기는 하지만, 그분이 마땅히 보여 주어야 할 그런 모습은 아니라는 거야. 그분은 선함, 고결함, 아버지 같은 존재, 아름다움, 고상함, 감상적인 속성까지 갖춘 존재야. 전적으로 옳아! 하지만 세계는 다른 것들로도 이루어져 있어.

그런데 이제 그런 것들은 다 악마에게 속한 것으로 떠넘기고 있고, 세계의 절반에 해당하는 그 영역 전체가 온통 은폐되고 묵살되고 있어. 하나님을 모든 생명의 아버지라고 찬양하는 사람들이 정작 생명의 근원이 되는 모든 성생활은 그냥 묵살하고서, 가능하면 그것을 악마의 일이고 죄악이라고 선언하고 있어! 나는 사람들의 야훼 신 숭배를 결코 반대하는 게 아니야. 전혀 그렇지 않아. 그러나 나는 우리가 모든 것을 숭배하고 성스럽게 여겨야 한다고 생각해. 인위적으로 분리된 이 공식적인 절반의 세계만이 아니고, 전체 세계를 숭배해야 한다고 말하는 거야! 그러니까 우리는 신을 예배하는 것과 더불어 악마도 예배해야 하는 거야. 나는 그렇게 하는 것이 옳다고 생각해. 그게 아니라면, 우리는 자신의 내부에 악마까지 포괄하는 어떤 신을 만들어 내야 할 거야. 그렇게 되면 세상에서 가장 자연스러운 일들이 일어날 때, 사람들이 그 신 앞에서 두 눈을 감고 딴청을 피우지 않아도 되겠지.(92~93쪽)

데미안의 이런 생각에서 뚜렷한 것은 반기독교적인 생각입니다. 신에게만이 아니라 악마에게도 동시에 절해야 한다는 것은 사실상 기독교의 신에 대한 전적인 부정에 다름 아니기 때문이죠. 데미안의 이런 이야기가 야훼에 대한 전면적 부정이 아닌 것은 그저 표면적인 기휘(忌諱)일 뿐입니다. 그렇다면 데미안의 이런 생각을 받아들이는 싱클레어는 이제 기독교에 맞서는 자, 니체적인 적그리스도가 되는 것일까.

그러나 싱클레어가 자기 자신에 이르기 위해서는 아직 넘어서

야 할 단계가 남아 있습니다. 외부에서 들려오는 목소리를 내면 화해야 한다는 것이 그것입니다. 어떤 것이라도 진짜 자기 것이 되기 위해서는 이 절차를 거쳐야 합니다. 외부에서 주어진 것(주체에게 모든 것은 외부에서 주어지죠. 생명조차도)을 다시 한번 자기 힘으로 선택해야 합니다. 그럼으로써 운명애의 주체가 됩니다. 싱클레어에게 그것은 데미안을 넘어서는 것이고, 또 동시에 그 스스로가 데미안이 되는 일입니다.

이 대목에서 독자들은 묻게 되죠. 그렇다면 데미안이란 무엇인가. 유대 신앙의 야훼 숭배가 배제해 버린 데몬? 정신에 대한 배례가 축출해 버린 신체? 사람들의 몸과 마음속에서 용출하는 에너지? 소설 속에 등장하는 데미안은 신비로우면서도 분방하고 쾌활하며 힘이 넘치는 인물입니다. 위에 인용된 데미안의 말은 야훼와 데몬을 함께 예배의 대상으로 삼아야 한다는 것이지만, 물과 기름을 섞는 일이 어떻게 가능할까요.

싱클레어가 처음 만난 데미안은 안전한 종교의 낙원을 버리고 자발적 사유의 거친 광야로 나오기를 권하는 유혹자였습니다. 그런 점에서 데미안은 광야에서 예수를 유혹했던 사탄과 유사합니다. 데미안과 데몬의 음소적 유사성이 보여 주듯이, 이 경우 데미안은 기독교 신앙에서 사탄과 동일시되곤 하는 데몬에 해당합니다. 야훼의 반대편에서 싱클레어를 유혹하는 존재로서의 데미안은 곧 아담의 하와이자 하와의 뱀입니다.

다음 단계에서 만난 데미안은 내 안에 꿈틀거리는 가장 나다운 존재, 내 안에서 내게 속삭이는 목소리로서의 다이몬, 곧 소크라

테스를 내면적 덕성으로 인도한 신성이자 동시에 그를 사형 판결
에 이르게 한 위험한 신성이기도 합니다. 『소크라테스의 변명』에
드러나 있듯이, 소크라테스가 이상한 신을 섬겨서 아테네 청년들
의 신앙심을 망친다는 이유로 기소되었을 때, 그 이상한 신의 자
리에 있는 것이 다이몬이었습니다(『소크라테스의 변명』, 26-d). 소
크라테스가 어렸을 때부터 중요한 일이 있을 때마다 들어 왔다고
하는 다이몬(=다이모니온)의 목소리란 양심의 목소리에 다름 아
닙니다. 따라서 소크라테스의 다이몬은 성스러운 판단을 전하는
중립적인 존재이거나, 훌륭한 일은 하는 매체이므로 성스러운 존
재일 수밖에 없습니다.

  소크라테스의 다이몬은 기독교의 전래 이후로 데몬의 위상으
로 전락하고 신성한 미덕의 영역에서 추방당합니다. 데몬과 유사
한 언어적 형태를 지닌 데미안은 바로 그 추방당한 신성의 자리
에 놓여 있는 셈입니다. 싱클레어에게서 변해 가는 데미안의 위
상은, 데몬의 역사적 변화 과정을 거꾸로 거슬러 올라가는 모양
새입니다. 데미안은 신비한 힘을 지닌 악한 유혹자 데몬이었다가
마침내 소크라테스의 자립적인 덕성의 신성, 다이몬이 된 것입니
다. 그러나 싱클레어에게는 마지막 단계가 남아 있습니다. 그것
은 그 자신이 데미안이 되는 것이죠. 이 마지막 단계에 이르기 위
해서는 또 다른 사다리가 필요합니다. 청년 싱클레어가 만나게
된 두 번째 데미안, 피스토리우스가 그 역할을 합니다.

5. 세 개의 그림, 아브락사스

싱클레어가 두 번째 스승 피스토리우스를 만나게 된 것은 집을 떠난 그가 방탕한 생활을 맛본 이후의 일입니다. 하숙 생활을 하는 싱클레어가 새롭게 맞닥뜨리게 된 것은 어른 되기를 원하는 조급한 청년들의 주취와 난행의 세계입니다. 자기 파괴적 방탕 세계의 매력에 빠져들던 싱클레어는 재치가 넘치는 냉소적 화술로 술집의 주인공이 됩니다. 하숙 생활도 학교생활도 엉망이 되어, 학교에서는 구제 불능의 망나니 취급을 받고 마침내는 부모의 걱정과 만류조차 소용없는 단계에 도달하죠. 그것은 다른 누가 아니라 그 자신에게 괴로운 일이었는데, 그런 그에게 구원의 계기가 찾아옵니다. 아름다운 여성 베아트리체의 고상하고 품위 있는 형상이 싱클레어에게 삶의 빛을 찾게 하죠. 정결과 영성의 아름다움에 눈을 뜨자, 술집의 쾌락과 명성은 졸지에 휘발해 버리고 고독이 찾아옵니다.

　싱클레어가 자기만의 방으로 돌아오고 난 다음에 하는 일은 두 가지입니다. 하나는 그림을 그리는 일, 다른 하나는 음악을 듣는 일. 이 둘 모두 단 하나의 신의 이름으로 이어집니다. 고대 신비주의의 신성 아브락사스. 그는 이 신의 이름을 몇 번에 걸쳐 만나게 됩니다. "신적인 것과 악마적인 것의 결합"(141쪽)을 상징하는 고대의 신성이라는 말을 수업 시간에 들었고, 데미안이 보낸 수수께끼 같은 쪽지에도 아브락사스의 이름이 있었습니다. 그리고 피스토리우스의 입에서 나온 것도 바로 그 신의 이름이었죠.

　싱클레어가 아브락사스에 도달하는 두 개의 길이 있습니다. 형

상의 길과 사색의 길. 끝나는 지점에서 보면 이 두 가지 길은 하나
로 이어져 있다.

  싱클레어를 형상의 길로 이끄는 안내자는 봄날의 공원에서 보
게 된, 이름도 모르고 대화도 나눈 적 없는 자기 또래의 아름다운
여성입니다. 제멋대로 베아트리체라 명명한 그 여성이 싱클레어
에게는 경외와 숭배의 대상이 됩니다. 추앙과 숭모의 마음이 싱
클레어로 하여금 방탕한 삶으로부터 빠져나와 다시 책을 읽고 사
색을 하게 만듭니다. 추앙의 대상이니 구애할 수도 없고, 경외의
대상이니 말을 걸거나 가까이할 수도 없습니다. 베아트리체를 마
음에 담을 수 있는 유일한 방법이 초상화를 그리는 것이었죠. 색
연필을 쥔 유아 같은 기쁨으로, 모델 없는 상상의 초상화를 그리
기 시작합니다. 의식과 무의식이 뒤섞인 그림이 만들어 낸 얼굴.
놀랍게도 그것은 젊은 여성의 얼굴이 아니었습니다. 지금은 멀리
떨어져 있는 데미안의 얼굴이었죠. 놀라움은 여기에서 한 발 더
나아갑니다. 서창에 저녁 햇살이 비치는 날, 완성된 초상화를 창
틀에 고정해 놓았습니다. 그러자 떠오른 것은 베아트리체도 데미
안도 아닌 다른 얼굴이었죠.

  나는 빛이 사라지고 난 후에도 한참 동안 그림을 마주하고 앉아
  있었다. 그러자 서서히 그 얼굴은 베아트리체도 데미안도 아니고,
  바로 나 자신이라는 느낌이 들었다. 그림은 실제로는 나와 닮은
  구석이 없었고, 그럴 리가 없다는 생각이 들었다. 하지만 그것은
  내 삶의 본질에 해당하는 것, 나의 내면, 나의 운명 혹은 나의 다이

몬이었다. 언젠가 내가 또다시 친구를 하나 얻게 된다면, 그는 이런 모습일 것이다. 언젠가 내가 연인을 하나 얻게 된다면, 그녀는 이런 모습일 것이다. 나의 삶과 나의 죽음이 이런 모습일 것이다. 그것은 내 운명의 울림이자 리듬이었다.(125~126쪽)

이것이 형상의 길이 열어 내는 첫 번째 단계입니다. 싱클레어가 가는 길은 데미안의 길도 데몬의 길도 아닙니다. 그것은 자기 자신만의 운명을 향해 가는 길, "나의 다이몬"이 지시하는 길입니다. 베아트리체도 데미안도 그 길에 이르는 다리에 불과할 뿐이죠. 그 길에 도달하기 위해서는 두 개의 허들을 넘어야 합니다.

싱클레어의 두 번째 그림은 맹금류를 담아냅니다. 아버지의 집 현관문 위의 쐐기돌에 새겨진 낡은 새의 그림, 데미안이 관심을 가지고 스케치했던 그림이기도 했습니다. 거대한 알을 깨고 나오는 새의 그림을 며칠 만에 완성해서 데미안에게 보내죠. 돌아온 답장에는 『데미안』에서 가장 유명한 구절, "새는 몸부림치며 알을 깨고 나온다. 알은 세계다. 태어나려는 자는 하나의 세계를 파괴해야만 한다. 새는 신에게로 날아간다. 그 신의 이름은 아브락사스다"(138쪽)라는 문장이 등장합니다. 이 새의 형상 역시 사다리에 불과할 뿐입니다.

싱클레어의 세 번째 그림은 꿈속의 여성의 모습을 대상으로 합니다. 누구인지 알 수 없지만 매우 뜨거운 사랑과 연모의 대상이죠. 싱클레어는 그 여성의 얼굴을 그리는 데 실패합니다. 누군지 몰라서 제대로 그려 낼 수 없는 것이 아닙니다. 그 얼굴이 형상으

로 나오기 위해서는 거쳐야 할 단계가 있기 때문입니다. 형상의 길에서 빠져나와 음악과 지식이 인도하는 사색의 길을 통과해야 하죠. 아브락사스라는 신의 형상이 깨어져야 하고, 새로운 신에 대한 예배의 불가능성이 영적 지식의 형태로 다가와야 합니다. 그러기 위해서는 형상 자체가 사라져야 합니다. 그림이 완성되는 것은 오직 제대로 소멸되기 위해서일 뿐입니다. 완성되지 않은 그림은 파괴될 수도 없죠. 그것은 곧, 헤겔식으로 말하자면 절대지의 차원이기 때문입니다.

완성되지 않는 그림으로 인해, 혹은 꿈자리를 어지럽히는 신이자 악마인 저 강렬한 여성으로 인해 내적 폭풍을 경험해야 했던 싱클레어에게 새롭게 열리는 것은 사색의 길, 음악의 길이자 지식의 길입니다. 산책길에 우연히 듣게 된 오르간 음악이 그 길을 열어 줍니다. 교회의 오르간 연주자이자 탈선한 신학도 피스토리우스가 이제는 싱클레어의 두 번째 스승이 됩니다. 그의 인도에 따라 들어간 사색의 길에서 싱클레어는 배화교도의 체험을 하고, 또한 아브락사스라는 신에 관한 지식을 얻게 됩니다.

김나지움 졸업반인 열여덟 살의 싱클레어가 피스토리우스에게서 얻은 것은 단지 종교적 지식만이 아니었습니다. 피스토리우스는 아브락사스를 신으로 섬기고자 하는 사람, 새로운 신에 대한 예배와 예식과 종교를 꿈꾸는 사람, 그 때문에 목사가 되는 길에서 벗어난 사람이었기 때문입니다. 선악을 넘어서 있는 신, 빛과 어둠을 동시에 지니고 있는 신, 신이자 악마인 신, 그동안 싱클레어가 궁금해했던 아브락사스라는 신성에 싱클레어는 훨씬 더

가까이 다가가게 됩니다.

완성하지 못했던 싱클레어의 세 번째 그림은 피스토리우스와의 만남 속에서, 그에게 얻은 지식과 영감을 통해 성장한 정신의 힘으로 완성됩니다. 싱클레어는 다음과 같이 말합니다. "나는 그 그림을 어머니라고 불렀고, 연인이라고 불렀으며, 창녀이자 매춘부라고 불렀고, 또한 아브락사스라고 불렀다."(180쪽) 그림의 완성은 동시에 소멸의 시작이기도 했습니다. 그는 자기도 모르는 사이에 그림을 불태워 버리죠. 꿈속에서인 듯 의식이 명료하지 않은 상태에서, 그는 불태운 그림의 재를 삼켜 버리기까지 합니다. 이를 깨닫고 그는 커다란 불안을 느끼지만, 이치를 보자면 당연한 것일 수밖에 없습니다. 그가 그림을 불태운 이유는 자명하기 때문입니다.

이제 싱클레어에게 신의 형상은 더 이상 필요하지 않은 것이 되었습니다. 그가 그린 그림 속의 대상들은 모두가 자기 자신 속에 존재하는 신성, 그 자신의 다이몬을 그린 그림이기 때문입니다. 싱클레어는 말하죠. "내가 불러내야 했던 형상은 남자이기도 하고 여자이기도 한, 나의 다이몬의 꿈속 형상이었다. 그 형상은 이제 내 꿈속이나 종이 위에 그려진 상태로만 존재하지 않았고, 내 안에서 하나의 이상이자 나 자신의 고양된 이미지로서 존재했다."(185~186쪽)

게다가 플라톤의 저작 속에 나오는 소크라테스의 다이몬은 형상이 없는 존재입니다. 마음 깊은 곳에서 울려 나오는 음성으로, 무엇을 하라는 말이 아니라 무엇을 하지 말라는 금지 명령으로

자신을 드러내는 것이 곧 소크라테스의 다이몬이었습니다. 아브락사스가 다이몬이라면, 그것은 목소리만의 존재여서 형상일 수가 없는 것이죠.

여기에 이르면 싱클레어의 성장담은 이제 끝난 것이나 다름없습니다. 세 번째 그림을 불태우는 일이란 그가 지금까지 그린 모든 그림을 없애는 것에 다름 아닙니다. 그것은 아브락사스에 대한 모든 지식을 버리는 일이고, 피스토리우스라는 스승을 떠나는 일이며, 자기 안에 있는 데미안을 지우는 일, 아브락사스라는 신의 개념조차 없애 버리는 일에 해당합니다. 중요한 것은 아브락사스라는 신의 이름이나 개념 같은 것이 아니라, 바로 그 영지주의의 신이 지시하는 깨달음에 도달하는 일, 영적인 자각을 통해 새로운 세계로 나아가는 것이기 때문입니다. 정통 기독교가 신의 은총을 통해 구원을 획득하는 것이라면, 영지주의는 성스러운 앎의 획득을 통해, 즉 각성과 깨달음을 통해 구원에 도달하는 것이기 때문입니다.

그렇다면 싱클레어가 획득한 깨달음이란 무엇일까요. 자기에게 주어진 단 하나의 의무에 대한 깨달음이라고 그는 씁니다. 그것은 곧, "자기 자신을 찾는 것, 자기 안에서 견고해지는 것, 그리고 어디로 이끌든지 상관없이 자기 자신의 길을 더듬으며 앞으로 나아가는 것"(194쪽)이죠. 이는 또한 자기 자신의 고유한 운명을 발견하는 것이며, 운명애가 승인하는 삶의 형식 안에서 자기에게 주어진 몫을 굳세게 살아 내는 것, 도망치지 않고 퇴행하지도 않으면서 자기 앞의 삶을 온전히 살아 내는 것입니다. 이 지점에 이

르면 싱클레어는 이제 그 자신이 데미안이 됩니다. 아브락사스를 우러르면서도 신에 관한 지식의 축적이나 예배에 수반되는 종교의 형식을 추구하는 피스토리우스가 그의 눈에 한심하게 보이는 것은 그 때문입니다. 그는 이제 스승을 떠날 때가 된 것이죠. 다음과 같은 대목에서 싱클레어의 깨달음은 절정에 달합니다.

> 나는 자연이 내던진 존재, 불확실한 것 속에 던져 놓은 존재였다. 어쩌면 새로운 것이 될 수 있고, 어쩌면 아무것도 되지 못할 수도 있는 존재였다. 깊은 근원으로부터 이렇게 내던져진 존재가 제대로 결실을 맺도록 하는 것, 그것의 의지를 내 안에서 느끼고 그것을 온전히 나의 것으로 만드는 것, 오직 그것만이 나의 소명이었다. 오직 그것만이!
> 나는 이미 많은 고독을 맛보았다. 나는 이제 더 깊은 고독이 있을 것이고, 그 고독에서 벗어날 수 없다는 것을 예감했다.(195쪽)

이 단락에서 울려 나오는 것은 두 사람의 목소리입니다. 헤세보다 앞에 온 사람으로서의 니체, 그리고 그 뒤에 올 사람으로서의 하이데거. 자기가 이 세상에 내던져진 존재라는 싱클레어의 이런 생각은 장차 『존재와 시간』(1927)에 등장할 하이데거식의 실존주의, 좀 더 구체적으로는 인간 실존의 '피투성'(Geworfenheit)이라는 개념을 선취하고 있습니다. 그래서 어째야 하는 걸까. 존재의 '피투성'이 단순히 진단이 아니라 실천 강령이라면 이 뒤에 당연히 따라 나와야 할 명제가 있습니다. 불굴의

용기로 자기 운명에 맞서는 것, 운명애의 실천이 그것입니다. 고독과 명상은 그 앎에 도달하기 위한 방법이죠.

서사의 진행으로 보자면 여기가 끝입니다. 이제는 더 이상 나아갈 데가 없어요. 싱클레어는 이제 산을 내려갈 때가 된 것이고, 소설도 마무리되어야 합니다. 운명애의 깨달음이 서사의 절정에 해당하기 때문입니다. 하지만 소설은 앞으로 더 진행됩니다. 대학에 진학한 싱클레어는 데미안과 그의 모친 에바 부인을 만나게 됩니다. 꿈속을 거듭해서 찾아왔던 구원의 인물이 바로 그 부인이었음을 알게 됩니다. 그러나 소설 전체로 보자면 이런 절차는 형식적인 매듭이라고 해야 합니다. 독자들은 이미, 싱클레어가 데미안이고 또한 동시에 에바 부인임을 알고 있는 탓이죠. 그러니까 대학생이 된 싱클레어가 만난 것은 데미안이나 에바 부인의 모습을 한 자기 자신일 뿐인 셈이에요.

그럼에도 불구하고 서사적 코다(coda)에 불과할 뿐인 이들과의 만남이, 전 8장 중 2개의 장을 차지하고 있는 데에는 까닭이 없을 수 없습니다. 헤르만 헤세와 『데미안』이라는 소설을 사로잡고 있는 거대한 참사(이것이 바로 이 소설을 만들어 냈다고도 할 수 있을 것인데), 제1차 세계대전의 힘 때문이라고 해야 할 것입니다. 전쟁 중이었던 1917년에 창작되고 전쟁이 끝난 1919년에 출간된 『데미안』을 전후문학으로 읽어야 하는 것은 그런 까닭입니다.

6. 참호전의 사상 1: 하이데거, 헤세, 루카치

헤세의 『데미안』이 출간된 것은 1919년, 제1차 세계대전이 끝난

직후의 일입니다. 전쟁 중에 창작되었고 전쟁 직후에 나왔는데
도, 『데미안』에 등장하는 전쟁의 흔적은 그다지 뚜렷하지 않습니
다. 레마르크의 『서부 전선 이상 없다』(1928)와 같이 전쟁의 참상
을 고발하는 수준이 아님은 물론이거니와, 소재로서의 전쟁조차
소설의 말미에, 대학생이 된 싱클레어의 삽화 속에 가볍게 등장
할 뿐입니다. 그럼에도 『데미안』을 전후문학의 틀로 바라보아야
하는 것은 다른 무엇보다도, 제1차 세계대전이라는 사건이 지닌
사상사적 성격의 중요성 때문이라고 해야 하겠습니다. 전대미문
의 대량 살육을 결과한 이 전쟁의 참혹상은 무엇보다도 참호 속
의 진흙 구덩이에 나뒹구는 시체가 표상합니다. 전후에 형성된
사상적 조류들은 근대성에 대한 근본적 성찰을 겨냥한 것으로서,
장기간의 참호전이 초래한 참상에서 기인한 바가 큽니다. 『데미
안』이 지니고 있는 반-성장이라는 서사적 역설 역시 같은 범주에
속합니다. 이들을 일컬어 참호전의 사상이라고 지칭하고자 하는
것은 전후 하이데거가 제시했던 존재론적 상황을 염두에 두었기
때문입니다.

---

* 제1차 세계대전은 1914년 7월 28일부터 1918년 11월 11일까지 유럽을 중심으로
진행되었다. 병력 및 희생자 통계의 추정치는 다음과 같다. 1. 브리태니커(2024): 동
원병력 6천 5백만 명, 군인 사망자 8백 5십만 명, 민간인 사망자 1천 3백만 명. 2. 위
키피디아(2025.9): 동원병력 6천 8백만 명, 군인 사망자 9백만~1천 1백만 명, 민간인
사망자 6백만~1천 3백만 명. 3. 챗지피티: 동원병력 6천 5백만 명, 군인 사망자 9백
만 명, 민간인 사망자 1천만 명.

　『데미안』의 서사적 배경이 되는 제1차 세계대전은 그 자체가 근대성의 현저한 증상에 해당합니다. 근대성의 신화가 거대한 규모로 파열을 일으켰다는 점에서 그렇죠. 약 6천 5백만 명의 병사가 동원되어 민간인을 포함 약 2천만 명에 이르는 사망자를 낳았다*는 점도 놀랍지만, 더욱 주목되어야 할 것은 신무기의 출현과 전술의 진화가 유례없는 참혹함을 만들어 냈다는 점입니다. 용감한 보병과 기병의 돌격전이라는 재래 전술(18세기식 전열전과 19세기식 기동전이 그 연장에 있죠)의 환상은 라이플 소총과 기관총, 중포의 등장 앞에서 산산조각이 났고, 여기에 대처하기 위해 새롭게 생겨난 전술인 참호전(trench warfare)은 장기간의 대치와 소모전의 양상을 만들어 냅니다. 4년 동안 서부 전선의 진흙 구덩이에 갇혀, 총탄과 포탄과 독가스와 화염 방사기에 의해, 그리고 무엇보다도 추위와 질병으로 죽어 간 병사들의 참상은 지옥의 풍경을 보여 줍니다.† 장기 소모전의 결과로 전쟁은 국가총동원 체제의 형태가 되어 전후방 가릴 것 없이 국가 전체를 전화에 휩싸이게 만듭니다. 잠수함이 상선을 격침시키고, 전투기가 후방을 폭격합니다. 경제 봉쇄로 군대만이 아니라 국민 모두의 일상이 어려워집니다. 경제적 어려움은 그렇다 치더라도, 장기전에서 소모되는 가장 큰 자원이 무엇인지가 문제가 됩니다. 대량살상무

---

† 참호전의 참상은 존 엘리스, 『참호에 갇힌 제1차 세계대전』(정병선 옮김, 마티, 2006)에 상세히 나와 있다.

기 앞에서 사라지는 사람의 신체와 목숨 외에 다른 것이 있기 어렵기 때문이죠.

전쟁이 초래한 대규모의 인명 피해에 대한 일차적 반응은 참혹함에 대한 전율입니다. 전쟁의 명분 같은 것을 따지기에 앞서 대량 살육이라는 사태 자체가 압도적이기 때문입니다. 전쟁이 국제적 인정 투쟁의 장이라면, 승전의 대가는 영광이어야 하죠. 그러나 20세기의 전면전들이 초래한 압도적 참상은, 승패와 무관하게 살아남은 자들의 심리적 외상을 초래하여 영광이 들어설 자리를 남기지 않습니다. 패자는 물론이고 승자에게도, 죄책감과 회한으로 얼룩진 상처와 고통만이 남게 될 뿐이에요. 그런 대형 전쟁의 시작점이 '제1차 세계대전'인 것입니다.

『데미안』에 전쟁의 흔적이 크게 드러나지 않은 것은, 작가 헤세가 피와 살이 튀는 전투의 일선에 투입되지 않았던 때문이기도 하겠지만, 전쟁을 낳은 힘의 외곽에 머물면서 그 안을 들여다보고자 했던 그의 성향 때문이기도 했습니다. 1877년생 헤세는 스위스에 거주했던 독일 국적자로 개전 당시 서른일곱 살의 나이였고, 고도 근시로 복무 부적격 판정을 받아 군역에서 면제된 후 스위스 베른의 독일포로후원센터에서 근무했던 경력이 있습니다.*
전쟁이 진행되는 동안 그는 반전주의 입장을 고수했는데, 전쟁

---

* 헤세의 전기적 사실은 황진, 『헤르만 헤세, 생애 작품 및 비평』(계명대출판부, 1982) 및 헤세, 「자전 소묘」(『헤세 인생론』, 김영호 역, 문학출판사, 1979)에 의거한다.

예찬을 비판하는 문필 활동으로 인해 독일 언론으로부터 배신자라는 비난을 받기도 했습니다.[†] 전쟁에 대한 구체적 체험이라는 점에서는, 레마르크처럼 열여덟 살의 나이로 전쟁에 직접 참여했던 세대와는 다를 수밖에 없죠. 이십 대 근처의 나이로 전쟁을 겪었야 했던 1880년대 생들, 이를테면 카프카(1883), 루카치(1885), 슈미트(1888), 하이데거(1989)와 베냐민(1892) 등과도 실감의 차이가 있었을 것 같습니다.

그럼에도 불구하고, 참전했거나 대규모 전쟁을 눈앞의 현실로 목도한 사람들이 지닌 공통점은 명확해 보입니다. 그것은 곧 근대성이라는 사상이 커다란 난관에 봉착했다는 사실을 그들이 함께 목격했다는 점입니다. 19세기 이래로 승리의 진군을 거듭해 온 진보의 신화가 거대한 파열에 도달했다는 것, 또한 근대 합리주의의 세계관은 합리적 자기 파괴에 도달함으로써 그 한계를 노출하기에 이르렀다는 것이 명백해졌습니다. 이것을 모두에게 극적인 방식으로 알려 준 것이 제1차 세계대전이며, 그런 점에서 근대성에 대한 대규모의 회의가 만들어 낸 것은 모두 참호전의 사

[†] 헤세는 앞의 「자전 소묘」의 전쟁을 비판했음을 밝히는 대목에서 다음과 같이 썼다. "1914년의 어느 날, 이 비참함에 대한 나의 고백이 입 밖으로 나와 버렸다. 그리고 소위 정신적인 인간들도 증오를 역설하고, 거짓을 퍼뜨리고, 커다란 불행을 찬미하는 것 외에는 아무것도 하지 못하는 사실에 대한 유감의 뜻을 나타내는 말이 새어 나왔다. 그것은 매우 소극적으로 표현됐음에도 불구하고 이 호소의 결과 나의 조국의 신문들로부터 배신자라는 선고를 받기에 이르렀다."

상에 해당합니다.

참호전의 사상을 대표하는 것은 무엇보다도 하이데거가 제기한 '피투성'의 개념(앞절에서 지적했듯이 이는 『데미안』에 먼저 등장하는 것으로, 나중에 오는 하이데거식 실존주의의 정서적 바탕을 이룹니다)입니다. 대체 나는 왜 이런 모습으로 지금 여기에 존재하게 된 걸까. 까닭을 모르는 채로 이 세상에 내던져졌다고 느끼는 존재에게 박두해 오는 존재감 없음이 곧 '피투성'입니다. 이것은 『팡세』(1670)에 나오는 파스칼의 탄식이기도 하지만, 그래도 그의 탄식은 별이 빛나는 아름다운 밤하늘을 배경으로 한 것이었죠. 하이데거의 '피투성'에 어울리는 장소는 어디일까. 제1차 세계대전이 벌어지는 서부 전선의 참호 속 질척이는 진흙 구덩이만 한 곳이 있기 어렵습니다. 포탄이 쏟아지는 참호 속에 웅크리고 있는 병사들은 이미 물리적으로 '내던져진 존재'의 대표적 표상이기 때문이죠. 인간 존재가 땅에 내던져진 존재라는 사실을, 4년 동안 참호 속에 있어야 했던 병사들보다 더 실감 나게 느낄 수는 없을 것 같습니다.

참호전이 상징하는 세계의 비참은, 발터 베냐민이나 칼 슈미트에게서 볼 수 있듯이 종말론적 의식과 파국적 상상력을 만들어냅니다. 격렬하게 대두한 존재의 의미에 대한 회의는 실존주의의 씨앗을 퍼뜨리는 바람과 같고, 약육강식의 국제 질서가 만들어낸 윤리의 위기와 염세주의는 배타주의와 인종주의 및 전체주의의 묘판이 됩니다. 전쟁의 결과로 유럽의 유력한 제국들이 붕괴하죠. 이제 어떤 세상이 도래할 것인가. 참호에 가득한 허무주의

와 회의주의 속에서 새로운 세계의 방향성을 모색해야 한다는 절박함은 더욱 크게 대두될 수밖에 없습니다. 사회주의와 파시즘, 무정부주의가 자기 방식으로 성장하기 시작한 것도 이 시기의 일이며, 다다이즘과 초현실주의를 두 축으로 하는 아방가르드 운동은 이런 정신적 상황의 예술적 표현에 해당합니다.

전후문학이 이런 흐름의 일환일 수밖에 없다는 점은 당연합니다. 전쟁의 비참에 대한 반응으로서 전후문학은 그 자체가 어떤 형태이든 간에 반전문학일 수밖에 없음 또한 당연한 것이겠죠. 반전문학은 좀 더 나아가면 반시대적 문학이나 반문명적 문학이 됩니다. 전쟁에 대한 거부감은 그 전쟁을 낳은 문명의 원리에 대한 거부로 연결되는 까닭이죠.

『데미안』의 서사적 틀도 이런 흐름과 궤를 같이합니다. 제1차 세계대전을 기화로 생겨난 사상적 전회의 뚜렷한 일원임을 보여줘요. 헤세 앞에 있던 전쟁은 19세기 이래로 힘을 키워 온 제국주의 세력들 간의 패권 다툼이었으나, 전쟁의 연원을 파고들자면 그것은 결국 생존주의=확장주의=성장이라는 근대성의 제일원리(스피노자의 코나투스)로 거슬러 올라가게 됩니다. 17세기 초반 유럽에서 발원해 3백여 년을 거쳐 온 근대성의 흐름이 제1차 세계대전이라는 대규모의 참상으로 귀결된 것이라면, 불패의 역량이자 확신으로 군림했던 근대성의 힘이 거대한 좌초를 경험한 것이었죠. 이제 필요한 것은 새로운 근대성, 또 다른 근대성을 향한 전망이자 의지입니다. 여기에서 반전사상의 원천으로서의 반근대성은 필수적입니다. 신비주의의 신을 향해 날아가는 새의 모습

이 그 상징에 해당하죠.

그런데 반근대성이라고? 근대성의 세계에 살면서 그것이 가능할까. 가능하다면 어떻게 가능할까. 이런 질문 앞에 놓여 있는, 『데미안』과 쌍생아처럼 닮아 있는 또 한 권의 저명한 책이 있습니다. 루카치의 『소설의 이론』(1920)입니다. 전쟁 중에 쓰이고 전후에 출간되었다는 점에서도 그렇지만, 무엇보다도 세계의 비참 속에서 다른 원리로의 이행 가능성을 찾고 있다는 점에서 둘은 쌍생아처럼 닮아 있습니다. 근대 세계와 그것의 반면을 향한 동경이 역설적인 방식으로 얽혀 있다는 점에서도 그렇죠.

『소설의 이론』의 루카치가 소설의 내적 형식이 아이러니라는 것을 강조할 때, 그 아이러니란 기본적으로 지상에 임재할 수 없는 신의 고뇌를 지칭합니다. 여기에서 '신의 고뇌'는 두 가지 원천을 지닙니다. 땅의 일에 개입할 수 없는 신이란 무엇보다도, 스피노자로부터 계몽주의 이신론(deism)자들로 이어져 오는 시계 제조자로서의 신을 뜻합니다. 세계를 창조했으나 그 자신도 창조의 원리에 예속되어 세계에 개입할 수가 없는, 그러니까 기계적 원리로서의 신은 어떤 기적도 행할 수 없고 징벌을 내릴 수도 없는 신, 인간의 입장에서 보면 기도에 응답하지 않는 신, 침묵의 신입니다. '리스본 대지진'(1755)이라는 특이한 비극적 사건(성당 미사에 참례한 신실한 사람들은 희생되었으나 유곽의 죄인들은 멀쩡하게 살아남은 사건)을 경험한 유럽인들에게, 그리고 무엇보다도 제1차 세계대전을 경험한 근대인들에게 신의 침묵은 너무나 익숙한 것이었습니다. 신의 존재 여부는 알 수 없지만, 무엇보다 분명

한 것은 사람들의 기도에 응답하지 않는 신의 침묵이었죠.

　그런데 그런 신이 고뇌한다는 것은 무슨 말일까. 응답하고 싶으나 그럴 수 없어서 고뇌한다는 말인가. 스피노자라면 그것은 당연히 착각이라고, 인간의 감상적인 감정 이입이 근거 없이 작동한 결과라고 일갈할 것입니다. 물론 논리적으로는 그런 사실을 잘 알지만, 그럼에도 불구하고 신의 고뇌가 느껴진다고 주장하는 사람들이 있습니다. 루카치가 말하는 소설의 주인공, 문제적 개인이자 마성적 힘의 소유자가 곧 그들입니다. 마성적 존재의 눈으로 보자면, 신은 지상을 떠났지만 세계는 여전히 신의 뜻으로 가득 차 있습니다. 세계를 떠난 신이 지상에서 사라진 것은 아니라 함이 곧 마성적 존재의 내면을 규정하는 아이러니죠. 어떻게 그럴 수 있을까. 사라진 총체성에 대한 강렬한 동경과 복원에 대한 의지가 그의 내면에 가득 차 있기 때문입니다.

　요컨대 루카치가 언급한 '고뇌하는 신'의 아이러니란, 신을 향한 마성적 힘의 동경과 신의 침묵이 결합된 결과입니다. 그런데 루카치가 소설 주인공의 품성이라고 일컫는 마성적 힘이란 데몬이자 동시에 다이몬입니다. 그렇다면 그것은 곧 데미안이 아닐까. 데미안과 싱클레어가 지니고 있는 카인의 표지야말로 마성적 힘과 동일한 개념에 다름 아닌 것입니다.

　『데미안』에서 자신의 다이몬을 향해 가는 인물들이 그렇듯, 『소설의 이론』에서 마성적 힘을 지닌 문제적 개인은 자기의 내면과 고유성을 향해 나아가는 존재입니다. "운명과 기질은 같은 개념

의 다른 이름들이다"*라는 노발리스의 문장이 『소설의 이론』과 『데미안』에서 나란히 인용되고 있는 것도 단순한 우연일 리 없습니다.† 소설의 내적 형식이란 "문제적 개인이 자신을 찾아가는 여행"이라는 생각을 루카치는 논리적으로 펼쳤고, 『데미안』의 헤세는 인물과 사건의 모습으로 이를 형상화해 내고 있기 때문이죠.

이런 정도만으로도 두 책이 지닌 사상적 유사성은 매우 현저해서, 흡사 『소설의 이론』의 제1부는 그대로 『데미안』의 독후감일 수도 있어 보입니다. 물론 이것은 전혀 불가능한 일이죠. 이들은 전쟁 중에 각자의 책을 쓰던 처지로 서로의 책을 전혀 읽을 수 없었습니다. 따라서 둘이 지니는 유사성의 근거는 다른 곳에서 찾아야 합니다. 각자의 책을 썼던 두 사람이 서재와 책상을 공유했기 때문이라 함은 어떨까요. 젊은 병사들의 시신이 나뒹구는 참호 속 진흙 구덩이야말로, 그들이 공유했던 서재이자 책상이라고 한다면 어떨까. 그렇다면 그 서재와 책상은 무엇보다도 하이데거의 것이고, 또한 발터 베냐민과 칼 슈미트도 공유했던 것이었다고 할 것입니다.

루카치는 도스토옙스키 작가론을 위한 서론으로 『소설의 이론』을 썼다고 했지만, 정작 본론은 쓸 수 없었습니다. 쓸 필요가 없었기 때문이에요. 전후의 혼란 속에서 그는 마르크스주의와 현

---

* 루카치, 『소설의 이론』(반성환 옮김, 심설당, 1985), 109쪽 및 본문 126쪽.
† 앞의 책, 103쪽.

실 사회주의라는 다른 길을 찾아냈기 때문입니다. 오늘날은 전혀 다른 평가가 있을 수 있으나, 『소설의 이론』이라는 책이 그의 사상적 이력에서 예외적인 것으로 간주되는 것은 그 때문입니다.

그렇다면 헤세의 경우는 어떨까. 그가 찾아낸 길은 무엇일까. 이 질문에 대한 대답은 그 이후의 헤세의 작품들, 『황야의 이리』나 『유리알 유희』가 보여 주는 것이기도 하지만, 무엇보다도 『데미안』이라는 소설 자체에 새겨져 있다고 할 수 있습니다. 신비주의를 향한 강렬한 동경이자, 세속으로부터의 초탈을 향한 강렬한 의지가 곧 그것이죠. 초탈을 향한 의지가 단지 시장의 소음과 번잡(이것은 차라투스트라가 혐오하는 것입니다)으로 인해 생겨난 것이라 할 수 있을까. 오히려 근대성의 당당한 발걸음을 진흙 구덩이에 처박은 참호전의 참상이야말로 그 묘판이라고 해야 하지 않을까.

한국에서 『데미안』이 지니고 있는 특별한 위상 역시 이것과 연관되어 있습니다. 여기에서 중요한 것은 신비주의가 아니라 강렬한 형태의 동경과 초탈에의 의지입니다. 신비주의가 아니라, 그것이 어떤 것이든 간에 세상 바깥을 향한 동경과 의지의 강렬함이 곧 아이러니에 해당합니다. 이런 점에서 보자면, 헤세의 신비주의는 루카치의 마르크스주의와 전혀 다르지 않은 것, 참호전의 사상 앞에 놓인 등가물에 해당하는 것입니다.

7. 참호전의 사상 2: 전혜린, 김윤식, 『데미안』

『데미안』은 1960년대 이후로 지금까지 한국 독자들에게 뜨거운

사랑을 받는 책으로 존재해 왔습니다. 앞서 지적했듯이 2백 종이 넘는 번역본이 나와 있는 것도 그렇지만, 첫 번역이 나온 후로 70여 년이 지난 지금까지 꾸준히 읽히고 있는 현상* 역시 예사로운 일은 아니죠. 까닭이 없을 수 없습니다.

1960년대에 『데미안』이 한국에서 베스트셀러가 된 계기는, 잘 알려진 바와 같이 당대의 문화적 아이콘이었던 전혜린 현상과 결합되어 있습니다. 계기 자체로 치자면, 전혜린이 아니라 전혜린의 죽음이라고 해야 정확한 말이 됩니다. 특이하게도 이 죽음은 어둡고 우울한 이미지가 아니라 강하게 작열하는 빛의 이미지, 순간적으로 타올랐다 사라지는 불꽃과도 같은 화사한 느낌을 줍니다. 이는 전혜린이라는 인물의 삶이 지니고 있던 기본 속성 때문일 것입니다.

---

* UeDeKo의 자료에 따르면, 한국어 번역본의 종수는 번역 초기에서부터 현재에 이르기까지 우상향 추세를 보여 준다. 1960년대 6편, 1970년대 28편, 1980년대 36편, 1990년대 54편, 2000년대 25편, 2010년대 74편. 이는 기본적으로 한국 경제와 출판시장 규모의 증가 추세와 비례하는 것으로 보인다. 2000년대의 감소는 IMF 사태와 여파로 인한 것이며, 2010년대의 급격한 상승은 헤세 사후 70년이 되는 2012년의 저작권 시효 만료가 주된 원인 중 하나이다. 1960년대 이후 『데미안』은 지속적으로 교양과 고전의 이름으로 소환되고 소비되었던 셈이다. 1994년 출범한 출판사 '문학동네'가 30주년 기념판 『데미안』(2024)에 밝힌 다음과 같은 사실도 인상적이다. "2013년 문학동네 세계문학 시리즈로 간행된 『데미안』은 10년 동안 37쇄가 판매되었고, 독자들에 의해 문학동네 출범 이후 30년간 가장 사랑받는 책으로 선정되었다." 창사 이래 30년 동안 간행한 국내외의 책 중에 『데미안』이 최애 서적으로 선정되었다는 것은, 2020년대의 상황을 보여 주는 인상적인 지표이다.

1950년대에 독일에서 유학 생활을 한 1934년생 전혜린은, 1965년 서른한 살의 나이로 갑작스럽게 세상을 뜹니다. 귀국 후 번역과 글쓰기 등으로 왕성한 활동을 하던 중이었죠. 유고집 『그리고 아무 말도 하지 않았다』(1966)가 베스트셀러에 오르며, 독서 대중들에게 전혜린의 죽음은 탈속의 문학 세계를 동경한 고독한 천재 여성의 죽음으로 부각됩니다. 그가 번역한 헤세의 『데미안』, 루이제 린저의 『생의 한가운데』, 하인리히 뵐의 『그리고 아무 말도 하지 않았다』 등의 책도 나란히 베스트셀러가 되면서 독서 시장에서는 일약 전혜린 신드롬이 만들어집니다. 그중에서도 『데미안』은 특히 전혜린이라는 현상의 특별한 상징이 됩니다. 여기에는 몇 겹의 죽음이 겹쳐 있죠. 전혜린은 『데미안』에 관한 글에서 다음과 같이 썼습니다.

고등학생 때와 대학교 1, 2학년 때 누구나 한 번씩 사로잡히는 책이 헤세의 『데미안』이다. 나도 더 클 수 없는 감동을 가지고 읽었던 것을 기억한다. 개인적인 이유에서도 『데미안』은 나에게 잊을 수 없는 책이 되어 버렸다. 『데미안』을 몹시 사랑하던 내 친구가 대학교 2학년 때 어느 날 나에게 와서 『데미안』을 빌려 달라고 부탁한 일이 있다. 다음 주 월요일에 꼭 다시 갖다주겠다고 약속하면서 그 친구는 빨간 줄투성이인 내 『데미안』을 빌려 갔다. 여학교 동창이고 기계처럼 매사에 정확한 모범생인 그 동무는 월요일에 나에게 오지 않았다. 나는 무심코 별일 없이 그냥 못 오게 되었는 줄만 알고 있었다. 그 후 약 반달이 넘어서야 나는 그 아이가 그

때 이미 죽어 있었기 때문에 못 온 것을 알았다. 죽은 순간까지『데
미안』을 읽고 있었다고 한다. 그래서 그 책도 같이 무덤 속에 들어
가고 말았다. 왜 죽었을까? 그 아이는? 나는 한 반년간은 그 의문
에서 헤어나지를 못했었다. 지금도 그날 — 책을 빌리러 나에게 왔
던 날 — 이 생각나고 그 후 길가에서 무심코 제삼자의 입에서 그
아이의 죽음을 들었을 때의 경악이 안 잊혀진다. 겨울이었다. 아마
나는 일생 그 일을 내 뇌리의 어느 구석에 간직하고 있을 것만 같
다. 데미안, 데미안은 누구인가? 독일 전몰학도들의 배낭에서 꼭
발견되었다는 책, 누구나 한번은 미치게 만드는 책, 도대체 그 마
력의 근원은 어디에 있고 왜 우리는『데미안』을 읽고 또 읽고 —
때로는 죽음에 이르기까지 읽어야만 했는가? 데미안 — 유년기의
향수 같은 맛, 서럽고 감미로운 이름이다. 도대체 헷세는『데미안』
을 통해 어떤 인간을 부각하려고 한 것일까.*

이 인용문은 전혜린의 유고집에 실려 있는 것입니다. 그러니
까 이 책의 독자에게『데미안』이라는 작품은 이미 두 개의 죽음,
두 개의 결연함이 겹친 자리에 있는 셈이죠. 하지만 죽음의 이미
지가 그 둘에 그치는 것만도 아닙니다. "독일 전몰학도들의 배낭
에서 꼭 발견되었다는 책"이라는 구절이 뒤에 버티고 있기 때문
입니다. 수많은 죽음이 겹쳐 있는 매우 인상적인 삽화라고 넘어

---

* 전혜린,『그리고 아무 말도 하지 않았다』(민서출판사, 2007), 224~225쪽.

갈 수도 있지만, 속을 조금만 더 들여다보면 멈칫거리지 않을 수 없습니다. 『데미안』의 출간은 전쟁이 끝난 직후의 일인데, 어떻게 죽어 간 군인들의 유품에 『데미안』이 있었다는 것일까. 그렇다면 여기에서 군인들이란 제2차 세계대전을 뜻하는 것일까. 전혜린이 어디에서 인용한 것인지 알기 어려운 대목이라 더 이상의 확인은 어렵지만, 어떤 의미이건 간에 분명한 것은, 이 글의 저자 전혜린이 『데미안』이라는 책 위에 죽음의 강렬한 색채를 더하고자 했다는 사실입니다. 그것이 착각이건 사실이건 간에, 전혜린 자신이 이미 『데미안』의 신화 속에 들어가 있었던 것이라 할 수 있겠죠. 혹은 그 신화를 만드는 일에 동참하고 있었거나. 그러니까 『데미안』을 번역하고 또 위의 글을 썼던 1960년대의 전혜린 역시, 한국식 참호전의 사상이라는 틀 속에 사로잡힌 영혼이었다고 해야 할까요.

한국에서 만들어진 『데미안』 신화의 출발점을 보자면, 전혜린이 먼저였고 『데미안』은 나중이었습니다. 전혜린이 먼저 독자 대중들에게 문화적 우상이 되었고, 『데미안』은 그 우상이 읽고 감탄하고 번역한 책의 자격으로 우상의 뒤를 이었습니다. 참호전의 사상가 헤세의 세계에 경도되어 있던 사람이 전혜린이라면, 그 역시도 참호전의 사상가에 해당하는가. 이 질문에 대한 답은 유럽의 참호전 세대가 그랬듯, 한 개인의 문제라기보다는 전혜린이 속한 세대의 문제라고 함이 더 적절해 보입니다. 전혜린의 죽음과 글쓰기에 대해, 그 시대 문단에서 진지한 응답자로서는 거의 유일했던 김윤식은 전혜린이 남긴 두 권의 산문집에 대한 이론적

논평에 이런 대목을 삽입해 두었습니다.

> 우선 이 책들을 읽고 우리는 다음과 같은 한 묶음의 물음을 금할
> 수 없다. 즉 "당신만큼 생에 대해 민감하지 않은 사람이 없는 줄 아
> 는가?", "당신만큼 뮌헨과 알프스의 눈과, 릴케와 살로메의 관계
> 를, 백장미 그룹의 숄 형제와 푄 바람과… 그리고 회색빛 하늘의
> 감촉을, 그리고 사랑을 감득하지 못하는 자가 없을 줄 아는가?",
> "그 누가 먼 것에의 그리움(Fernweh)을, 그리고 출발하기 위해 출
> 발한다(Partir pour partir)는 것의 의미를, 그 때문에 미칠 듯한 안
> 타까움의 불면의 밤을 가져 보지 않았을까 보냐", "그리고 「나타나
> 엘이여 우리들 비를 받아들이자」의 회복기의 앓음과 목마른 계절
> 의 시적 진실에 그 누구가 영혼의 흔들림에서 자유로왔겠는가?"
> 그리고 또 얼마든지 있다. 그러나 우리의 이러한 물음은 별로 의
> 미가 없다. 똑같이 추상적이기 때문이다. 그보다는 차라리 우리는
> 저자와 더불어 함께 속물임을 시인한 자리에서, 이 저자가 붙들고
> 있는 일류전 속으로 일단 들어갈 필요가 있다. 그것은 시적 진실
> 이란 이름의 생의 순간적 지각의 촉각을, 그 맹목성을 일단 문제
> 삼지 않는 상태로 살펴 두는 일이다.*

---

* 김윤식, 「침묵하기 위해 말해진 언어 — 전혜린론」(『한국근대작가론고』, 일지사, 1974), 401쪽.

　이와 같은 감상적인 문장들이, 전혜린의 글쓰기에 대한 진지한 접근의 중간 토막에 삽입되어 있는 것은 인상적이지 않을 수 없습니다. 글을 쓰면서 계속 무언가를 해야 하는 사람이, 이제는 더 이상 글을 쓸 수 없게 된 사람에게 보내는 항의의 메시지 같은 모습을 지닌 것이기 때문이죠. 여기에는 질투나 선망이나 열등감 혹은 질책 같기도 한 어떤 날 선 감정들이 얽혀 있거니와, 김윤식은 그런 사실을 구태여 감추려 하지 않을뿐더러 오히려 거리낌 없이 드러내고 있다는 점도 인상적이지 않을 수 없습니다. 그런 김윤식의 자세와 마음 역시 한국식 참호전의 사상이라고 말해 볼 수도 있을 것입니다.

　김윤식이 전혜린의 글쓰기에 접근하는 기본 방식은 이론적이고 논리적입니다. 그에 따르면 전혜린의 글쓰기는 "침묵하기 위해 말해진 언어" 곧 언어도단의 세계로 건너가기 직전의 언어입니다. 그는 전혜린의 언어에 대해 두 가지를 질문합니다. 첫째는 글쓰기의 의미, 둘째는 한국어로 글쓰기의 의미. 전혜린의 언어를 문제 삼는 것이기에, 글쓰기의 의미에 대해 질문한다는 것은 너무나 당연해 보입니다. 시적 언어를 다룬 하이데거의 생각을 가져와서 글쓰기의 의미에 대해 말하고, 또한 슈타이거의 문학 장르론적인 이론에 기대어 서정시의 언어적 특성과 전혜린의 글쓰기에 대해 말하는 것은, 현재 시점에서 보자면 그저 지당해 보일 뿐입니다. 그러니까 전혜린의 글쓰기를 향한 진짜 질문은 두 번째 항목에 있다고, 즉 한국어로 글을 쓰는 것의 의미에 있다고 해야 하겠습니다.

그와 관련해서 김윤식은 두 가지를 지적하죠. 전혜린의 『그리고 아무 말도 하지 않았다』속에 "단 한 줄의 한국어(문학)에 관한 언급도 없다는 사실", 그리고 좀 더 근본적인 차원에서는, 전혜린의 두 책 속에 "단 한 줄의 '타인에 대한 언급'이 없다는 사실"*입니다. 이런 지적은 딱딱한 문체와 이론적 틀 속에 자신을 가둔 김윤식의 비평가다운 면모가 드러난 대목이라 해도 좋겠습니다. 위의 인용문에서처럼 그 자신의 날 선 정감이 드러나게 되는 것도 이와 연관되어 있습니다. 그러니까 김윤식은 전혜린 뒤에 서서, 전혜린이 바라보았던 것을 보고 있는 것이죠. '침묵하기 위해 말해진 언어'라는 것이 그의 논리적 요체이지만, 그보다 더 실감 나게 김윤식의 시야와 자세를 보여 주는 것은 전혜린의 '도착된 향수'에 대한 그의 지적입니다.

"명동 거리를 거닐면 로오타리 저쪽에 호수가 나타나지 않고 호면에 백조가 나타나지 않아서"(「이 모든 괴로움을 또다시」 p. 2) 鄕愁가 倒錯되었고, 백설에 덮인 북알프스 준령이 없어서, 그리고 또 무슨 이유 등등 때문에 스스로 목숨을 끊은 한 여인에 관해 우리가 질문할 수 있는 것은 모럴이라든가 죽음의 방식에 대한 것일 수 없다.†

---

* 앞의 책, 400쪽.

† 앞의 책, 397쪽.

이 인용문에서 두드러져 보이는 것은 "鄕愁(향수)가 倒錯(도착) 되었고"라고 표현되어 있는, 뒤집어진 향수의 역설입니다. 이는 1960~1970년대 한국의 문화적 감수성이 지닌, 전후적인 것과 탈식민적인 것이 뒤얽혀져 만들어진 결과입니다. 왜 그러한가. 지적으로 뛰어난 한국의 한 젊은 여성을 독일 문학의 세계로 인도한 것이 무엇이냐는 질문에, 전혜린 자신이 쓰고 있듯이, '먼 곳에 대한 그리움'(Fernwh)이라고 말하는 것은 아무런 문제가 없어 보입니다. 그것은 일종의 방랑벽과 같은 것이니까. 탈속적인 공간이라면, 꼭 독일 문학이나 뮌헨의 대학촌 슈바빙이 아니더라도 상관없는 것이니까. 이런 경우 중요한 것은 지금 이곳으로부터, 엄격한 아버지의 집과 내가 속한 나라로부터 벗어나고자 하는 마음이니까.

그런데 한국으로 돌아온 전혜린이 자기가 머물던 뮌헨의 슈바빙을 새로운 고향으로 느끼고 그리워한다면 어떨까. 명동의 로터리에서 보이는 것이 남산이나 북한산이 아니라 거기 존재하지 않는 북알프스의 모습이라며, 자기는 그냥 그렇게 느낀다고 아무렇지도 않게 쓰고 있다면, 또한 전혜린의 그런 모습을 당시의 독서 대중들이 경탄하면서 읽고 공감하고 있다면 어떨까. 김윤식이 보기에 그것은 '먼 곳에 대한 그리움'과 유사하지만 방향은 전혀 다른 것, 즉 '고향에 대한 그리움'(Heimweh)에 해당하는 것, 자기 몸은 고향에 있으면서 정작 잠시 머물다 떠나온 이국땅을 고향으로 느끼고 그리워하는 것이며, 그런 점에서 뒤집어지고 뒤엉킨 마음의 산물이라 하지 않을 수 없겠습니다.

　김윤식의 이런 반응에서 확인하게 되는 것은 김윤식과 전혜린이 공유하고 있는 세대적 감수성입니다. 물론 김윤식은 둘을 구분했습니다. 전혜린은 불꽃 같은 시의 세계에 있고, 그 자신은 너절한 산문의 세계에 있다고. "침묵하지 않기 위해 말하고 있는 이쪽 세계에서 볼 때, 그 '침묵하기 위해 말해진 언어'는 피안의 불꽃일 따름이다. 그 어느 언덕에도 속물·비속물, 위선·위악의 의미는 없다. 역까지 우리는 다만 장르라는 타협 과정을 겪지 않았을 때 그 고삐 없는 언어에 의해 파멸된 한 토막진 일류전을 문제 삼았을 뿐이다"*라고 쓴 것이 이 글의 마지막이거니와, 각종 양보에도 불구하고 여기에서 분명한 것은 전혜린을 사로잡았던 근대성의 운명을 김윤식이 그저 망연한 눈으로 바라보고 있다는 사실입니다. 판단하거나 평가하지 않고 그저 망연히 바라보고 있는 것이죠.

　김윤식은 전혜린이 그에 대해 단 한 마디도 하지 않았던 한국문학을, 고작 50년밖에 되지 않은, 그나마도 분단이 되어 반 토막이 나 버린 초라하기 짝이 없는 한국의 근대문학을 시야에 넣고 있는 사람입니다. 전혜린이 앓았던 형이상학적 질병은 일종의 감염병 같은 것이어서, 김윤식이라고 해서 비켜 갈 수는 없는 것이었습니다. 그것은 오히려 한국의 참호전 세대가 나눠 져야 할 짐과 같은 것으로, 1960~1970년대 한국 문인이 감당해야 할 역설

---

*　앞의 책, 405쪽.

적인 과제이기도 했습니다. 근대성의 한복판으로 들어가서 한시 바삐 식민지성을 극복해야 한다는 과제와, 문학인 이상 근대성의 심장을 뚫고 나와 반근대성에 도달해야 한다는 과제가 동시에 설정되고 수행되어야 했기 때문입니다. 저개발 단계의 나라에서 성장과 발전을 향해 나아가야 함과 동시에 문학과 예술의 궁극적 지향점인 반-성장과 반-발전을 향해 나아가야 한다는 아이러니가, 이 시기 한국식 참호전 세대의 글쓰기 앞에 놓인 장벽이었던 셈입니다.

삶과 문학의 갈림길에서 문학을 선택한 것은 김윤식도 전혜린과 다르지 않습니다. 그러나 전혜린은 삶이라는 끈을 놓아 버림으로써 그 선택을 비타협적인 것으로 만들었음에 비해, 김윤식은 문학 쪽으로 몸을 기울였지만 삶의 끈을 놓을 수는 없었습니다. 그런 김윤식의 눈으로 보자면 그보다 두 살 많은 전혜린은 철없고 한심하면서도, 또 한편으로는 샘나고 부러운 존재일 수밖에 없었겠죠. 그 자신도 문학을 선택한 사람으로서 강렬한 낭만주의와 극단적 나르시시즘, 예민한 감수성의 소유자를 진심으로 비난하는 것은 불가능에 가까운 일이었을 겁니다. 전혜린이 헤세의 자리를 지키고자 했다면, 김윤식은 루카치의 선택을 향해 나아갔습니다. 전혜린은 헤세의 신비주의가 있던 자리를 염세주의와 허무주의로 채워 넣었고, 냉전 시대 분단국가의 공무원이었던 김윤식은 루카치가 선택한 마르크스주의 대신에 좀 더 폭넓은 네이션 스테이트의 사상을 향해 나아갔죠. 그런 김윤식에게 헤세의 『데미안』은 어떻게 보였을까. 무엇보다도 그 뒤에 펼쳐져 있는 독일

어 문학의 성좌가 보였을 것입니다. 괴테, 실러, 노발리스에서 카프카, 토마스 만으로 이어지는, 문벌이 혁혁한 귀한 집안의 막내 도련님 같은 존재가 헤르만 헤세이자 『데미안』이지 않았을까.

그로부터 반세기가 넘는 시간이 지난 오늘날의 시점에서 보자면, 『데미안』이라는 작품 자체는 이런 맥락과는 별도로 자기 자신의 고유한 길을, 성장소설의 고전이라는 자리를 찾아갔다고 말할 수 있겠습니다. 여기에도 물론 여전히 남아 있는 얽힘이 있죠. 반-성장의 성장이라는, 그러니까 근대성의 흐름 속에서 문학 일반이 지니는 이념적 지향성의 문제, 문학성 자체가 지니는 윤리의 문제가 그것입니다.

8. 절대적 자아주의, 반-성장의 죽음충동

『데미안』이라는 성장소설이 보여 주는 또 하나의 특이한 증상은 성별화의 고리가 느슨하게 풀려 있다는 점입니다. 사춘기에 접어드는 존재들이 갖기 마련인 정념의 자리가 흐트러져 있어서, 때로는 텅 비어 있다는 느낌조차 줍니다. 『데미안』은 청춘소설인데, 정념의 자리가 비어 있다고? 그게 어떻게 가능할까. 미리 말하자면, 이는 『데미안』이 지향하는 절대적 자아주의의 위력 때문이라고 해야 할 것입니다. 이런 점에서 이는 반-성장의 성장이라는 증상과 겹쳐 있거니와, 한발 더 나아가면 그것이 곧 20세기 성장소설의 운명이라고까지 할 수도 있겠습니다. 반-성장의 성장서사가 오히려 표준이 된다는 점에서 그렇죠.

한 사람의 성장서사에는 몸과 마음의 문제만이 아니라, 그 둘

을 결속해 주는 특별하고도 중요한 고리가 개입해 있기 마련입니다. 중성적 존재였던 한 아이가 자기 나름의 성별적 특성의 자리를 확보해야 한다는 과업이 곧 그것입니다. 약동하는 욕망 속에서 성장하는 한 개체는 성별화의 스펙트럼 위에서 자기에게 맞는 자리를 찾아내야 합니다. 주어진 틀 안에 자기 자신을 끼워 넣기 위해, 또한 몸과 마음이 어긋나며 만들어지는 삐걱거림과 간극과 불일치에 대처하기 위해, 성장기의 개체는 적지 않은 마음의 에너지를 지출해야 합니다.

그런데 『데미안』에서 개진된 싱클레어의 서사는, 사춘기의 육체적 정념이 강렬한 정신주의에 의해 탈-성화되어 버린 모습을 보입니다. 정념을 만드는 몸의 갈등이, 영혼의 추구가 만들어 내는 정신성의 열기로 감싸여 버리는 형국인 것이죠. 이것은, 정신적 속성을 가진 절대적 자아주의에 대한 동경이 육체적 정념의 자리를 덮어 버림으로써 가능한 일이 됩니다.

이러한 모습은 싱클레어 앞에 등장하는 두 명의 여성, 베아트리체와 에바 부인의 경우에서 확인됩니다. 싱클레어에게 베아트리체는 순수한 동경의 표상이었기 때문에 정념이 들어설 여지 자체가 크지 않습니다. 베아트리체를 향한 마음이 이내 두 번째 스승 파스토리우스의 영향력으로 덮여 버리는 것은 당연해 보입니다. 그가 그리는 첫 번째 그림 속의 베아트리체가, 두 번째 그림으로 나아가는 것과 동시의 일이었죠.

이에 비해 싱클레어에게 에바 부인의 경우는 성숙한 키스를 향한 강렬한 정념으로 뒤엉켜 있습니다. 에바 부인은 그의 꿈속을

찾아오는 정체 모를 신비의 여인이기도 했습니다. 또한 에바 부인은 그의 아들 데미안의 이미지와 겹치기도 합니다. 소설의 마지막에서 병상에 누워 있는 싱클레어에게 주어지는 키스는 데미안의 것입니다. 에바 부인의 키스를 대신 전해 주는 것이라 했으니, 그 키스에는 데미안과 에바 부인의 입술이 뒤섞여 있는 셈입니다. 희미한 상태이지만 동성애와 근친상간의 느낌이 바탕에 깔려 있는 것이죠.

그럼에도 싱클레어와 에바 부인은 정념으로 얽히지는 않습니다. 앞에서 지적한 바와 같이, 싱클레어에게 에바 부인은 그의 아들 데미안이 그렇듯이 정신적 우월자의 위치에 있는 존재여서, 정념의 불길은 그보다 강한 동경과 선망에 의해 진화되곤 합니다. 에바 부인이 싱클레어에게 우화를 동원해서 말했듯이, 싱클레어에게 부인은 하늘의 별 같은 존재에 해당합니다. 단지 데미안의 모친이어서가 아니라, 두 인물 사이의 정신적 우열 관계가 그러하다는 것입니다. 싱클레어에게 데미안은 언제나 한발 앞에 존재하는 초격차의 우월자였던 것처럼, 에바 부인도 흡사 모든 것을 아는 존재처럼 사건의 배후에 신비롭게 자리 잡고 있는 인물이죠.

이와 같은 방식으로 세 인물이 정서적으로 뒤얽히는 대목에서 존재하는 것이 카인의 표지입니다. 소설에서는 데미안이 소년 싱클레어의 이마에 새겨진 그 표지를 발견하고 그 사실을 에바 부인에게 말한 것으로 되어 있어요. 이들은 모두 카인의 표지를 가진 사람들이고 그런 점에서 정신적 동족들이며, 서사적 위상으로

보자면 동일체의 세 측면에 해당합니다. 에바 부인이 데미안이고, 데미안이 싱클레어 자신인 것입니다. 이것은 앞에서 살펴보았듯이, 싱클레어가 그려 낸 세 장의 그림이 보여 준 궤적이기도 했고, 마지막 그림이 싱클레어 자신에게 알려 준 것이기도 했습니다. 에바 부인을 그리고자 했던 그림이 데미안이 되었고, 어느 날 그것은 싱클레어 자신이 되어 있었던 것입니다.

그러니까 싱클레어가 데미안에 대한 동경과 에바 부인에 대한 정념으로 출발한 길은, 자신의 이마에 새겨진 카인의 표지로 이어지는 길이었다고 해야 하는 것일까. 그렇다면 데미안이 전해 준 에바 부인의 키스는 자기 자신에 대한 나르시시즘적인 정념의 산물이라고 해야 하는 것이 아닐까. 요컨대 데미안과 에바 부인, 그리고 싱클레어가 만들어 내고 있는 세계, 카인의 표지를 가진 특별한 정신의 세계는 그 자체가 외부 세계에 대한 거절과도 같습니다. 특별한 주관 세계를 그 모습 그대로 고수하겠다는 의지이자, 외부 세계로 나가지 않겠다는 결의와도 같아요. 성장소설이란 한 아이가 자라서 세상 속으로 나가는 이야기인데, 어쩌다 이런 일이 벌어진 것일까. 이런 식의 절대적 자아주의의 산물인 『데미안』을 과연 성장소설이라 불러도 되는 것일까.

이 질문은 이 글의 초두에서도 제기한 것이거니와, 이에 대한 대답은 참호전의 사상이 내놓아야 할 것입니다. 나아가 제1차 세계대전 이후의 분위기로 이어지는 근대성의 실상에 책임을 물어야 해요. 참호전 세대의 성장서사가 봉착할 수밖에 없는 난관의 모습을 봅시다. 자기 자신의 본래 모습을 찾아 여행을 떠난 마성

적 존재(데몬 즉 데미안)는 아이러니로 가득한 세계 앞에서 질문하지 않을 수 없습니다. 성장 과정을 마친 주체가 가야 할 곳이 다른 곳이 아니라 전쟁터라면, 게다가 그 전쟁터가 주체의 의지를 구현할 멋진 기병들의 낭만적 광야가 아니라, 포탄이 떨어지고 쥐와 벌레가 우글거리는 습기 찬 참호라면, 개체의 고유성이 흔적 없이 인멸해 버리는 인간적 비참의 장소라면, 왜 우리는 성장해야 하는가. 왜 우리가 세상으로 나가야 하는가. 전쟁은 끝나고 평화가 왔다고? 그렇다 해도 전쟁에서 살아남은 생명 앞에 존재하는 것은 생존과 생활, 생계의 전쟁터입니다. 성장 이후 우리를 기다리는 것이 위대한 전사 영웅의 길이 아니라 생존 기계이자 전쟁 기계의 톱니바퀴가 되는 길이라면, 우리는 과연 성장소설의 주인공이 되어도 되는 것일까.

이런 질문 앞에 놓여 있는 것은 『데미안』의 주인공만은 아닙니다. 제2차 세계대전의 전후문학이라 해야 할 J. D. 샐린저의 『호밀밭의 파수꾼』(1951)이나 다자이 오사무의 『인간 실격』(1948)의 경우도 마찬가지이기 때문이죠. 이런 의미에서 보자면 제2차 세계대전은 제1차 세계대전의 연장이라 해야 할 것이거니와, 이를 통해 확인되는 것이 무엇인지는 자명합니다. 자아와 세계의 조화로운 통합이란 이제 존재할 수 없다는 것, 최소한 진지한 문학의 영역이 감당할 수 있는 항목은 아니라는 사실입니다. 이런 상황에 대해 『데미안』이 제시하는 대답은 무엇일까.

새로운 신들을 원하는 것은 잘못된 일이고, 세상에 무엇인가를 제

시하겠다고 하는 것은 완전히 잘못된 일이다! 각성한 인간에게는 단 하나의 의무만 있을 뿐, 그것 외에 어떤 다른 의무는 결단코 없었다. 단 하나의 의무는 바로 자기 자신을 찾는 것, 자기 안에서 견고해지는 것, 그리고 어디로 이끌든지 상관없이 자기 자신의 길을 더듬으며 앞으로 나아가는 것이었다. 이런 깨달음은 내게 깊은 감동을 주었다. (…) 각자가 해내야 할 본질적인 일은 어떤 임의의 운명이 아니라 자기 자신의 고유한 운명을 발견하는 것, 그리고 그 운명을 자기 안에서 온전하게, 불굴의 투지를 갖고 제대로 살아내는 것이다. 그 외의 다른 모든 것은 다 어설픈 짓이고, 도망치려는 시도이며, 퇴행적으로 대중의 이상 속으로 다시 도피하는 것이다.(194~195쪽)

지금까지 보아 온 대로,『데미안』에서 소설의 주인공 싱클레어를 이끄는 동경의 힘은 카인의 표지를 향해, 현자 데미안과 에바 부인이 겹쳐 있는 자기 자신의 자리를 향해 있습니다. 그러니까 싱클레어에게, 이상적인 왕국에 사는 데미안과 에바 부인은 모두 지붕에 이르는 사다리 같은 것에 불과하며, 그가 진정으로 도달하고자 했던 것은 자기 자신이었던 셈입니다. 그렇다면『데미안』을 통해 싱클레어가 보여 주는, 데미안과 에바 부인을 향한 강렬한 동경은 자기 자신에 대한 동경이자 몰두에 다름 아니라 해도 무방합니다. 그렇다면 싱클레어가 보여 주는 동경과 몰두란 곧 죽음과도 같은 나르시시즘이라 아니할 수 없겠죠. 그것은 곧 세계로부터 리비도를 거둬들여 자기 자신을 향해 집중하는, 자폐적

인 죽음충동의 소산이라 할 수 있습니다.

바로 이런 이유 때문에 이 글의 초두에서 『데미안』이 성장소설일 수 있는지에 대한 의문이 제기된다고 했거니와, 이제는 그 대답의 자리에 문학이라는 단어를 채워 넣어도 좋을 것 같습니다. 성장소설의 본성이 무엇이냐를 따지기 이전에, 죽음충동의 서사가 드러나는 곳에 있어야 하는 단어가 곧 문학적 근대성일 것이기 때문입니다. 문학이라는 단어가 있어야, 『데미안』을 감싸고 있는 제1차 세계대전이라 불리는 대규모 전쟁과 바야흐로 자신의 폭력적인 위력을 떨치고 있는 근대성에 대해, 그리고 이들이 대표하는 세상의 음울한 그림자로서 어두운 곳에서 조용히 움직이고 있는 죽음충동에 대해, 어두운 권력의지와 카인의 표지와 운명애에 대해 제대로 말할 수 있을 것입니다.

문학적 근대성의 핵심에서 움직이는 것은 죽음충동이되, 『데미안』의 경우 죽음충동이란 밝은 삶의 반대 방향으로 가는 어두운 힘 같은 것이 아닙니다. 오히려 삶 자체를 감싸고 있는 좀 더 거대한 힘으로서의 죽음, 개체들을 피 흘리게 만드는 날 선 삶의 기운들 바깥에서 그 거센 힘들을 품어 안는 부드럽고 따뜻한 기운으로서의 죽음, 에피쿠로스적 우주의 쾌활함이 발견해 낸 맑고 밝은 힘으로서의 죽음입니다. 이런 뜻에서의 죽음충동이란 자주 사용되는 프로이트적인 것이 아니라 니체적인 의지의 세계에 가까울 것인데, 반-성장이 오히려 진짜 성장이 되는 것은 바로 그 죽음의 맑은 쾌활함 속에서입니다.

그림자가 있어야 빛 속에 있는 사물들이 자기 형체를 드러낼

수 있듯이, 죽음 속에 있어야 삶이 생생해집니다. 죽음이 부여하는 엣지가 없다면, 우리는 삶이 어떤 모습인지를 알아차리기 어려워집니다. 죽음과 삶의 경계 지점에 도달함으로써 우리는,『데미안』의 서사의 틀에서 통주저음으로 울려오는 소리를 들을 수 있게 됩니다. 유기체인 이상 성장은 불가피한 일이고, 때가 되면 세상의 부름을 받아 밖으로 나갈 수밖에 없어요. 그곳에서 우리를 기다리는 것이 참호전의 수렁일 수도 혹은 소란스러운 난장의 한복판일 수도 있겠죠. 우리 마음의 질서와는 무관하게 몸의 질서 자체가 작동하고 있기 때문에, 주어진 조건이 그러하다면 그역시 어쩔 수가 없는 일입니다.

그러니 우리 몸의 또 다른 바탕에서 울려오는 소리가 있음을 기억해 두라고『데미안』은 말합니다. 니체의 목소리를 빌려 말하자면,* 실천적 니힐리즘의 모토, 비극을 향한 의지가 그것이죠.

나의 친구여, 그대의 고독으로 돌아가라. 나는 그대가 위대한 사람들의 아우성 때문에 귀머거리가 되고 소인들의 가시에 찔리는 것을 본다. 숲과 바위는 그대와 함께 더불어 침묵할 줄을 안다. 다시금 그대가 좋아하는, 널따란 가지가 달린 나무처럼 되어라. 그 나무는 조용히 바다에 귀를 기울인다. 고독이 그치는 곳에 시장이 비롯된다. 그리고 시장이 생기는 곳에 위대한 배우들의 아우성과

---

* 니체,『차라투스트라는 이렇게 말했다』(정경석 옮김, 삼성출판사, 1990), 240쪽.

독파리의 소란이 시작된다.

이 목소리에 귀를 기울이기 위해서는, 문학적 근대성의 윤리가 종국적으로 발원하는 지점에 니힐리즘이 있음을 상기해야 합니다. 특히 전체주의의 발호가 시작되는 장소, 에로스의 힘이 극단화되는 장소에 놓고 보면 퇴영과 반-성장의 윤리성은 더욱 두드러지는 것이겠죠. 이런 점에서 보면 난폭한 세계 질서와의 단절을 지향하는 죽음충동의 소산으로서, 현실 속에서는 세계의 폭력성에 대한 소극적 저항이자 적극적 거부에 해당하는 것, 그것이 곧 절대적 자아주의이자 아브락사스의 신비주의이며, 또한『데미안』이 참호 속에서 건져 올린 카인의 표지일 것입니다.

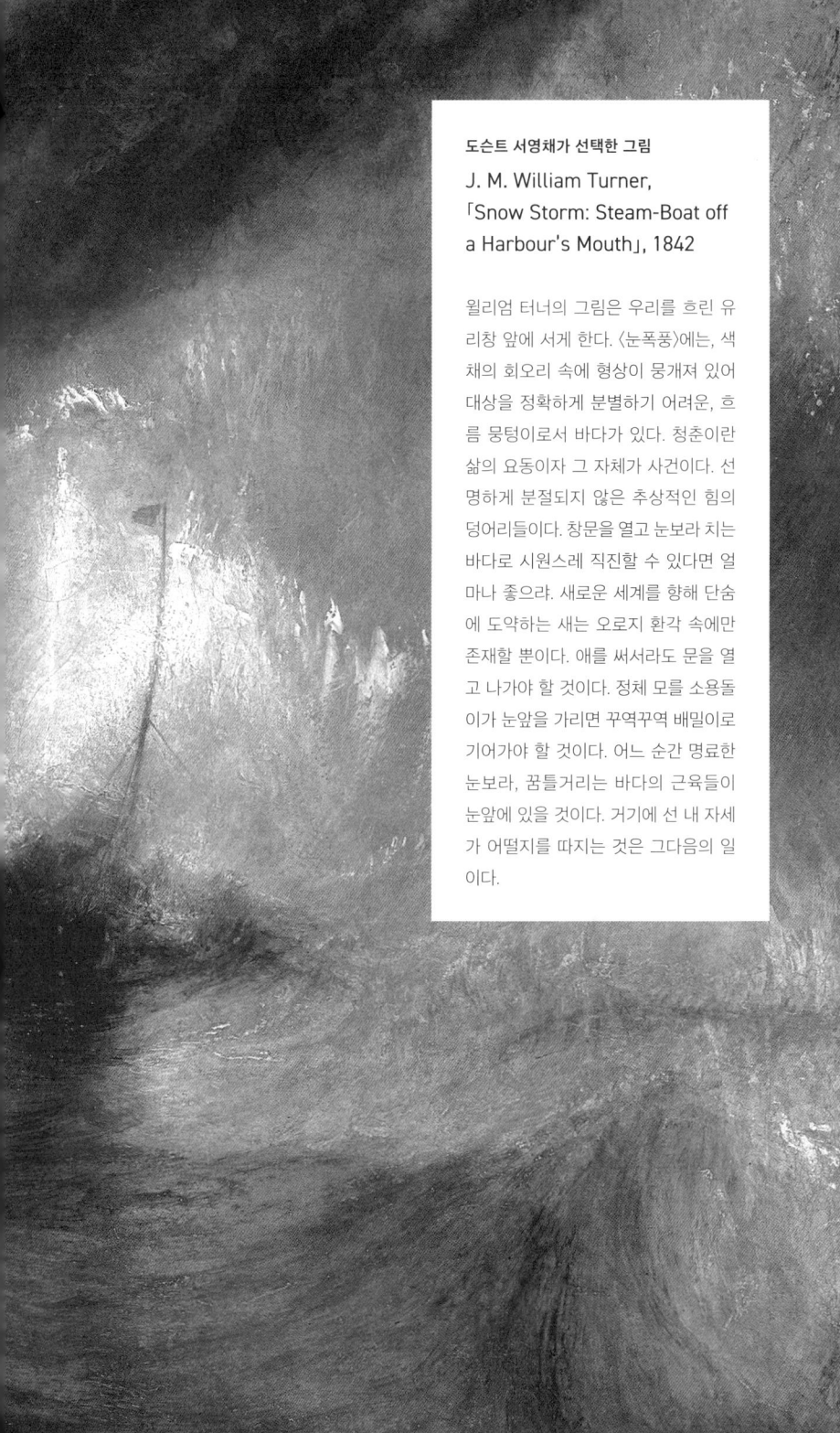

도슨트 서영채가 선택한 그림

J. M. William Turner,
「Snow Storm: Steam-Boat off
a Harbour's Mouth」, 1842

윌리엄 터너의 그림은 우리를 흐린 유리창 앞에 서게 한다. 〈눈폭풍〉에는, 색채의 회오리 속에 형상이 뭉개져 있어 대상을 정확하게 분별하기 어려운, 흐름 뭉텅이로서 바다가 있다. 청춘이란 삶의 요동이자 그 자체가 사건이다. 선명하게 분절되지 않은 추상적인 힘의 덩어리들이다. 창문을 열고 눈보라 치는 바다로 시원스레 직진할 수 있다면 얼마나 좋으랴. 새로운 세계를 향해 단숨에 도약하는 새는 오로지 환각 속에만 존재할 뿐이다. 애를 써서라도 문을 열고 나가야 할 것이다. 정체 모를 소용돌이가 눈앞을 가리면 꾸역꾸역 배밀이로 기어가야 할 것이다. 어느 순간 명료한 눈보라, 꿈틀거리는 바다의 근육들이 눈앞에 있을 것이다. 거기에 선 내 자세가 어떨지를 따지는 것은 그다음의 일이다.

도슨트 서영채와 함께 읽는 『데미안』

참호전의 사상,
반-성장의 윤리

그린비

그린비 도스트 세계문학 10

데미안 — 에밀 싱클레어의 청춘 이야기

초판1쇄 펴냄 2026년 4월 15일

지은이 헤르만 헤세
옮긴이 권혁준
해설 서영채
책임편집 문혜림 | **책임디자인** 심민경

펴낸이 유재건
편집주간 이진희
편집장 문혜림
편집부 조성규, 전혜빈
디자인팀 심민경, 조예빈
독자사업 류경희
경영관리 장혜숙
펴낸곳 (주)그린비출판사
주소 서울시 서대문구 이화여대2길 10, 1층
대표전화 02-702-2717 | **팩스** 02-703-0272
홈페이지 www.greenbee.co.kr
원고투고 및 문의 editor@greenbee.co.kr

ISBN 979-11-94513-52-0 03850

독자의 학문사변행學問思辨行을 돕는 든든한 가이드 _(주)그린비출판사

도슨트 서영채와 함께 읽는
『데미안』